글 뒤에 숨은 글

글 뒤에 숨은 글

스스로를 향한 단상

김병익 산문집

문학동네

오늘의 나를 만들어주신 어머님께 이 책을 바칩니다.

차례

생각 뒤에 숨은 생각

막내 심리

김주영은 한 자리에서 내가 막내라는 사실이 뜻밖이었다고 말했지만 홍성원은 나의 짓궂은 짓을 보면 "저 막내둥이!"라고 핀잔을 주곤 했다. 그는 형제 많고 힘들게 사는 집안의 맏이가 갖는 책임감과 인내심 그리고 관용을 자신과 황인철 변호사의 예를 들어 설명했는데, 3남(맏형은 6·25 때 전사했지만) 2녀의 막내인 나는 그의 의견에 전적으로 동의했다. 김주영은 다만 '저 막내둥이 짓'의 뒤집힌 모습만을 보고 좋게 해석해주었을 것이다. 나는 둘째형과는 여섯 살, 둘째누이와는 네 살 차이였는데 그것은 곧 초등학생과 중학생 사이 이상으로 차이진 것이었다. 나는 집안에서 귀여운, 그래서 어떤 부담도 지울 수 없는 막내였고 그것은 부모님이나 형과 누이로부터 간섭을 받지 않을 자유로움을 주었지만 대신 스스로 책임지거나 앞장설 것을 유보당한 입장이기도 했다. 그래, 나는 집 안에서 혼자 지냈고 놀았으며 혼자 책 보고 내 것만 맡았을 뿐이지 윗형제들과 어울리거나 그 앞에서 설칠 것은 아니었다. 그것은 학교에서나 친구들 간에서도 비슷하게 작용해서 나는 어떤 일에서든 뒷전에 서 있었고 선도의 자리에 나서기를 두렵고 쑥스러운 일로 여기고 있었다. 그게 행동에서만 그런 것이 아니어서, 초등학교 시절 나는 형의 교과서와 소설 따위를 꽤 많이 읽어 경우에 따라서는 당시의 시골 학교 동급생들보다 아는 게 훨씬 많았는데도 나 자신은 누구보다 더 안다거나 앞서 있다는 생각을 당초부터 하지 않았다. 5학년 때는 김성칠의 『조선사 이야기』를 두어 번 읽어 한국사 줄기를 거의 알고 있어 친구에게 이야기해주곤 했고, 6학년 때 한반 아이가 자기 이름을 영문자로 쓸 줄 안다고 자랑했지만 나는 4학년 때 형과 영어 사전의 단어 찾기 놀이를 하곤 했었던 것이다. 형들이 있었기 때문에 나는 조금도 더 많이 안다고 할 수 없었고 그래서 스스로를 그저 평범한 소년으로 자족했을 뿐이었다.

수줍음

그러니까, 나는 집안에서 맨 아랫사람이었고 그런만큼 형제 중에도 눈에 덜 띄고 조용한 막내였지만, 밖에 나가서도 역시 얼 뜨고 수줍은 아이였다. 그 틀은 자라면서도 여전했다. 초등학교 시절 나의 반에는 공부뿐만 아니라 체육도, 음악도, 서예도, 모든 것에 뛰어나고 얼굴도 잘생겼으며 그랬기에 당연히 내내 반장을 했던 친구가 있었다. 평범한 우등생이었던 나는 공부를 열심히 할 생각도 없었지만 열심히 한다 하더라도 그를 앞서보겠다는 생념은 도대체 가져보지 않았다. 중학교에 들어가니 이번에는 시골 출신이지만 영어 선생이 외다 잊어버린 소동파의 「적벽부」(라는 것은 뒤에 안 것이지만)를 뒤를 이어 청승맞게 외우는 천재가 있었다. 최면암의 증손자인 그는 중·고등학교 내내 수석을 했고 대학도 나와 같은 과에 들어갔다. 대학에 입학하여 동기생 면면들을 보니 그 모두들 고등학교 때의 수재들이었거니와 그중에도 단연 돋보이는 친구들이 있었다. 하나는 나보다 몇 해 선배나 되듯 사회과학에 대한 지식의 양에서나 그것을 향한 열정에서 패기만만한 친구였다. 그는 후에 신문기자 생활을 하다 미국으로 유학 가버렸다. 다른 과 학생으로는, 내가 그와의 사귐을 요청해서 이루어진 우정을 지금껏 평생 동안 유지해오고 있는 영문과의 황동규였는데 1학년 말에 처음 만난 그는 이미 기성 시인이 되어 있었고 문학이든 음악과 미술이든 모르는 것이 없었고 그것들에 대한 소견도 당당해서 시골 출신의 나를 완전히 압도하고 있었다. 신문사에 들어와서는, 1967년엔가 처음 알게 된 김현이 우리 문학과 문단만이 아니라 최근의 프랑스 문학계 소식도 환히 알고 있어 문화부 기자인 내게 많은 도움을 주었거니와, 나는 이번에는 학년으로 세 해 후배인 그 친구로부터 끊임없이 배워야 했던 것이다. 내게는 배워야 할 상대는 있었지만 내가 경쟁해볼 만한 상대는 없었다. 어쩌다 수석이란 것을 안 해본 것은 아니지만 어떻든 그것은 내게는 예외적인 행운이었고 나는 항상 차하자로 만족했으며 그것이 내게 운명적으로 합당한 위치라고 생각했다. 그래서 내가 앞자리로 나서야 할 때는 내심으로는 무척 어색하고 곤욕스러워하지 않을 수 없었다. 한국기자협회장으로서 공식·비공식의 자리에서 좌장이 되어야 할 때, 출판사 대표로서 내가 주도해서 회사와 행사를 이끌어가야 할 때, 혹은 결혼식 주례나 시상식장의 축사를 할 때에도, 나는 민망하고 저어했으며 가능하다면 그 불편한 일을 다른 사람들이 맡아주었으면 싶었다. 나는 남의 윗자리에서 지휘를 하거나 주도를 할 사람이 못 되었으며 뒤에서 내게 주어진 몫을 하는 것이 가장 편하고 든든하게 여겨졌다. 그런 탓이었는지, 내가 누구에게든, 친구든 후배든 또는 자식 또래든 간에, 그들로부터 배워 들이는 게 부끄럽지 않은, 자연스러운 일이 되었다. 나는 사람들과 만나면 주로 듣는 편이었고 그들 앞에 내 주장 펴기를 회피했으며 경쟁을 포기하고 타인들의 지식과 의견을 내 빈 사유의 자리에 채우도록 노력했다. 그래서 신문사 기자가 되어서는 황동규와 김현 등등으로부터 배웠고, 1970년대에는 민중문학론자들의 주장을 경청했으며, 1980년대에는 운동권 이론가들의 논리를 따라가보았고, 1990년대에는 내 자식 또래의 젊은 신세대 문학인들 작품에 동감했다. 나는 참 많이 배웠고 끌어들였으며 내 것처럼 삼기도 했다. 사람들은 그런 나를, 생각이 열려 있다느니, 혹은 뚜렷한 주장이 없다느니 하며 엇갈린 평을 내리겠지만 어떻게 말하든 그것이 모두가 맞는 말인 것이, 나는 내가 동의하든 반대하든 그 모두의 논리와 의견에 공감했고 거기서 내게 없는 것을 빨아들이려고 했던 것이다. 어떻든, 교만의 죄를 지으며 감히 말하자면, 나는 겸손했고, 또 겸손해야 했다. 적어도 나는 마음이 가난한 사람이기를 바랐고 그런 사람을 존경했다.

열여섯이었는지, 여학생들이 눈에 띄기 시작한 사춘기 시절의 어느 날 아침이었다. 혼자서 학교로 가는데 한 여학생이 내 앞으로 오면서 나를 향해 빙긋 웃고는 지나갔다. 내가 모르는 여학생이었기에 내심 어리둥절해하면서 그녀가 왜 내게 웃음을 보냈을까 꼼꼼히 따져보았다. 아마, 나는 모르지만 그녀는 나를 알고 있어 알은체를 했을지도 모르지만, 그러나 그렇게 볼 근거는 없었다. 그렇다면, 그녀는 나의 어떤 웃기는 모습, 가령 단추를 잘못 끼웠다든가 어딘가에 밥풀이라도 묻어 있어 그것이 그녀로 하여금 웃음짓게 했을지도 모른다. 혹은 나의 어떤 모습이 그녀에게 어떤 장면을 연상시켜 그녀가 웃음지었을지도 모른다. 또는 나 아닌 나의 뒤 어딘가를 보고 웃음을 지었을 것이다. 그렇지 않다면 지금의 나나 나의 변두리와 아무런 관련 없이 그녀 혼자서 내심 떠올린 어떤 기억 때문에 웃었을 수도 있을 것이다. 아무튼 나는 그녀가 나에게 의미 있는 웃음을 보낸 것이 아님을 스스로에게 확인시키기 위해 꽤 많은 다른 가능성을 짚어보았던 것이다. 스스로에 대한 자신감을 버리려는, 그래서 허황한 생각에 빠지지 않고 싶어하는 심리는 그후에도, 이처럼 꼼꼼하게는 아니지만, 나 자신에 대한 생각의 방법에 바탕을 이루어왔다. 누가 나를 칭찬한다면 그가 잘못 알았거나 그의 지나친 후의라고 깎아서 받아들였고 어떤 일이 문제가 되면 그게 내 탓이라고 스스로에 대한 반성을 했다. 객관적으로 보아 그의 잘못이 크고 내 것은 작은 것이라 하더라도 내 잘못이 있는 한 그를 나무랄 수가 없었다. 우리 직원이 혹 잘못해 회사에 손해를 주었다 하더라도 나는 사람이란 실수할 권리가 있다는 것, 그 나이라면 나는 더 많은 실수나 잘못이 있었을 것이라고 스스로를 달랬다. 내가 집에서나 회사에서 혹은 자식들에게나 사원들, 후배들에게 이제껏 야단친 적이 거의 없었던 것은 그런 나의 자격지심 때문일 것이다. 그것은 아마도 관대함으로 비칠 수 있겠는데, 나의 그런 태도는 오히려 가족이나 직원들에게 내 표정으로 나의 내심을 눈치채내려는, 그래서 은근히 더 힘들어하는 결과를 가져오는 것 같기도 하다. 스스로에 대한 이러한 반성의 버릇은 다른 사람의 사정이나 말과 의견에도 저절로 적용되었다. 그는 어떤 문맥으로 그런 말을 했을까, 그것은 그의 사정과 어떤 관련이 있을까 하고, 그의 말의 내용과 관계지어, 그러나 그 밖으로 생각을 뻗쳐 진의를 파악하려고 했다. 그것이 늘 철저한 것도 아니고 그 판단도 유보되는 경우가 더 잦지만, 어떻든 사람이든 글이든 사건이든, 더 나아가 역사에 대해서든 되풀이 묻고 따지며 그의 편에서 해석하고 이해해보려는 노력을 꾸준히 해왔다. 그것은 나에게 마음을 비우도록 했고 이해심과 관용을 길러주었으며 주장과 단언을 삼가도록 가르쳐주었다. 내가 열린 마음을 지녔다는 혹은 고집이 없다는 인상을 준다면 이 때문일 것이다. 이 되풀이-생각하기는 내게는 균형 잡기의 다른 표현일지도 모르겠다. 나는 내 것이 아닌 것, 내가 편들지 않는 것에 대한 이해를 가지려 했고 내가 가진 것, 내 편인 것에 대해 지나치게 기울지 않도록 애썼다. 오래 전의 언젠가는, 창가에 서서 문득, 내가 여기 이 안에 있다는 것은 내가 저기 밖에 있지 않다는 것을 뜻한다는 것에 생각이 미치면서, 내가 알고 있다는 것은 그 밖의 것을 내가 모르고 있다는 것의 동의어라는 깨달음을 나는 가진 적이 있었다. 그것은 상대주의적인 관점을 의미하는 것이었고 내가 나라는 사실은 내가 나-아닌-존재는 될 수 없다는 것을 확인시켜주는 것이었다. 그러므로, 내가 이편에 있다는 점으로 저편에 있는 것을 부인해서는 안 되며 내가 이편에 있음을 인식하면서 이편에 있음의 한계도 분명히 의식해야 했다. 그것이 나로 하여금, 스스로 보수주의자로 자처하면서도 진보주의의 입장을 긍정하게 했고 1960년대이면서도 1980년대나 1990년대의 의식과 감수성을 이해하도록 만들었을 것이다. 내게 다소라도 균형 감각을 가지려는 노력이 있다면, 그 사유의 훈련 덕택일 것이다.

감히 못 한 일

1983년 가을, 나는 문예진흥원이 정책적으로 시행하던 문인들의 해외 견학단에 끼어 프랑스와 이탈리아를 거쳐 요르단과 인도를 여행한 적이 있었다. 서구 두 나라는 그 전해에 가보았지만 이번에 처음 보는 후진의 두 나라는 어떤 점으로든 인상적이었는데 그런데 여기서 나는 일행 모두가 한 일을 감히, 끝내 못 한 것이 두 가지가 있었다. 암만에서 로마의 고도 페트라로 가는 길이었다. 나는 버스 속에서 바위산과 엉겅퀴로만 뒤덮인, 그래서 한없이 거칠고 황막하게 펼쳐진 차창 밖 풍경들을 보다 졸다 하며, 연신 담배를 피우며, 이 황무지에서 일어났을 장면들을 줄곧 연상하고 있었다. 그때 나는 랭보가 낙타를 끌며 무연히 강렬한 햇빛과 갈색의 사막을 돌아다니는 모습들을 상상했고, 갈증에 젖으면서도 아랍의 독립을 위해 로렌스가 자신의 조국과 싸우며 모래밭과 바위산들을 헤맸을 일들을 그려보고 있었다. 그러면서 나의 심경은 착잡했고 아연했고 슬펐다. 그렇게 가는 중도에 우리는 휴게소에 도착했고 우리를 안내하던 건설회사는 기념품 가게에서 장옷처럼 생긴 아랍옷을 선물하겠다고 우리에게 맞는 것을 고르라고 권했다. 모두들 그 희한한, 귀국해서는 결코 입지 않을 옷들을 걸쳐보고 수선을 떤 끝에 한 벌씩 골랐지만, 나는 끝내 그러기를 사양했다. 나는 이 옷을 입을 수 있는 이방인은 랭보처럼 세상의 끝을 본 사람이거나 로렌스같이 이 땅을 이 땅의 사람보다 더 사랑할 수 있는 사람이어야 한다고 생각했고 나로서는 감히 그 아랍인의 옷들을 만져서는 안 된다고 느꼈었다. 나는 아마도 너무, 감상적으로 되었을 것이다. 아그라의 타지마할은 내가 볼 수 있는 건물 중에 가장 아름다운 건물이었다. 흰 대리석으로 정확하게 대칭형을 가진 이 묘당은 우아하기를 지나쳐 내게 신성하게까지 보였다. 첫눈부터 반해버린 나는 멀리서부터 이 건물만을 정시하며 천천히 다가갔고 더없이 깨끗한 그 예술품의 테라스에 이르러서는 더이상 범접할 수 없는 삼엄한 두려움을 느꼈다. 이 순수하고 고결한 건물을 내 더러운 손발 자국으로 더럽혀서는 안 된다! 추악한 인간의 역사와 비굴한 인도의 현실 속에서 올연히 솟아나 그 추잡함과 비참함을 초월해 있는 이 성당은 비루한 나와의 소통을 거부하고 있는 듯했고 내게는 감히, 그런 그의 뜻을 거스를 용기가 없었다. 나는 내부로 들어가는 일행들과 떨어져 문밖 테라스 근처에서만 서성거렸고 앉아 담배를 피우다 또 서성거려, 그 안은 어떻게 생겼는지, 얼마나 아름다운지를 결국 보지 못하고 말았다. 나는 지금도 그 두 자리에서의 나의 겸허를 다행스럽게 생각하며 인간의 삶과 영혼이란 한이 없고 사람들이 만들어낼 수 있는 아름다움이란 끝이 없다는 것, 거기에는 어떤 이데올로기든 해석이든 감히 붙이려 드는 것은 만용일 수 있다고 생각을 곱씹던 일을 회상하곤 한다.

확신에 대한 두려움

나의 수줍음, 그래서 적극적이지 못함, 그리고 나의 부족함, 그래서 배워야 할 것이 많음 등등의 심리 구조 때문에, 나는 자신만만함, 그래서 확신에 차 있음, 그리고 박람함, 그래서 많은 말을 큰 목소리로 말할 수 있는 사람을 보면, 부럽고 경외스럽다. 나는 그런 사람에게 그의 앎과 식견을 배우면서 그의 그런 태도와 그 밑에 자리한 심리에, 그렇다, 두려움까지 느낀다. 그 두려움은 일도양단으로 정리될 수 없는 세상에 대한 두려움이며 그런 세상과 사람들에 대한 단호한 판단에 대한 두려움이다. 그래서 나는, 아무리 옳게 들리는 말도 거기에 지나친 강경함이 차 있고 저어함이 없는 확신이 넘쳐 있으면 그의 말에 얼마쯤 거리를 두고 내가 수용할 수 있는 만큼만 받아들인다. 그리고 더 나아가, 우리에게 확신이란 얼마나 위험한 것인가도 생각하게 된다. 내가 민중문학론이든 운동권의 진보주의든 간에 상당한 평가를 주면서도 스스로 그것에 견제를 가하지 않을 수 없었던 것은 그 주창자들의 일말의 유보도 없는 철저한 확신에 대한 두려움 때문이었다. 내게 마르크스가 뛰어난 지식인으로 보인 것은 그가 확신을 가지면서도, 동료들에게 역사와 세계의 현실에서 배우라는 권고를 한 점에 있다. 모랭의 『20세기를 벗어나기 위하여』를 보면서 "자신의 신념에 회의를 가져야 한다"는 대목에 부닥쳤을 때, '그래 이것이다!'라고 깊이 공감했던 것은 그러므로 나로서는 당연한 일이었을 것이다. 나는 인간과 세계란 숱한 의외의 집합이라고 생각하며 그 복잡한 현상과 구조를 한마디로 단언한다는 것은 위험한 단순성, 그러니까 만용이란 생각을 해왔다. 그 착잡한 세계 속에서 일관된 의지를 가지고 행동하는 것은 참으로 아름답고 훌륭한 일이지만 그런 세계 자체를, 그 속에서 살고 겪어내야 하는 구체적인 삶의 현실을 단 하나의 잣대로 해명할 수 있다고 단언하는 것은 어리석은 신념일 것이다. 숱한 가혹한 독재가, 바로 그런 신념에서 빚어진 것이 아닌가. 그렇다면 신념이란 가장 해독스러운 것이리라. 그러나 사람들이 어찌 어떤 형태나 강도로나마, 신념을 안 가지고 있거나 포기할 수 있겠는가. 갖가지 의견에 고개를 끄덕거린 황희 정승마저도 신념이 없을 수는 없을 것이다. 나는 신념이 포기할 수 없을 만큼 강한 것일수록 그것에 대한 스스로의 회의도 끊임없이 가해져야 하며 그와 다른 것에 대한 이해와 관용을 가져야 한다는 것을 자꾸만 더, 나이가 더해질수록 더욱 강하게 갖게 된다. 그것에 대해서만 회의가 없을 정도로.

삶의 패러독스

다른 자리에서 고백한 적이 있지만, 20대 전반의 나는 내 나름의 혹독한 번민의 시절을 겪었는데 그 번민의 내용은 세계와 자아에 대한 허무감에서 잉태된 것이었다. 그리고 허무감이란, 한 번 빠지면 그 속으로 더욱 깊이 빠지는 것이어서 그것을 구제할 어떤 지푸라기도 발견되지 않는다. 그러나 그런 끝에, 나는 나의 번민을 빙자해서 타인을 괴롭힐 근거가 있는가라는 것을 화두로 나 자신을 채찍질했고 마침내, 그럴 권리가 없다는 당연한 진실을 깨달았으며 그것이 그후 나의 내면의 기틀이 되었고 그러면서 비관과 부정의 세계 인식을 조금씩 벗어날 수 있었다. 그러나 그렇다고 해서 세계와 존재의 궁극적인 공허감을 극복할 수 있는 것은 아니었다. 대신, 나는 내가 지금 이 자리에 있는 한, 그래서 이 시간의 삶을 살고 있는 한, 종말의 허무를 생각하기보다는 현존의 사소한 것에서 그것의 큰 의미를 찾아내 끌어안기로 했다. 그 각성은 내게 삶에 대한 태도를 변화시켰다. 나는 거창하고 원대한 것, 인간의 근원적인 존재와 운명에 대해서는 여전히 막막한 슬픔과 절망의 어두운 색깔로 바라보고 있지만, 사소하고 순간적인 것, 삶의 구체적이며 현상적인 것에 대해서는 낙관적이고 긍정적인 것으로 받아들여 소중하게 누릴 것으로 작정하였다. 그것이야말로 그 밖에는 달리 그 의미를 구해낼 수 없는 삶의 진정한 패러독스가 아닐까라고 생각하면서.

사소한 것에서 의미 찾기

결혼하여 큰아이가 태어난 지 얼마 되지 않았을 때, 나는 여느 날과 다름없는 시간에 늘 가는 길로 집을 향해 걸어가면서, 문득 내 앞에 빤히 보이는 그 길에서 새삼 내 마음속으로 파고드는 쓸쓸함을 느꼈다. 그것은 일탈이나 다른 가능성으로부터 차단당한 자가 갖는 체념의 쓸쓸함이었다. 그래, 이제 내 길이란 것, 내 미래란 것, 내 운명이란 것이 이런 것 아니겠는가. 늘 보는 것들, 항상 익숙한 것들, 그래서 그 진행과 결과가 훤히 내다보이는 것을 가는 것이 사람의 운명일 수밖에 더 있겠는가. 그렇다면, 그 길을 지루해하고 답답해하며 못 견뎌하는 것보다는, 늘 같은 길이면서도 그 뻔한 길에서도 조금씩 다른 무엇, 가령 저 구멍가게에 한 아이가 과자를 사서는 맛있게 먹는 모습, 이 약방에 새로 들여온 약품 선전을 위해 붙인 안내지 등등 못 보아도, 알지 않아도 아무런 변화가 있을 게 없는 그 아주 사소한 기미들에서 기쁨과 희망의 어떤 즐거움과 의미를 거두어들이는 것이 더 아름다운 일이 아니겠는가. 전날 생각했던 삶의 패러독스를 다시 기억 속에서 끄집어내면서, 이런 유의 삶과 운명에 대한 인식이란, 체념 혹은 더이상의 희망 없음에 대한 자의식에서 오는 것이 아닐까 싶어져 페이소스에 잠기기는 했지만 그래도 이 허망한 세계에서 큰 의미 없이 살아야 하는 내게 그것이 유일한 의미 있음으로 받아들여야 할 것이며, 그나마도 없다면 그것은 나 자신을 완전히 황막하고 무의미한 삶의 지루한 연속에 내던져버리는 일이 될 것으로 생각했다. 작은 것에서 얻어내는 삶의 기쁨이란 그래서 그후의 나의 삶에 큰 받침이 되었음을 스스로 확인하게 된다. 욕심 없이 사는 것, 어떤 일에나 큰 기대를 가지지 않는다는 것은 옛날의 수신서 같은 교훈이기는 하지만, 그럼에도, 큰 이야기를 하는 사람의 허황스러움, 거창한 의도 때문에 작은 일도 거느리지 못하는 사람의 공소함을 나는 많이 싫어하게 되고 별일 없이 아이들이 잘 자라나는 것, 대수롭지 않은 시도가 이루어지는 것에 큰 기쁨을 얻어내곤 했다. 가령, 기자협회장 시절,

나는 언론자유선언운동을 매우 적극적으로 뒷바라지하면서도 그 운동의 앞날에 거의 낙관하지 않았고 오히려 탄압 때문에 정상적으로 낼 수 없었던 기자협회보를 등사기로 밀어 만들어온 직원들의 열성 자체에 더 큰 감사를 느꼈으며, 또 그런 바깥일보다 집에서, 그때 세 살짜리 아들이 막 배우기 시작한 말을 알아듣는 것이 더 감동적이었다. 그래서 큰 것을 기대하지 마라, 작은 일에서 의미를 찾으라는 것이 내가 내 아이들에게 하는 숨은 말이었다.

'그럼에도 불구하고'

내 책을 읽은 한 분이 나와의 인터뷰 자리에서 내 글에는 '그럼에도 불구하고'란 말이 자주 나오는데 그 이유가 무엇인가를 물었다. 나는 '그럼에도 불구하고'란 어사를 자주 쓰고 있음을 의식하고 있어왔고 그 빈번한 사용을 내 나름으로 의미화하고 있음에도 그런 질문은 흔치 않았다. 내 대답은 대충, 우리의 서술은 하나의 차원에서 진행되지만, 다시 보면 그것이 그렇게만 일 수 없을, 숱한 반대와 의외와 배반이 숨어 있기 때문에 이에 대한 환기의 방법적 표현이라는 것이었다. 가령, 아프리카의 평원에서 내가 본 것은 한가한 초원과 유유자적하는 야생 동물들, 푸른 하늘과 같은 평화로운 정경이고 또 그렇다고 나의 기행문은 묘사하고 있지만, 그러나 그 평화로운 풍경 밑에는 약육강식의 포학과 생존을 위한 치열한 싸움이 숨어 있는 것이고 그 상반된 관계를 이어주는 것은 '그럼에도 불구하고'라는 반어로써밖에 가능하지 않은 것이었다. 나는 서술의 차원에서뿐 아니라 삶의 진상이라는 것 자체가 '그럼에도 불구하고'라는 인식의 작용 없이는 발견될 수 없는 것이라고 생각했다. 앞서 나는, 거대한 것에 대한 절망을 견뎌내게 하는 것이 작은 것으로부터 얻어내는 작은 기쁨이었다고 하면서 '패러독스'란 말을 사용했다. 사실, 이 패러독스가 없다면 세계와 인간의 참모습을 인식할 수 없을 것이며 그것들의 이중성을 인정한다면 '그럼에도 불구하고'의 역설의 논리를 적용하지 않을 수 없을 것이다. 이 '그럼에도 불구하고'는 내가 기독교에 젖어 있을 때 얻어낸 것으로, 인간임에도 불구하고 하느님의 아들임을 인식하기, 십자가에 못박힘으로써 대속의 의미를 실현하기와 같은 예에서 역설의 논리가 피어나는 것이었다. 나는 기독교로부터 도망쳤음에도 여전히 그 '그럼에도 불구하고'의 사유의 습성은 배어 있어왔다. 그것은 첫눈의 것에 현혹되지 말기를, 통념적인 것을 되짚어보기를, 당연한 것을 되풀이 묻기를 요청하는 것이었다. 요컨대 이 반어의 진의는 회의와 반성의 정신을 높여주는 것이었다. 내가 보수주의자이고 우파이면서도 그 한계를 스스로 깊이 인정한 것, 진보주의와 실천 운동에 진하게 공감하면서도 거기에 빠져들 것을 억제한 것은 나 자신의 기질과 함께 그런 사고의 버릇이 곁들인 때문일 것이다. 그러니까 나의 회의주의와 성찰론, 혹은 지성론은 이 '그럼에도 불구하고'의 반어에서 비롯되었을 것이며 그것은 나의 태도와 행동의 양식을 결정지어주었던 것이다.

4·19 세대

나는 초등학교 1학년 때 해방을 맞았고 6학년에 오르며 6·25를 겪었으며 전후의 궁핍한 시절에 사춘기를 보냈고 실존주의와 기독교주의로 번민하며 민주주의와 자유주의를 사고의 축으로 삼게 된 대학 4학년 초에 4·19를 치렀다. 그러니까 나는 자유—민주주의 교육의 과정 속에서 성장해온 것이었고 한글 세대의 첫머리로서 나의 의식이 자라났던 것이며 그것들이 4월의 학생 혁명으로 귀결되는 것이었다. 나는 그런 나의 행운스러운 세대적 위상을 무척 자부했으며, 비록 1960년 4월 19일의 시위에는 참가하지 않았지만 4·19 세대—한글 세대의 역사적 일치에 매우 높은 의미를 부여해왔다. 그 의미는 4·19의 정치사적 성과가 허망한 것이 되었다 하더라도, 아니 그렇기 때문에 더욱, 강조될 수 있다고 생각했다. 그 생각은 어떤 변혁도 문화적, 그러니까 내면과 의식의 변화를 겪지 않으면 가능하지 않다는 것, 혹은 정치적 변혁에는 정신적·심리적 변화가 전제되어야 하며 정치가 어떤 변화를 이룰 수 있든 없든 문화적 변화가 보다 깊은 역사의 진전과 변혁을 유발한다는 사유를 강화시켜주었다. 나는 그러니까 김현이 고백했던 것처럼 실존주의와 기독교, 그리고 자유-민주주의가 나의 사유와 의식의 뿌리를 이루고 있다고 자각해왔으며 그것들이야말로 나의 사유 행위를 주도하는 중심적인 이데올로기라고 생각해온 것이다. 그러나 나의 40대에는 이런 인식의 한계를 스스로 깊이 인정하지 않으면 안 되었다. 나는 이전까지만 해도 마르크스와 진보주의를 몰랐고 반공주의 교육으로 그것들을 나쁘게 부정적으로 인식했었다. 가령 마르크스의 유물론은 인간의 고귀한 내면의 존재성을 폄하하는 것이고, 그것의 현실 체제는 독재와 억압으로 구조된 것이며, 그들이 내세우는 실질적 민주주의는 서구식의 형식적 민주주의에 비해 비판과 자유를 구속하는 전체주의적 발상이라고 믿어온 것이다. 나의 이런 잘못된 생각을 깨달은 것, 그리고 나의 인식과 사유는 우파-보수주의적 체계에 닫혀, 그러니까 1960년대의

4·19 세대적 한계 속에 갇혀 있는 것이라는 사실을 인정하게 된 것은 때늦게도 1980년대 초였다. 나는 정문길 교수의 『소외론 연구』를 비롯한 책들을 통해 젊은 마르크스의 휴머니즘을 알게 되었고 프랑크푸르트 학파의 비판이론을 통해 자본주의의 물신성에 깊은 공감을 갖게 되었던 것이다. 그리고 그즈음은 현저한 경제적 성장과 소득의 비약적인 증가를 바라보면서 산업사회의 병증과 중산층의 허위를 눈과 몸으로 고통스럽게 확인해야 했던 시절이었다. 나는 여전히 보수주의자 혹은 우파라고 자인하면서도 그것이 기반하고 있는 자본주의와 중산층의 보수성에 대해서는 점점 비판적으로 되어갔고 젊은 운동권의 진보주의에 상당히 동의할 수 있었다. 1980년대의 한 잡지 칼럼에서 나는 우리에게도 진보주의적 정당 더 나아가 공산당까지 허용해야 하지 않겠는가라고 조심스럽게 타진한 적이 있었는데, 자유-민주주의를 확보하기 위해서는 재야의 급진주의를 제도권으로 수용해야 한다는 정치적 이유를 제시한 그 바닥에는, 자본주의와 보수주의의 추악한 양상을 진보주의가 수정해줄 수 있기를 바라는 나의 숨은 소망이 담겨 있었던 것이다. 그러나 실현될 수 없었던 그 소망에도 불구하고, 그 의견의 바닥에는 4·19 세대라는 자의식이 깔려 있었고 그 밖의 것이 아니었음도 나는 자인하지 않을 수 없다.

세대에 대하여

내가 속한 4·19 세대에 대한 자부심 때문이었는지, 나는 세대에 대한 생각을 많이 했다. 윗세대가 남겨놓은 유산과 아랫세대의 새로운 의식이 결합한다면 보다 창조적인 변증을 이룩할 수 있지 않을까 하는 것이 오래 전부터의 견해였다. 내가 잡지 청탁으로는 처음으로 받아 『사상계』에 쓴 글이 바로 그런 뜻을 품은 「세대 연대론」이었다. 되찾아 읽기도 부끄러운 글이어서 어디에도 묶어넣지는 않았지만, 시대를 달리하는 그래서 경험과 감수성, 인식의 태도가 서로 다를 수밖에 없는 세대들이 갈등과 적대가 아니라 조화와 연대의 관계로 제휴해야 한다는 생각을 그때 나는 품고 있었던 것이다. '새 술은 새 부대에' 넣어야 한다는 것은, 그러니까 역사 발전의 동력이 될 것이었다. 그것은 후배들을 가르치기보다는 연대해야 할 상대로 생각하게 했고 미래의 주역이 되어야 할 그들의 의식·무의식의 욕망을 존중해 줄 것을 주장하는 것이었다. 1970년대 초 동아일보를 통해 진행된, 논쟁은 무성했지만 나의 취지는 상당히 오해된 '청년문화론'을 제기한 것은 이런 연유에서이며, 1980년대의 운동권 문학론이나 1990년대의 신세대 문학에 대해 내가 적극 수용하려 했던 것도, 그것들이 마땅히 알아두어야 할 주제이기도 했지만, 새로운 세대와 기성 세대가 어떻게 공감의 영역을 넓히며 지속 속에서의 능동적 변화를 수행할 수 있을까를 찾아보기 위한 것이었다. 그럴 만큼 세대간의 조화로운 교체에 대해 내가 갖고 있던 간절한 소망은 『문학과지성』을 통해 구체화될 수 있었다. 나는 1970년대 중반 『문학과지성』의 편집 동인을 후배들에게도 열어놓자고 동인들에게 제의하여 오생근·김종철을 영입했고, 『문학과지성』이 폐간되고 무크지가 활발하게 간행되던 1980년대 초에는 김현의 주도로 후배 작가·비평가 들을 편집 동인으로 끌어들여 『우리 시대의 문학』을 발간토록 하였고 이들이 주축이 되어 1988년 『문학과지성』의 속간 대신 『문학과사회』를 창간하도록 했다. 1990년대 초에는 이 동인들보다 좀더 젊은 비평가들로 제3세대를 엮어보려고 했지만 성공적이지는 못했고 대신 1990년대 중반 문사 동인들이 보다 후배들인 1990년대 작가들로 엮은 그룹을 받아들여 『이다』 동인들을 구성토록 했다. 그러는 한편, 문학 운동은 '한 세대 집단으로부터 다음 세대 집단으로' 계승되어야 한다는 나의 구상을 실현시키기 위해 오래 전부터 생각만 해오던 문학과지성사의 주식회사 개편안을, 김주연·김치수·오생근 등 문지 편집 동인들의 동의를 얻어, 1994년에 성취했다. 그리고 나는 2000년 3월에 문사 동인들에게 25년 동안 관리해오던 문학과지성사를 넘겨줄 것이다.

비평에 대하여

1970년대 초 나는 시사영어사에서 발행할 '현대 미국 단편문학 전집'의 원고들을 읽어볼 기회가 있었다. 장편소설들만 대하던 내게 그 단편들은 우리의 그것들보다 더 나을 것도 없어 보였다. 그럼에도 그들이 대가로, 그 작품들이 뛰어난 걸작으로 알려진 이유는 무엇일까. 그때 내가 생각한 것은 미국의 수천의 대학과 수만의 미국문학 연구자들이 그 작품들을 끊임없이 분석하고 재해석하며 새로운 의미를 줄기차게 부여한 덕분이 아닐까 하는 것이었다. 그렇다, 문학의 연구자들이든 비평자들이든, 그들이 해야 할 일은 작품들의 실패·미흡한 점들을 헤집어 비판하기보다, 그것들을 독자적인 세계로 상정하여 그것들이 품고 있는 가능성을 발견해주고 거기에 적극적인 의미를 부여해주어야 할 것이었다. 그래서 나는 비평이든 해설이든, 그것의 바람직한 방향은 여기에 있을 것이라고 생각했다. 비평에 대한 나의 이러한 생각은 1973년 동아일보에 연재한 「문단 반세기」(책으로 낼 때 『한국문단사』로 개제)를 쓰면서 더욱 강화되었다. 이 연재작업을 통해 나는 비로소 한국문학 통사를 공부하기도 했지만 고통스러운 근대의 식민지 시대에 초기의 우리 문학인들이 문학 행위를 한다는 것이 얼마나 괴롭고 자기 희생적이었던가를 마음 깊이 새기게 된 것이다. 그것은 우리의 문학과 작가에 대해 진심으로 존경을 보내야 할 것을 통렬히 느끼게 한 귀중한 경험이었다. 그래서 이후부터 나는 작가와 작품에 대한 비판을 삼갔고 그것이 우리에게 가하는 성과를 가능한 한 적극적으로 평가하려고 노력했다. 그렇다면 나쁜 작품들은? 어느 문학 사회에나 평자에게 못마땅한 작품이 대부분을 이루게 마련인데 좋은 작품의 좋은 점을 집어내기도 바쁜 터에, 나쁜 작품에까지 낭비할 필요는 없을 것이었다. 몇 해 전, 고인이 된 동료와 공동의 저서를 냈던 한 연구자가 생시의 그 동료의 글과 번역에서 잘못된 부분을 아주 긴 글로 들춰낸 것을 보고는, 아, 이런 정력이 있어 자신의 연구 성과를 내는 데로 투입했더라면 그 자신과 우리 문학을 위해 얼마나 생산적이었을까 하고 탄식한 적이 있었다. 어떻든 이런 나의 비평적 태도 때문에, 내 비평이나 비평집이 자기 나름의 일관된 평가 기준 없이 두루 좋다는 말만 한다는 비판을 받기도 했다. 나는 그것이 사실임을 스스로 시인했다. 그러나 그것을 비평의 약점으로 인정하고 싶지는 않았다. 나는 비평이란 작업을, 창작이 언어에 의한 세계의 질서화라면, 그 언어체들의 메타적 질서화이며, 그래서 잘된 비평이란 현실 세계와 그것의 언어적 질서화 간의 관련성을 정확하고 의미 있게 메타화시키는 장르라고 생각했다. 그러니까 좋은 비평은 우선 좋은 작품을 대상으로 해야 할 것이며, 다음 그것의 의미와 가능성을 발견하는 것이고, 그 메타적 방법이 진실된 관점과 좋은 문체로 서술되는 것이었다. 그래야만 비평도 문학이 될 수 있을 것이었다. 내 실제 작업이 그래왔다는 것은 아니다. 그러나 읽으면서 혼란스럽고 암울한 세계가 열려가는 것을 느끼게 하고 인간과 삶, 현실과 세계의 정체가 해명되어가는 것을 깨닫게 만드는 글이라면, 그것은 나의 인식과 다른 것이라 하더라도 훌륭한 비평문학의 성과로 받아들여지는 것이다.

진보주의

진보주의에 대한 나의 공감은 나 스스로 예상한 것보다 강했지만, 그러나 오래지 않아 그것의 운동을 받아들이는 데 대한 나 자신의 한계를 느끼지 않을 수 없었다. 내가 사회주의든 그보다 더 전투적이거나 온건한 것이거나 간에, 진보주의에 대해 주목한 것은 세 가지 측면에서였다. 우선 생각해볼 수 있는 것은, 그 운동이 해방 후 혹은 그 이전의 1920년대 이후의 우리 정신사에서 우파 보수주의의 편향적인 사고 구조를 타파할 수 있다는 점이었다. 그것은 내가 이 새로운 이념 체계에 동의하든 안 하든과 관계없이 우리의 온전한 사유 태도를 위해 바람직한 것이었다. 내가 1980년대의 우리 지식사회에 자주 적극적인 의미를 부여했던 것은 진보적 이념 운동의 바로 이러한 효과에 대한 평가 때문이었다. 두번째 측면은 효용가치를 압도하는 교환가치 체계와 자본의 물신성에 비판적으로 접근하는 데 있어 그것은 마르크시즘과 비판이론의 매우 유용한 관점을 제공한다는 점이었다. 이 관점은 문학의 진정성을 가름하는 데, 지금에 이르기까지 유효한 것으로 보인다. 그리고 마지막으로 사회주의 체제가 우리의 타락한 자본주의의 대안으로 현실화할 가능성이었다. 그러나 그 가능성이 1987년의 총선부터 무력하게 가라앉는 것을 보고 그 실현성에 대한 기대를 유보하게 되었고, 후기 산업사회의 징조를 드러내며 동구 사회주의권이 붕괴하는 것을 보고는 더이상의 희망은 유보하게 되었다. 그러나 나는 진보주의에 대한 소망을 버린 것은 아니었다. 박노해의 옥중 시를 보고 자본주의의 견제 세력으로서의 사회주의에 대한 소중한 꿈을 발견하였고, 소비에트 러시아가 해체되고 난 후 미국의 패권주의의 횡포를 확인하면서 그것이 사회주의의 현실 세력이 부재하면서 일어난 현상이라고 생각하게 되었다. 그래, 나는 자본주의와 개인주의, 자유주의와 보수적 민주주의의 편에 있음을 자처하면서도 사회주의와 진보주의의 현실화를 소망하고 있었다. 이 '그럼에도 불구하고'의 이중적인 태도에 대해 한 젊은 아마추어 독자는 그것이 나 자신의 '우파-보수주의'를 강화하기 위한 것이 아니냐고 질문했다. 나는 솔직히 그렇다고 했다. 나는 변혁의 필요성을 바라고 있었지만 그로 말미암은 역사 단절에서 유발될 거대한 희생을 두려워하며 점진적 개혁을 바라고 있었고, 공동체적 삶의 관계를 중요시했지만 나의 사사로운 자유를 훼손받기를 싫어했다. 이 모순된 사고에서 나는 결국 내가 나의 내면을 형성시켜준 청소년기의 1950년대와 청년기의 1960년대적 사유의 틀을 벗어나지 못하고 있음을 확인했다. 그리고 나 자신을 향해, 그만한 고집도 스스로에게 허용하지 않는다면, 나는 무엇을 희망할 수 있을 것인가 자문했다. 그리고 1980년대 중반에는 젊은 운동권 문학이론가들이 주장하기 시작한 급진적인 노동(해방)문학론을 나는 더 따라갈 수 없다는 한계를 느끼기 시작했다. 노동자들의 글쓰기는 내게 바람직하게 인정되었지만 그러나 노동자에 의한 노동자의 문학만이 바른 문학이라는 주장은 문학과 문화의 올바른 인식일 수 없었다. 그것은 성민엽이 지적한 것처럼 민중문학이든 노동문학이든 민중 또는 노동자의 글만을 문학으로 인정하는, 너무나 극단적이고 소박한 환원론일 뿐이었다. 문학과 문화는 그 소박한 환원론을 뛰어넘는 것이고 또 뛰어넘어야 하는 것이다. 나는 이쯤 와서는 이 급진적인 좌파

문학이론을 더이상 추적하기를 포기했다. 이 이상은 나의 영역이 아니며 내가 이해하고 수락할 수 있는 범주를 지나치고 있다고 인정하고, 이제 우리의 문학은 작품 자체로 돌아가야 하며 문학적 감동의 의미를 밝혀야 한다고 생각하게 되었다. 그럼에도 지금 와서 서운한 것은, 내가 이해하든 못 하든 간에, 1980년대 중반의 그 격렬한 급진적 문학 논의들이 왜 그처럼 금세 시들어져야 했던가 하는 문제였다. 우리는 다른 일에서도 그랬던 것처럼 문학에서도, 그리고 이념 문제에서도 너무 서둘렀던 것이 아닌가……

1990년대 문학

1980년 즈음이었는지, 한국일보의 김훈 씨가 민중문학론과 같은 진보주의 문학론이 득세하고 있는데 문지의 순수문학론 입장은 어떻게 될 것인지 물어온 적이 있었다. 그때 나는 10년을 기다려보자고, 아마 그즈음에는 문학적 양상도 바뀔 것이라고 대답했었다. 그리고 10년 후 나의 예상은 대충 맞았다. 국내외의 현실 세계가 급격히 변모했고 지식사회의 이념적 지형도도 변했으며 문학에도 새로운 물살이 밀려오고 있었다. 그러나 곧 밝혀졌지만, 문학에서의 그 변화는 내가 예상한 대로는 아니었다. 운동권의 급진적 문학론은 명백히 퇴조하고 순수 문학이 되살아오고 있었지만 그 순수 문학은 1970년대의 그것이 아니었다. 나는 처음 1980년대의 급진적 이데올로기로 경직된 문학을 해체하는 포스트모더니즘적 양상을 보인 그 문학들을 환영했지만, 그러나 그것들이 머지않아 후기 소비사회의 대중문학적 분위기로 침윤된 것에 당혹하기 시작했다. 더구나 1990년대의 새로운 대중문학들은 컴퓨터의 글쓰기를 동반하고 있었고 운동권 문학이 퇴조한 자리에 PC문학이며 공상소설이며가 더 큰 크기로 자리잡아가고 있었다. 나는 이런 새로운 현상을 어떻게 수용할 것인가로 새로운 고민에 빠졌다. 종래의 진지한 문학의 창작은 더 줄어들고 소외될 것이며 추리소설·에로소설 등의 통속물들이 앞으로 압도해갈 것이다. 그리고 인류사의 가장 고귀한 문화적 상속물인 문학이란 것의 위상이 중심부에서 변두리로 밀려날 것이고 영상 문화들이 새로운 주도 문화로 자리잡아갈 것이다. 이런 비관적인 전망에 두 가지 생각이 끼어들었다. 우선 전자 문명의 발전이 컴퓨터로 상징되는 새로운 문화적 패러다임을 이룰 것인 한 전래의 문학·문화가 쇠퇴할 것은 도저히 피할 수 없는 운명이리라는 것, 그리고 비관이든 부정이든 나의 판단은 1960년대로부터 1990년대를 살아온 세대의 기성 가치 기준일 뿐이며 21세기의 새로운 세대는, 기왕의 숱한 세대의 역사들이 그래왔던 것처럼, 자신들의 새로운 잣대를 만들어내어 그들의 문화를 창조해가리라는 것이 그것이었다. 나는 두 상반된 생각들에 끼어 나 자신의 입장을 하나로 정리해낼 수가 없었다. 그 엇갈린 관점과 전망들이 『새로운 글쓰기와 문학의 진정성』(1997)에 어려 있는 갈등이었다.

새로운 세기에 대한 비관

여기에 한 가지 보다 큰 비관적인 주제가 내 앞에 제기되었다. 자본과 과학의 복합체란 문제가 그것이다. 나는 과학기술의 발전이 세계와 인간의 삶을 보다 증진시킬 것으로 믿어왔고 그 기술의 변화에 맞춘 경제와 경영의 방식이 우리의 소득과 행복을 높여주리라고 예상했었다. 그러나 이와 관련된 여러 책을 보고 혹은 시사적인 기사를 읽으면서, 그리고 우리의 시장경쟁력이며 세계화라는 구호의 논리적·현실적 전개를 예상해본 결과, 그게 아니었다. 유전자 복제와 인공지능의 개발은 엄청난 것을 약속해주지만 그런만큼, 인간이 세계 속의 피조된 존재라는 위상에서 세계 위의 신적 위상으로 나아갈 것을 가능케 해주는 것이었고, 자본은 후에 우리의 IMF 예속으로 입증되듯이 생산에 기여하는 것이 아니라 그 자체의 힘을 통한 인간의 사물화를 추동해주는 것이었다. 무서운 것은, 그런 자본과 과학-기술이 똑같이 자체의 무한 증식을 기도하고 있으며 그 증식을 억제할 어떤 힘도 용인하지 않는다는 것, 그러기는커녕 자본과 과학은 제휴하며 하나의 거대한 복합체, 얼굴이 안 보이는 리바이어던이 되어 앞으로의 인간과 세계의 삶을 지배할 것이라는 점이었다. 그것은 SF영화가 비천한 인간의 미래를 보여주는 것과 같은 참상을 초래할 것이었다. 그리고 이같은 두려운 미래는 소련이 대표하던 진보주의의 견제 없이 미국의 패권주의로 더욱 심각해지리라는 예상 때문에, 차라리 1960년대식의 동서 냉전체제가 지구적 삶을 위해 더 나은 것이 아닐까 하는 생각까지 들었다. 나는 이런 생각에 이르면, 거의 공포에 젖는다.

아아, 나는 나의 삶이 생애의 끝자락만으로 21세기에 걸쳐 있다는 것을 참으로 다행스러워! 하고 있는 중인 것이다.

말 뒤에 숨은 말

기억 속의 이미지들

사람은 나이 들어도 기억이란 것은 나이를 먹지 않는다. 50년 전 기억 속의 얼굴은 여전히 50년 전의 얼굴이어서 성장도 노화도 하지 않는다. 다만, 사진이 빛바래는 것처럼 그 기억들도 빛이 바랜다. 바랜 기억들은 그 앞뒤의 맥락이나 안팎의 사정도 함께 바래면서 하나의 정물화 이미지로 순화된다. 그 순화된 이미지는 아름다운 것이든 부끄러운 것이든 그것들에 얽힌 모든 느낌들을 아우라로 변형하면서 그리움으로 덧칠한다. 기억이란 그래서, 슬픔인가 축복인가.

모태(?)에의 기억

내 뱃속에서 너는 어떻게 나왔지? 아마 몇 번은 같은 질문을 이웃집 아주머니들과 함께 수선을 떨던 어머니로부터 받았던 것 같다. 그때마다 나는 한 장면이 떠오른다. 나는 아마 이층 마루방에 혼자 있었고 아래층으로 통하는 바닥 문을 피노키오처럼 망치로 쾅쾅 못질을 하고 있다. 그래서 나는 대답한다, 엄니 뱃속에서 쾅쾅 못질을 하고 나왔지. 아주머니들 모두가 소리내 웃는다. 어머니는 웃음 끝에 한마디를 단다. 그래서 내가 애를 마지막으로 해서 단산(斷産)을 했나 봐요.

이때의 내 나이가 글쎄, 네댓 살? 이제껏 풀 수 없는 신기함: 지금도 한 장의 사진처럼 내 가장 깊은 곳에 박혀 있는 마루방에서의 못질이란 영상이 어떻게 내게 생겨났을까. 있지도 않은 만화를 보았을 리도 없고 피노키오를 알 리도 없었다. 그런데도 나는 분명히 나 자신이 그렇게 하는 모습을 떠올렸고 또 막내였으며 어머니는 나 이후 임신하지 않았다. 나는 정말 어머니 뱃속에서 내가 태어나기 전의 행동을 기억하는 것일까. 나의 가장 오랜, 그럼에도 수수께끼 같은 기억. 어떻든 그래서, 어머니의 돼지꿈을 꾸고 나온 나는 3남 2녀 중 막내가 되었고 막내가 누릴 수 있는 이점을 아주 작을 때부터 누릴 수 있었다. 가령, 집안일이나 부모 형제들로부터 귀여움을 받는 만큼 간섭 없이 자유로울 수 있다는 것, 집안에서의 기여도나 영향력이 가장 적기 때문에 겸손해질 수 있다는 것.

외로움

한밤중에 문득 잠을 깼다. 오줌이라도 마려웠을까. 그런데 일본식 집의 유리문들을 통해 달빛이 마구 쏟아져 들어오고 있었다. 마알간 하늘에 달이 둥그렇게 떠 있었다. 아마 초등학교 1, 2학년쯤이었겠지. 머릿속마저 마알갛게 된 나는 저 달이 얼음덩어리라는 데 생각이 미쳤다. 하얗고 차디찬 얼음산들. 거기에 달(!)이 떠 그 삐죽삐죽 엄청난 크기로 창백하게 번쩍이는 얼음산들을 비추고 있었다. 나는 갑자기, 한없이 외롭고, 추웠다. 지구도 언젠가는 저 달처럼 되리라. 한없이 차고 창백하게, 영원을 버티고 있어야 할 것이다. 그 세상을 나는 얼음 속 바닥에 혼자서 외롭게 숨어, 저 달처럼 빙산들을 바라보고 있을 것이다. 춥고 절망적이었다. 나는 옆에서 단잠에 젖어 있는 어머니를 흔들어 깨웠다. 그리고 간곡하게 당부했다. "엄니, 죽더라도 나 장가 보내고 죽어!" 어머니는 웬 엉뚱한 말이냐는 듯 달빛 속에서 안타까운 표정을 짓고 있는 나를 한참 들여다보더니, 간단하게 대답했다. "그래, 너 장가보내고 죽을게."

미래의 세계를 상상할 때 참 우스꽝스러운 것은, 내 육체와 영혼이 죽어 없어지더라도 상상하고 있는 의식만은 여전히 살아남아 있어 그 미래의 세계를 바라보고 있다는 점이다. 유아론(唯我論)이란 말을 들으면 나는 내 아홉 살 때 상상했던, 결코 죽지 않고 영원 속에 오히려 또렷하게 활동하고 있는 내 외로운 의식의 존재를 떠올린다. 그날 한밤의 그 영원에의 외로움은 창백한 달이 하늘과 땅을 말갛게 비추는 장면을 볼 때마다 회상되곤 하며 나를 무섭게 만든다. 그리고 세상은 망해도 그 망한 세상을 상상하는 나의 의식이 더욱 또렷하게 창백한 세계의 죽음을 바라보고 있다는 환상은 망집처럼 끈질기게 내 의식의 멀리에 달라붙어 있다. 그런데 나는 그때 왜 하필 장가들어야 할 일을 생각해냈을까. 결코 조숙할 리 없는 나의 조리 없는 염원은 지금 돌이켜보아도 우습고, 섬뜩하다.

나의 부모님은 약속대로, 나를 결혼시키고 내가 내 자식을 결혼시켜 마침내 할아버지 노릇을 하고 있는 지금까지, 몸은 좀 불편하시지만 여전히 90대답지 않게 건강하시다. 그리고 그분들의 외로움 앞에 서면 이제의 나의 외로움이란 사치스러운 것이 되고 만다.

산

내가 다닌 초등학교는 당시의 대전에서도 변두리에 있어서 울타리 주변에는 벼논이 펼쳐져 있고 조금만 걸으면 산이 늘어서 있었다. 우리가 기합 받으러 올라가는 나지막한 기합산, 서울의 것과 생김새가 비슷한 그러나 그보다 낮은 삼각산, 그리고 야구중계 때면 비쳐 보이고 아나운서도 아름다운 모습이라고 소개하는 보문산이 키순대로 도열하듯 나란히 서 있다. 나는 친구들과 더러 그 산에, 그중에도 삼각산에 자주 올라가, 놀기도 하고 숙제도 하곤 했다.

언젠가는 평소보다 좀더 높이 그러니까 한 봉우리의 꼭대기까지 올라갔다. 나는 기합산 머리에 오르면 산 너머의 동네가 보이듯이 그 봉우리에 오르면 그 너머의 골짜기와 들판 혹은 동네가 보이리라고 기대했다. 그런데 그 꼭대기에는 아래에서는 보이지 않던 더 높은 봉우리가 웅크리고 있었다. 우리는 정상의 능선을 따라 좀더 가보면 그 뒷마을이 보이려니 하고 더 걷고 올랐다. 그러나 그 고비를 돌자, 산의 맥은 한없이, 한정 없이 아득하게, 뻗쳐 있었다. 아아, 나는 속으로 탄성을, 아니 탄식을 했다. 절망이었을까? 아마도 어린 마음에도 절망이었을 것이다. 저렇게 한없이 뻗쳐 있다는 것, 그것은 뒤에 어른이 되어 챙겨보면,

우리의 시선을 가로막는 한계이면서 또한 무한히 팽창할 수 있는 한계에 대한 아득한 무력감을 안겨주었던 것 같다. 나는 무연히 그 뻗쳐 있는 산들에 대한 두려움 속에서 걸음을 돌렸다.

어릴 때, 작은 산에서였지만, 이때부터 나는 산에 오르기를 즐기지 않았다. 운동으로도, 레크리에이션을 위한 등산으로도 하지 않지만, 피할 수 없어 산 부근에 갈지라도 나는 초입에서 걸음을 멈추고 밑에서 서성거릴 뿐이다. 설악산에 가서도 케이블카로 오를 수 있는 데까지이고, 동료들과 간 오대산에서도 차가 오를 수 있는 월정사까지였다. 열 살 때쯤 보문산 뒷줄기의 한없는 뻗침이 하나의 막막한 정경으로 구성된 산의 이미지가 나의 걸음을 주저앉힌다. 그때부터 내게, 산은 두렵고 산맥은 절망스러운 것이 되었다.

지도

내가 모르는 공간으로 한없이 뻗어나간 산맥을 보며 두려움에 젖었음에도, 초등학교 3학년쯤의 나는 지도 들여다보기만은 참 좋아했다. 그때 우리집에는 형들이 보던 일제시대의 두툼한 세계 지도 한 권이 있었다. 나는 그것을 틈만 있으면 펼쳐보았고 나라들, 대륙들, 강들, 산맥들, 국경들, 철도선들, 시가들을 따라 다녔으며 그것들의 모습을 상상해보곤 했다. 세계의 주요 도시들, 수도들을 한눈에 짚을 수 있었으며 부록의 도표들로 나라들의 면적과 인구, 석탄과 철의 주요 생산국 따위 별의별 것들을 저절로 알고 있었다. 우리나라 지도책을 보고는 나라 안의 갖가지 지리적 상식을 꿰뚫을 수 있게 되었다. 지도를 안 보고도 어느 곳이든 지도를 그릴 수 있었고 백지가 없어 우등상장 뒷면에도 외운 대로 세계 지도를 그렸다가 어머니에게 꾸중을 듣기도 했다. 이렇게 지도에 탐닉했지만 그것은 그저 재미, 호기심, 아이다운 공상일 뿐이었을 것이다. 그러나 후에 세상의 이곳저곳을 다닐 때, 혹은 비행기에서 지상의 이런저런 것들을 내려다볼 때 그것들은 낯익은 신기로움을 일으켜주었다. 그리고 이 지도 보기에서 얻은 두 가지 소득: 하나는 중학교 들어가서도 새삼 지리 공부를 하지 않아도 되었다는 것. 또 하나는 쉬운 한자와 알파벳을 저절로 알게 되었다는 것.

그녀

초등학교 5학년 때, 음치이기도 해서이지만, 그래서 하나의 공부가 될 듯싶어 음악반에 들었다. 그런데 의무교육 시행 축하 행사가 있으면서 음악반은 저절로 학교의 합창단으로 구성되어 노래연습을 하게 되었고, 6·25 후에는 갖가지 위문행사에 이 합창단이 동원되었다. 그즈음 나는 그녀를 보았다. 왜 하필 그녀였을까. 그녀는 다른 여학생과는 달리, 어리숙하고 어려 보이며, 수줍고 조용한 아이, 조해일의 소설에 묘사된 것처럼, 몸보다 많이 큰 옷을 입어 추워 보이는 소녀였다. 그랬지만 그녀는 세상물정 모르는 아이의 순진함과 의연함을 보여주고 있었다. 내게는 그녀의 깊이 숨은 조용한 지혜와 겸손이 유난스레 다가왔다. 그녀는 반타원형으로 대형을 갖춘 합창단의 바로 내 맞은 쪽에 자리해 있었고, 나는 물론 그녀에게 말을 걸지도 않았으며 그녀가 나를 알아볼 수 있으리라는 생각도 하지 않았다. 나 역시 어리숙하고 수줍었던 것이다. 그후 나이가 들고 물정도 바뀌었지만, 젖먹이 같은 홍조를 볼에 띠고 큰 눈으로 조용히 아래로 시선을 내리던 그녀의 인상은 변하지도 않고 바래지도 않는 사진으로 남아 있었다.

근 오십 년이 지난 이제, 그녀는 얼굴도 달라지고 표정도 바뀌었지만 열두어 살 때의 나의 어린 형안(!)이 정확했다는 생각을 나는 자주 한다. 그것은, 순진함만이 빚어낼 수 있었던 예감이었을까. 그녀를 발견하지 못했더라면, 그리고 나의 발견을 고집하지 않았더라면, 아마도 나는 다른 생애를 보냈을지도 모르고, 좀 더 우울해하며 신상의 외로움을 벗어내지 못했을지도 모른다.

화려한 불빛

6 · 25가 터지고 열흘쯤 후, 우리 가족은 부르주아도 아니고 반동도 없는데도, 남쪽 끝으로 멀찍이 달아났다. 전쟁은 피해야 했고 조부모가 살고 계신 가난한 고향집은 불안했으며 부산에는 시집간 큰누이가 있어서 내리게 된 부모님의 단안이었다. 이분들의 현명한 조치 때문에 나는 비행기 폭격도 못 보았고 후에 친구들로부터 들은 시체의 냄새도 맡아보지 못했다. 누이 덕분에, 그리고 재빨리 생겟거리를 마련한 부모님 덕분에, 나는 그 곤궁한 시절 중에도, 물론 부유할 수는 없었지만 그래도 한 끼 굶어본 적도 없었고 오히려 생일 턱을 기다릴 정도였다. 모두가 힘들고 어렵고 불행하던 시절, 나는 참 태평했고 편안했다. 고생이라니! 오히려 초등학교 6학년에 겪었던 6 · 25는, 이렇게 철없는 말을 지껄여도 될는지 모르겠지만, 거의 환상적이었다. 그것은 휘황한 불빛으로 내게 회상된다.

우리 형제들이 세든 다다미방은 당시 해군 장교의 관사였고 이 집은 초량의 산 중턱에 있었다. 그때는 아직 바라크도 서지 않았고 이 집에서 조금만 올라가면 계곡 물이 혹은 흐르고 혹은 괴어 있는 산속이었다. 나는 여기서 전에는 해보지 못한 다슬기 줍기도 했고 목욕도 했다. 그런데 밤에는 바다 쪽으로 향한 창문을 열면 부산 앞바다의 숱한 군함들, 선박들이 오색찬란한 불빛들을 휘황하게 빛내고 있었다. 당시 인민군이 남한의 거의 전 지역을 점령하고 있었고, 국군 지역으로는 부산과 대구를 잇는 손바닥만한 땅만이 남아 있었으며, 시내의 거리는 군인과 피란민들로 무척 부산스러웠고, 참전한 유엔군이며 수송선이며 병원선 등 배란 배는 모두 부산 앞바다로 몰려 있었다. 그 배들은 바로 부두에 줄줄이 대어 있기도 했고 멀리 솔밭으로 알게 된 신선대와 후에 시로 알게 된 오륙도의 난바다 쪽으로도 멈추어 있었다. 그 배들이 밤만 되면 모두 등을 켠다. 붉은빛, 노란빛, 분홍빛, 더러는 파란빛. 한밤의 그 난분분한 빛들은 얼마나 화려하고 찬란할 것인가. 더러는 그 배들이 쏘는 서치라이트의 강한 조명이 우리의 방까지 쳐들어오기도 한다. 그 등불들은 만화나 영화로 보게 되는, 보물섬의 보석 상자 뚜껑을 열었을 때와 같은 환상적인 빛남들의 향연이었다. 나는 넋을 놓고 어둠 속의 영롱들에 빠지곤 했다. 아주 먼 후일, 나는 착륙하려고 낮게 나는 비행기 속에서 대구 시내의 그 찬란한 불빛들을 보며 30여 년 전의 초량 앞바다 빛의 잔치를 회상할 수 있었지만, 마땅히 비참해 있어야 할 때 가졌던 이 아름다움에 대한 경이감에 대한 기억은, 종종 주인과 객이 또는 본질과 현상이 전도되는 당혹감을 느끼게 했다. 그 충격은 매우 강하고 결코 잊혀질 것은 아니지만, 어떻든 나는 우리 스스로가 참담하다고 여긴 시절을 이야기할 때, 이 회상만은 말하지 아니(혹은 못)한다.

눈길

6·25에 대한 또 하나의 기억: 중2의 겨울방학이 시작되었는데 군에 가 있는 큰형님이 문득 집에 왔다. 부산 피란 시절에 장교로 입대한 후 처음 받은 네댓새의 휴가였다. 형님은 하룻밤을 자고는 조부모님이 계신 고향에 가자며 작은형님과 나를 이끌고 길을 떠났다. 기차로 저녁에 김천에 도착했다. 경북선 기차는 없었고 어찌해서 우리는 트럭 뒤칸을 타고 상주군의 함창으로 향했는데 차는 중간중간에 한참 머물러 있기도, 펑크가 나 멈추기도 하다가 드디어 이안 근처에서 더 못 가게 되었다. 우리는 이십 리쯤 남은 거리여서 걷기로 했다. 열두시 가까웠을 한밤이었는데도 길은 환했다. 눈이 수북하게 쌓여 있었고 하늘은 맑게

개었으며 아마 달도 떠 있지 싶었다. 우리는 신작로로 훤히 뚫린 눈길 한가운데로 자동차 자국을 따라 즐겁게 걸었다. 즐거웠다! 사방은 조용했고 공기는 신선했으며 눈길은 아름다웠고 우리는 그 길을 전혀 추워하지도 않은 채 저벅저벅 걸었으며 큰형은 자신이 전방에서 겪은, 그러니까 포로가 되었다가 탈출한 이야기며를 재미있게 들려주고 있었다. 전쟁은 영웅담으로 다가왔고 그 이야기들은 서정적인 울림으로 내게 남겨졌다. 전쟁은 그래서 또 하나의 낭만으로 각인된다. 그리고 그 큰형님은 귀대한 지 두 달 후 전사하셨다. 그후 나는 가끔 운명에 대한 예감의 신비스러움에 대해 생각하곤 한다.

신성한 색

먼동이 트려는 새벽, 그러니까 별은 아직 환하게 반짝거리고 어두운 하늘이 여전히 검푸른 빛이지만 그래도 조금씩 밝아가는 천공이, 지붕 위의 하얗고도 순하게 쌓인 눈과 선명하게 대조되는 광경을, 아마 숱하게들 보았을 것이다. 그 단순한 구도의 으레 있을 법한 평범한 색깔의 대비가 나에게는 내가 볼 수 있는 가장 신성한 색채로 다가온다. 뒤뷔페의 그림이 그 색채의 대조를 그리고는 있지만, 내게는 아무래도, 신성함이란 점에서 이 천연의 그림을 따르지 못한다.

고등학교 시절, 나는 교회를 열심히 다녔고 일요일과 수요일만이 아니라 평일의 새벽에도 기도회에 자주 출석했다. 그러는 중에 나는 눈과 하늘의, 너무 단순해서 신비하고 너무 선명해서 신성한 이 대조를 두어 번 훔쳐보았다. 훔쳐볼 수밖에 없었던 것은, 그 장관에 압도되어 마음 놓고 즐길 수가 없었기 때문이다. 그리고 속으로 이렇게 다짐했다: 기억하라, 저 청명한 하늘과 순결한 눈 쌓임을! 앞으로 숱하게 닥칠 슬퍼질 때, 괴로울 때, 외로워질 때, 저 아름다운 색채의 대조를 회상하라.

그후, 나는 눈을 더 좋아하게 되었다. 겨울이면 눈이 기다려지고 눈이 펄펄 날리면 아이처럼 눈속으로 헤매고 싶어지고 또 그러기도 한다. 그런데, 그래도 아직, 나의 십대 후반의 새벽 눈길을 더 보지는 못했다. 내가 게으른 탓이었고 거리가 지저분해진 탓이었으며 하늘의 눈 인심이 덜 푸짐해진 탓이었을 것이다. 그리고 슬퍼질 때, 괴로울 때, 외로워질 때는 잦게 찾아왔으며, 그럼에도 그 눈과 하늘의 신선한 대조를 회상하는 일은 별로 없었다. 그러나, 가장 신선해질 때, 의식이 존재의 뿌리에까지 미치고 우수가 영원 속으로 배회하는 아주 가끔의 시간에는 그 신성한 색조가 내 먼 안쪽에서 문득 형체를 드러내며 영혼을 신선하게 씻어주는 것을 느끼곤 한다.

나무 향기

나는 대전의 도심에서 자랐고 다른 친구들처럼 싸돌아다니는 성격도 아니어서 대체로 집 안에서 나 혼자 지냈다. 개나 고양이도 기르지 않았고 백합꽃 향기가 진해서 그 향기를 맡아보기는 했지만 꽃을 피우거나 나무를 심은 적이 없었다. 아주 심심한, 그래서 자연의 생물에 대해서는 무지한 맹추였고, 물론 그것들에 대한 정도 없었다.

그런데 딱 한 가지, 그것도 아주 짧은 시기의 것이지만, 내가 깊이 매혹당한 것이 있었다. 나무 향기! 십대 후반의, 역시 교회를 다니던 시절이었다. 사람들이 번잡스레 내왕하거나 햇빛이 밝은 대낮이 아니라 새벽 또는 늦은 밤, 거리는 조용하고 공기는 가라앉아 있을 시간, 천천히, 아주 천천히 교회로 가거나 거기서 돌아오는 걸음을 걷다 보면 문득, 은은한 향기가 몸 둘레를 감싸 안는 것을 느낀다. 그래 느낌이다. 어디서 나는 향기일까 하고 걸음을 멈추고 심호흡을 하면 맡아지지 않고, 필시 그 진원일 나무 둥치에 코를 대면 아무런 반응이 없다. 어쩌면 잎사귀일 것이다 하고, 따서 맡아보면 분명 냄새는 나지만 그것은 진하고 천박했다. 그렇다면 그 향기는 나무이되 나무의 숨 향기가 아닐까. 숨을 쉴 때 나는 향기. 후에, 화장하지 않은 여자들의 숨결에서 맡을 수 있었던 몸의 생명의 향기를 느낄 때, 문득 나는 내 어릴 적 맡았던 나무의 향기가 이것이 아니었을까 생각했다. 살아 있음의 향기란 오직 순수하게 살아 숨쉬는 것에서만 배어 나오는 것, 그 자체만으로도 아름답고 향기롭고 신선한 것. 정현종의 시를 읽고 나서야 비로소 그것을 깨달았지만, 그러기 오래 전에 나는 행복하게도 그 향기에 도취되곤 했었다.

봄 언덕

고3 때 나는 대학 입시를 앞두고 있었지만 교회 나가는 일에는 여전히 열심이었다. 주일학교 선생 일을 그만두는 대신 나는 주일이면 일찌감치 집을 나서, 내가 다니는 교회를 지나쳐 한적한 언덕으로 오른다. 언덕이라지만 동네 쪽을 등지고 있고 햇빛은 따사롭게 비추는데 사람들은 전혀 없이 오로지 나만의 널찍한 공간이 되어주었다. 나는 거기 엎드리거나 벌렁 누워, 풀냄새도 맡고 아지랑이가 덜 걷힌 푸른 하늘을 바라보기도 하며 햇빛을 쬐기도 하고 막막히 먼데 산을 바라보기도 하며 시간들을 외로이 보낸다. 명상을 하는 것도, 집중적인 생각에 빠지는 것도 아니고, 그냥 그렇게, 하릴없이, 무연히 혼자서 햇빛 속에 들어가 있는 것이다. 그렇게 게으르게 시간의 흐름을 만져보며 무료히 있다 보면, 마치 물가에 판 홈에 조금씩 맑은 물이 괴듯이, 무언가 맑은 것이 허리와 배쯤으로부터 가슴 쪽으로 조금씩 스며 차오르는 것을 느낀다. 그 차오름에서 기꺼움이 함께 떠오르며, 다시 바라본 하늘이며 먼데 산이며 풀밭이며가 새삼 신선하고 따뜻하고 생기 있게 느껴져온다. 한 시간쯤 그러다 낮 예배 시간에 맞춰 몸을 일으키고 천천히 교회로 걸음을 옮기면서 나는 큰 운동이나 하고 난 듯 젖은 땀에서 벗어나는 촉촉한 외로움을 만지게 된다. 그 외로움은 그때의 나에게, 충만한 지복감에 다름아니었다.

열아홉의 예감

그 충일감에 젖던 봄이 지나고 겨울이 다가오며 크리스마스를 맞을 즈음, 나는 더이상 돌이킬 수 없는 감회에 젖어들고 있었다. 나는 열아홉이었고, 며칠만 지나면 나의 마지막 10대는 마감될 것이었다. 그리고 몇 주 후면 고등학교를 졸업하고 진학을 위해 서울로 올라갈 것이었다. 나는 20대로 들어서는 것이었고 성년의 시대로 얹히게 되는 것이며 집을 떠나 객지에서 살아야 할 것이었다. 스무 살! 그것은 너무나 많은 것을 의미했고 너무나 큰 변화에 맞닥뜨리는 것이었다. 그것은 나의 생애에서의 가장 중요한 전환의 첫 고비였다.

그것들이 내게 두려운 것이기는 했지만, 그때의 나의 감회는 그 때문이 아니었다. 나의 10대가 흘러가버리는 것이 아쉽기는 했지만 그때의 나의 감상은 그것에서 빚어진 것이 아니었다. 열아홉의 마지막 몇 날, 나를 찬 겨울 거리로 거닐게 만들고 어두운 하늘에서 별들을 올려다보며 감동에 젖게 만든 것은, 앞으로의 나의 긴 세월에 이 나이에 얻어 들였던 지복의 충일감을 다시는 얻지 못하리라는 예감이었다. 이 순수한 충만함, 이 평화스러운 행복감, 조용하고도 가득 찬 이 내적 희열감! 지금 내가 안에서 끓어 느끼고 있는 그 지복스러움에 대한 소중한 축복들은, 장래의 나의 생애가 어떻게 열려가든, 결코 다시는 얻지 못하리라. 그것은 슬픔이기도 했고 기쁨이기도 했으며 아름다운 예감인 동시에, 어쩌면 그때의 나 자신을 한껏 고양시킨 절망스런 열망이기도 했다. 그리고 과연 그랬다. 나의 예감은 바로 맞았고 지금 돌이켜보아도 그 열망은 나의 성장기에 가장 귀중한 영혼의 경험이었다. 오랜 후, 세월에 주눅 들고 세상에 때 묻어서 문득, 이 충만한 감동을 회고하며 이렇게 고백한 바 있다: "거기서 얻어진 행복에의 희열은, 순진한 소년기와의 결별을 앞두고서, 앞으로의 나의 미래에 어떤 좋은 일이 있더라도 결코 맞바꿀 수 없는, 지상의 고귀함으로 직관되었던 것이다. 과연 그랬다. 나는 그로부터 35년을 더 사는 동안, 그보다 더 궂고 답답한 일이 훨씬 많았지만, 세속적인 행복도 느꼈었고 내 나름으로는 값지게 여겨지는 성취감에도 이르러보았다. 겉으로는 어쨌든, 그러나 그 모두는 나의 19세 때 가졌던 행복감에는 도저히 비길 수 없는 것이었다. 지금도 나의 그때의 그런 행복감은 나를 행복하게 만든다. 그 을씨년스럽고 추운 시절에, 그처럼 순수하고 지복할 수 있었던 경험, 그 예감이 진실이었다고 이제도 기쁘게 수락할 수 있기 때문에 더욱 확실한 그 내적 충일감은 나의 성장 시절에 길어낼 수 있었던 가장 축복받을 이니시에이션이었다."

나는 나의 미숙의 시절, 그 순진한 세계로부터 벗어나기를 두려워하며 다가올 어른들의 세상을 암울하게 바라보았을 것이다. 그때도 나는 성장이 멈춘 피터팬이 될 수 있으리라는 생각은 하지 않았다. 아마도 그래서, 나는 나의 십대의 마지막에 더없는 축복을 보내고 있었을 것이다. 지난 크리스마스 휴일에 텔레비전에서 보여주는 영화 「사운드 오브 뮤직」을 무심히 보다가 나는 나도 모르는 새 눈물을 흘렸다. 천진과 순결, 그들의 아름다운 자연 속에서의 사랑과 행복은 돌이킬 수 없는, 그리고 다다를 수 없는 영원한 꿈이고, 그래서 슬픔이다.

젊은 고뇌와의 씨름

스스로 담배를 물다

대학 2학년 4월의 어느 토요일이었을 것이다. 한밤에, 나는 하숙집 마당으로 나가 미리 준비한 열 개들이 사슴 담배에서 한 개비를 꺼내 물고 불을 붙였다. 내 생애 처음 태워보는 담배였다. 그런데 그 담배의 향기로운 연기는 가슴속으로 잘 스며들었고 기침도 나지 않았으며 속에서 아무런 저항도 일어나지 않았다. 아, 이게 담배 맛이로구나! 나는 깜깜한 별하늘을 바라보며 비로소 그 맛을 알게 된 담배를 음미했다. 그리고 그 다음날 나는 주일 예배에 나가지 않았고 학교에 가서는 보란 듯이 친구들 앞에서 그들의 놀라워하는 표정을 즐기며 담배를 태웠다. 그럴 것이, 친구들은 나를 독실한 모범 신자로 알고 있었고, 담배란 그 당시만 해도 신자가 가까이할 것은 전혀 아니었다. 그러니까 나의 담배는 내가 기독교 신자임을 포기한다는 것을 뜻했고, 나는 그 결단을 당당하게 시위했던 것이다.

내가 왜 스스로 담배를 물면서 기독교를 포기했던가. 그때도, 그리고 그로부터 40년이 지난 지금도 그 사유는 분명히 짚어낼 수 없다. 근본적으로는, 대학생이 된 이후 아마 기독교의 핵심적인 교리를 믿을 수 없게 된 점에 있었을 것이다. 예수의 처녀 수태로부터 그의 부활에 이르는 생애, 그리고 하느님의 존재와 성령의 역사 혹은 천당과 지옥 등등 기독교의 기초적인 신앙체계를 나는 더이상 고지식하게 받아들일 수 없었다. 교회에서의 예배 때 목사의 설교나 기도를 들으면서 나는 속으로 집요하게 그 신앙들과 싸우고 있었고 끓어오르는 회의들과 끊임없이 씨름해야 했다. 예배를 마치고 나면 나는 진땀 흘리듯 마음과 몸까지 피로해 있었다. 그러기를 1년 넘게 계속해왔다. 이제 교회에 나가지 않겠다고 단단히 결심하다가도 주일의 교회 종소리를 들으면 내 결심은 슬그머니 사라지고, 나는 교회로 걸음을 옮기고 있었다. 그리고 교회에서 다시 한바탕 내면에서의 치열한 갈등에 시달려야 했다. 나는 신앙의 문제로 지쳐 있었고, 마침내 화창한 봄날의 한밤에 태운 담배 한 대로 나의 반기독교 정서에 투항하고 말았던 것이다.

내가 이럴 수밖에 없었던 것에는, 나의 순진의 시절에 독실하게 믿었던 나의 기독교는 사실은 낭만적이고 서정적이며 목가적이었고, 거기서 순진과 평정과 지복의 정서가 벗겨지면서 청년기라면 으레 덮치는 번뇌의 세계 속에서 더이상 지탱될 수 없었던 이유가 있었을 것이다. 내가 번뇌할 개인적·현실적 사정이 있었던 것도 아니었지만, 어떻든 50년대 후반의 서울에서 대학생활을 하는 20대 초의 젊은이에게는 세상의 모든 것이 나의 사춘기를 둘러싸고 있던 평온하고 화해로우며 정일한 것들을 지우고 벗기고 깨지게 만들었다. 그러나 이런 고뇌가 교회를 포기함으로써 회복될 수 있는 것도 아니었다. 나는 여전히, 아니 더 심하게, 내면의 번뇌와 정체 모를 고통에 시달리고 있었고 그것은 좀처럼 치유될 수도 없을 뿐 아니라 거기에 더욱 침잠하게 만들었다. 무기력과 추락의 감미로움! 나는 그것들을 즐기고 있었고 거기에 빠져드는 것을 내 내면의 충일로 생각했다. 잠시 카를 뢰비트의 『역사의 의미』에서 '종말론(eschatology)'이란 단어를 발견하고 내 나름대로 해석하며 기독교의 역사관을 새삼 깨닫고 이를 통해 세계의 진상을 투시할 수 있다고 자신하며 다시 교회를 나갔지만 몇 주 계속하지 못했던 것은 이 침잠의 매력 때문이었을 것이다.

그리고 몇 해 후, 불신자로 나의 사유와 정서가 익숙해져 있을 때 내가 거부하던 기독교의 기본 신앙들에 대해 관대하게 혹은 다른 방식으로, 그러니까 역사의 비유나 문화의 상징으로 이해할 수는 있게 되었다. 그러나 기독교를 다시 믿고 교회를 새로이 나간다는 것은 그와 다른 문제였다. 내가 지금도 교회에서 말하는 교만의 죄를 지으며 말할 수 있는 것은, 비록 내가 교회와 기독교를 버리고 다시는 돌아갈 생각을 하고 있지 않지만, 내 사유와 정서의 깊숙이에는 고뇌와 반성을 통해 구원을 얻어야 한다는 기독교의 영향과, 사랑이 사람들 관계의 구원을 얻어야 한다는 교회의 가르침이 지워지지 않을 각인으로 남아 있다는 점이다. 이 점에서 나는 교회를 다녔던 것이 참으로 다행이었고 축복이었다.

스스로 몸과 마음을 괴롭히다

기독교와 교회를 버리고 난 후의 내 내면의 정서적 변화는 분명했다. 감히 '주의'란 말을 붙일 수는 없지만 어떻든 기독교주의로부터 허무주의로, 그 허무의 심연에 빠지면서 탐미주의로 젖어들고 그것은 일종의 악마주의로까지 나를 추락시키는 것이었다. 내가 스스로 내 동정을 버린 것도 이런 심리적 추세의 당연한 경로였을 것이다. 나는 자신을 몸과 마음으로 괴롭혔고 더럽히기 시작했다. 그것은 치사스런 자기 학대일 것인데, 그런 자학적인 설움에 오히려 쾌감까지 느낄 정도였다. 아마 내가 술을 잘 마실 수 있거나 뜨거운 연애라도 할 수 있었더라면, 더 자학적이 되었거나 거꾸로 스스로 자학하는 일은 벗어날 수 있었을 것이다. 겉으로의 나는 전과 바뀜 없이 혹은 남과 다름없이 범상했지만, 안으로는 고통과 고뇌, 허망과 좌절에 몸과 마음을 달구고 있었고 방황과 퇴폐의 나날 속에서 이것들과의 끊임없는 싸움을 반복하고 있었다. 이때의 나의 '실존적' 고뇌는 지금 돌이켜보아 젊은이다운, 그러나 사치스러운 것이겠지만, 이런 어둡고 번뇌스러운 시절이 있었기에 그후의 어떤 내면적·현실적 어려움에 부닥치더라도, 담담히 겪어낼 수 있었던 것으로 판단된다. 나는 이때 어떤 무엇이라도, 그것이 아무리 중요하고 시급하다 하더라도, 종내에는 무의미로 귀결하고야 만다는, 그러므로 절대의 것에 대한 집념을 포기할 수 있다는, 그러니까 삶과 존재의 근원에 대한 체념을 익히고 있었고 사태를 아주 먼 눈으로 바라보고 스스로의 다급한 마음을 추스를 수 있었던 것이다.

그랬다, 이 두어 해를 포함한 나의 20대를 끈질기게 사로잡은 정서는 이제 '주의' 자를 붙여도 좋을 '실존'의 문제로 집중되고 있었다. 고등학교 시절에 신문의 문화면과 당시의 대표적인 교양지였던 『사상계』를 통해, 그리고 특히 손창섭의 소설들을 통해 이제 막 한국의 지식사회에 번지기 시작한 실존주의 속으로 나는 빨려들고 있었다. 대학에 올라와서, 나는 양문문고의 교양서와 특히 카뮈와 도스토예프스키를 읽으면서 실존주의적 감성의 소용돌이에 휘감겨버렸다. 조가경 교수의 실존철학 강의를 듣고 자신 있는 답안지를 써서 A학점을 받은 것이 지금도 기억나지만, 그 시절의 나는 내가 읽는 것, 보는 것, 듣는 것 모두를, 그것이 지적인 주제이든 정서적 열망이든 그 어떤 것이든 실존주의라는 체계 속으로 끌어들였다. 나 자신의 무력한 자기포기도 그런 정서로 변명을 했고, 부모의 기대를 버리고 탕아처럼 술만 마셔댄 친구 하나도 그런 심정의 표현으로 이해했다. 나의 실존주의는 물론 철학으로 성장할 것이 못 되었고 그 당시의 풍조처럼 그저 감정과 사유 정도로 그치는 것이었지만, 그럼에도 그것은 나의 내면과 존재 모두를 끌어들이는 강한 흡인력으로 나의 젊은 시절을 어둡게 색칠해버린 것이다. 그 어두운 색깔은 내가 기독교를 버리고 허무주의적 정서에 빠져든 것과 어울리면서 우수와 절망, 비관과 자학의 캄캄한 함정으로 나를 빠뜨렸을 것이다. 그래서 나의 실존주의는 죽음과 무화(無化)에의 욕망과 친숙해졌으며 때때로는 자살에 대한 강한 유혹을 일으켰다. 내가 대학 4학년 말에 집에서 돈을 훔쳐 횡성의 한 목사 집으로 달아나 며칠 잠적해버렸던 것도 아마 나의 이런 '한계상황'으로부터의 탈출 욕망 때문이었을 것이다.

'실존'의 암울하고 절망적인 분위기로부터 벗어날 수 있었던 것은 이보다 몇 년 후의 일이지만, 그후의 내 생애에 이 시절의 내면적 경험은 큰 그늘을 남겨주었다. 나는 세월의 때에 더럽혀지고 일상의 단조로움에 나태해져버렸지만, '존재의 아픔'에 시달리는 작품과 사람들에 함께 앓는 아픔을 느끼고, 비관적인 전망 속에서 삶의 작은 기미에 기쁨을 가지며, 행동에 앞서 반성과 사유를 중시하는 나의 태도들은 아마도 여기서 비롯되었을 것이다. 80년대의 사회과학주의에 의해 나와 같은 실존적 감수성의 역사 단절적 태도는 강한 비판을 받았지만, 그런 한계를 인정하면서도 나는 결코 나의 실존주의 시절을 포기하지 못한다. 아니 역사와 현실에 대한 강한 추동력이 강조되는 시기여서 젊은 시절의 나의 내면적 경험이 더욱 깊게 남아 있어야 한다고 생각했다. 그래서 지금도 나의 젊은 시절의 실존적 감수성을 귀중하게 받들고 있는 것이다.

4 · 19를 벤치에서 바라보다

대학 4학년 때 마침내 4 · 19가 터졌다. 그날 나는 동숭동의 캠퍼스에 있었지만 일군의 동료 학생들이 몇 차례 나가자고 외치며 교문을 나서는 것을 그저 멍하니 바라보기만 했다. 그것도 교문 쪽을 향한 벤치에서. 수업도 없고 학생들은 거리로 나섰기 때문에 교정은 한적했다. 나는 혼자서, 망연히, 열에 떠 밖으로 뛰쳐나가던 그들의 모습을 망막에서 지우지는 못한 채 독재에 항의하는 시위는 정당하다는 생각을 하며, 그럼에도 그들과 함께 뛰어나가지 않은 자신을 야단치지도 않으면서 한 시간 이상을 그렇게 앉아 있었다. 그리고 걸어서 돈암동 집으로 돌아왔다. 방에서 나는 여전히 라디오만 켜놓은 채 누워 있었던 것 같다. 그리고 그날 오후 중 · 고등학교 동창인 서울사대생 손중근 군의 죽음을 뉴스로 들었다.

훗날 동아일보사에 입사 시험을 치를 때 면접에서 4 · 19날 데모에 참석하지 않았다는 내 말에 면접관이 왜 참여하지 않았느냐고 당연하게 물었다. 나는 정직하게 대답했다: 그날 아침 학교로 가는 버스 속에서 동성고등학교 학생들이 혜화동 로터리에서 시위하는 모습을 차창 밖으로 보았다. 학생들은 떼를 지어 거리를 달리는데 저희끼리 낄낄거리거나 히히덕거리며 마치 한

판 놀이를 벌이는 것처럼 장난스러웠는데, 민주주의와 자유를 위한 자발적인 저항의 시위가 이런 꼴이어서는 안 된다고 생각했고, 엄숙함과 진정성이 없는 그 짓거리에 대한 아연함 때문에 나는 집단행동으로 나서는 것을 포기했다……

나는 사실 구경만 하고 거리에 나서지 않은 것을 부끄러워하지도 않았고 나의 불참여를 변명하지도 않았다. 나는 내 식으로 4·19를 경험했고 학생혁명에 참여했다고 생각한 것이다. 이 판단은 지금도 바뀌지 않고 있는데, 그렇다고 해서 내가 잘했다는 생각이 드는 것도 전혀 아니었다. 그러나 다만 나이 들어가고 그러면서 역사의 변화와 진통이 실제로는 어떤 모습으로 나타나는가를 많은 경우로 부닥치면서 4·19 그날 내가 목격한 것에 대한 나의 이해가 너무 고지식하고 역사의 전환에 대한 인식이 평면적이었다는 사실을 조금씩 깨닫게 되었다. 나는 이 깨달음을 최근의 한 잡문에서 고백한 적이 있는데 그것은 다음 세 가지였다. 첫째, 역사의 계기는 희극적인 모습으로 다가온다; 둘째, 모든 세대는 자기 세대의 주역이 되어야 한다; 셋째, 역사는 완결되는 것이 아니라 만들어가는 것이다. 지금은 이 내역을 자세히 설명할 자리가 아니어서 간략하게 덧붙이기만 한다면, 혁명이든 역사적 전환이든 그것은 우발적인 혹은 사소한 사건에서 점화되어 폭발하는 것으로 이때 우연이 필연의 역사로 전환한다는 것, 4·19 세대가 자신의 시대를 자부하고 있다면 그 후나 앞의, 전후의 세대, 산업화 세대, 운동권 세대, 디지털 세대 등등 우리의 모든 세대들도 자신들의 시대에 대한 의미와 기여를 자부하도록 해야 한다는 것, 그리고 어떻든 역사는 그 사태의 종결에서 완성되는 것이 아니라 그 진행과정 자체로부터 그것의 의미와 효력을 생성해가야 한다는 것이 나의 뒤늦은 깨달음이었다.

4·19 데모에 참여하지는 않았지만, 내가 4·19 세대라는 소속감과 자부심을, 나는 계면쩍게도, 누구보다도 자주 자랑해왔다. 4·19 세대라는 것과 한글 세대라는 것의 결합은 우리의 정치사와 문화사에서 가장 행복한 계기였고 우리 세대의 역사에서 가장 좋은 축복이어서, 초등학교 1학년 때 해방을 맞고 대학 4학년에 4월 혁명을 경험한 내 경우 이 행운은 얼마든지 자랑할 수 있는 사건이었다. 그러나 4·19 이후의 역사에서 그것의 정치적 혁명의 성취는 스스로 보아도 부인할 수밖에 없는 것이었고, 내가 여기에 가능한 모든 의미를 부여할 수 있는 것은 그것의 문화적 가능성을 향한 것이었다. 그리고 내가 현실 정치 쪽에 무관심하면서 문화부문에서 일할 수 있게 된 것도 이런 점에서 비롯된 나의 다행스러운 선택일 수도 있을 것이다.

5·16을 거리에서 바라보다

대학원에 진학하여 학부생 때 못 한 공부를 좀 해볼까 하던 5월, 군사 쿠데타가 발발했다. 나는 그날인가 다음날인가 혼자서 시내를 어슬렁거렸다. 버스로 회현동에 내려 충무로 입구와 조선호텔 앞을 거쳐 시청에 다다랐을 때 무장한 군인들과 탱크였는지 장갑차들이었는지가 도열해 있었고 걸음을 광화문으로 중앙청으로 옮겨가는데 그 삼엄한 분위기가 시내의 중심가들에 미만해 있었다. 그 삼엄한 분위기를 몸으로 느끼면서 나의 처연한 소감도 그만큼 무거워졌다. 그리고 안에서 그 동안 쌓여왔던 우리 자신에 대한 기대 혹은 바로 1년 전에 만끽했던 민주주의와 자유에 대한 희망이 무너져가는 소리를 들었다. '우리가 책과 이론으로 배우는 정치학이란 어떤 의미가 있는가' 라는 당연한 회의의 목소리가 그 속에 끼어들었다. 나는 며칠 후 짐 싸들고 대전 집으로 내려갔다. 후에 나는 대학원 등록을 4학기까지 마저 하긴 했지만 논문도 내지 않았고 수료 여부도 확인하지 않았다. 나는 정치학, 그리고 정치에 대한 관심으로부터 떠나버린 것이다.

내가 대학에 진학할 때 정작 선택하고 싶은 것은 초등학교 선생이 될 사범대학이었고 집에서 문리대를 권할 때는 역사학을 희망했다. 그러나 꼭 그쪽으로 가야 할 동기나 열의가 있었던 것이 아니었듯, 정치학과를 나온 형이 자기 과 후배가 되라는 권고를 굳이 마다할 이유도 없었다. 그래서 정치학과로 진학은 했는데 그 학문에 대한 매력보다는 소설이나 교양서를 읽고 이미 시단에 등단한 황동규와 어울리는 것이 더 좋았고 편했다. 다만 민병태 교수가 강의하는 정치사상사만은, 강의는 어려웠지만, 많은 것을 배우고 생각하게 했다. 사상사란 그것이 철학이든 경제학이든 윤리학이든 정치학이든 형제관계처럼 거의 비슷했고 그래서 민교수의 강의를 통해 서양사상사를 익힐 수 있었던 것은 내게 큰 도움이 되었다. 그리고 그 정치사상들의 역사는 민주주의를 향한 사상의 역사였고, 우리의 현실은 비록 미치지 못한다 하더라도 우리의 지향은 바로 그런 민주주의라는 것을 자연스럽게 받아들이고 있었다. 그런데 우리의 그런 자연스러운 지향이 하룻밤 사이에 군홧발 아래 짓밟히고 만 것이다.

그러고 보니, 그후의 나의 생애는 내 방식으로, 그 군부통치와 저항해온 셈이다. 나는 감히 '싸웠다' 라는 말은 못 쓴다. 남산에 몇 차례 끌려가긴 했지만 투옥된 바도 없고, 한국기자협회장으로 취임하면서 전국적으로 번진 언론자유운동에 참여하여 이 뜨거운 운동의 확산에 노력했지만 수배나 감시를 당하지도 않았으며, 그들이 못마땅해하는 단체나 집단행동에도 거의 참여하지 않았으니까. 그럼에도 내가 '저항해왔다' 고 쓰는 것은, 다시 거푸 말하지만 '내 방식'에 따라 독재 권력에 대항해왔기 때문이다. 신문사 문화부 기자로서 당시의 은밀한, 혹은 행간을 읽어야 하는 저항적 글쓰기, 계간 『문학과지성』의 편집과 발행을 통한 비판적 지성으로의 안내, 언론자유운동과 한국기자협회장으로서의 참여, 그리고 문학과지성사의 출판 활동은 우회적이지만 근원적으로, 민주주의와 자유에 대한 나나 동료들의 집념을 드러내는 것이었다. 이런 나의 '방식'은 소극적이거나 무기력하다는 비판을 얼마든지 받을 수 있는 태도이긴 하다. 그럼에도 나의 기질에서 말미암은 것이든 내 사유에서 빚어진 것이든, 나의 방식을 수정할 생각은 고통스러웠던 1980년대에도, 혹은 한창 현장에서 일해야 했던 이전의 1970년대에도 없었던 것이었고, 그 고집스러운 생각은 대학 시절, 실존주의와 4·19, 그리고 5·16으로 범벅된 시기에 일구어진 것이었다.

전방에서 푸른 하늘을 바라보다

나는 1962년 삼복더위가 기다리는 7월 초순에 논산 훈련소로 입대해서 1965년 2월에 포천의 이동에 위치한 군단 사령부에서 근무하다가 병장으로 만기 제대했다. 이 32개월의 시간은 다른 대부분의 사람들처럼 내 생애의 예외적인 경험을 갖게 했다. 군대란 유유상종의 어울림에서 나이가 비슷한 또래라는 것 말고는 출신이나 학력, 취향이나 능력과 관계없이 마구 섞여 일하게 만드는 곳이었다. 나는 전방에 배속받은 후 처음에는 일종계 보직을 받고 식량을 수령하고 끼니때마다 양식을 챙겨주는 일을 했고, 반년 후에는 공보실에 근무하며 육군 신문에 실릴 기사를 쓰거나 그 비슷한 일들을 하며 제법 편하게 지냈다. 20대 중반의 한창때 우리나라의 숱한 젊은이들이 이렇게 군에서 별볼일없는 일로 3년을 보내는 것으로 국가적인 낭비를 해야 한다는 것에 탄식을 했지만, 개인적으로는 이 시기에 그 전이나 후에도 얻을 수 없었던 귀중한 체험을 했다.

그 처음은 내가 육체의 한계를 절실히 느꼈으며 몸의 존재를 새삼 가파르게 인식했다는 점이다. 논산 훈련소에서 훈련받을 때였는데, 50킬로그램도 채 안 되는, 그것도 책상물림으로 육체적인 노동을 해보지 못한 나로서는 M1을 들고 훈련장으로 행군하는 것도 여간 힘에 부치는 것이 아니었다. 그래도 그것만은 어찌어찌 견뎌냈는데, 마지막 즈음 침투 훈련이었던가는 도무지 내 몸으로는 감당할 수 없는 훈련이었다. 아, 이게 아무리 힘써도 이겨낼 수 없는 나의 육체의 한계구나! 하고 나도 모르는 사이 터지는 울음을 비 오듯 쏟아지는 땀과 함께 흘리면서 속으로 외쳤다. 이 기억은 나 자신의 부끄러움이었지만 그후에도 육체에 대한 공포감을 자주 느끼게 만든 계기가 되었다.

그럼에도 전방에서의 내 병영생활은 내 생애에서 귀중한 기회였다고 회상해야 할 것이다. 책 읽을 여유도 넉넉해서 김은국의 영문판 소설 『순교자』와 황동규에게서 빌린 도스토예프스키의 영역판 소설 몇 권을 이 한가한 때 읽었고, 이동 읍내에 밤이나 주말마다 외출하여 다방에서 커피를 마시며 책을 보는 멋도 부릴 수 있었다. 그러나 무엇보다 이 시절의 나를 밝게 만든 것은 막사가 있는 산속의 생활이었다. 나무 향기, 계절마다 달라지는 숲과 골짜기의 모습, 그리고 무엇보다, 해돋이를 보며 신선한 아침 공기를 가슴 깊이 마시기 등 내가 이제껏, 그리고 그후에도 다시 체험하기 힘든 자연과의 흐뭇한 교감을 그때 나는 얻어냈던 것이다. 도시에서 자라고 생활하며 등산도 않고 여행도 잦지 않은 내게 이때의 자연과의 교섭은 특이하게 아름다운 경험이지 않을 수 없었다.

마침내 젊은 번뇌 속을 빠져나오다

그러나 이 군대 복무 중에 삶에 대한 내 태도에 한 결정적인 계기가 소중하게 들어 있음을 고백해야겠다. 청년기에 들면서부터 젖어든 존재에 대한 번뇌와 자포자기의 절망감이, 그 정도의 강도가 약해지긴 했지만 사그라진 것은 아니었고 기회만 닿으면 느닷없이 엄습해오곤 했다. 그때 사귀던 여자친구를 휴가 중에 만나, 나는 그녀 옆에서 그렇게 심하게 자학하는 모습을 보여주고야 말았다. 그녀는 침묵으로 나의 자학을 견뎌내더니만, 문득 눈물을 흘리고 있었다. 그때 나는 그녀의 그런 모습이 당연하게 여겨졌다. 내가 울면 너도 울어야지. 그러나 귀대하는 버스 속에서 나는 내 속말이 정말 당연한가 되묻는 물음이 떠올랐다. 그녀의 눈물에 충격을 다시 느끼면서 어딘가에 잘못이 있다는 것을 깨닫기 시작한 것이었다. 부대에 돌아와 근무하면서, 아마 두 주일 정도는 생각하고 또 생각했다. 선을 하듯 한 그때의 나의 화두는 이랬다: "내게 타인을 괴롭힐 권리가 있는가?" 그 대답이 너무 쉽고도 자명한 질문임에도, 나는 몇 년에 걸쳐 부정적인 관념과 태도에 빠져 있었고 거기에 젖어든 어둠과 무기력의 퇴폐성에 맛들어 있었기에, 쉽사리 "없다!"라는 대답을 하지 못했고, 나의 내적인 방황과 자학으로부터 이제 그만 빠져나가야 한다는 결론을 생각하면서도 용기를 내지 못하고 있었다. 그러던 어느 아침, 해 돋기 전의 청명한 아침 하늘을 바라보다가 속으로부터 솟아오르는 소리를 듣고야 말았다. 아니다! 내게는 그럴 권리가 없다. 아니 누구도, 자신을 위해 타인을 괴롭힐 권리란 없다! 이 뻔한 대답을 속으로부터 받아내는 데 나는 끈질긴 안간힘을 쓰며 진땀을 흘려야 했고, 이미 알고 있는 대답을 나 자신의 것으로 받아들이는 데 생각에 생각을 거푸 하고 반성에 반성을 거듭해야 했던 것이다. 그 아침 나는 마음이 몸과 함께 개운해졌고 기분은 사유와 함께 명쾌해졌다.

이때부터였다, 이 세계에 대한 부정적 혹은 비관적 인식을 여전히 깔고 있으면서도 그 위에 펼쳐져 있는 실제의 삶에 대해서는 긍정적 혹은 낙관적 태도를 취할 수 있게 된 것은. 나는 존재에의 절망과 그것의 근원적인 의미의 허망함에 대해서는 끝내 부인할 수 없음에도, 아니 당당히 긍정하기 때문에, 일상의 자잘한 것들, 사소한 일들에서 오히려 신선한 기쁨과 생생한 의미를 얻어낼 수 있었다. 나는 부정을 넘어 긍정의 세계로 간 것이 아니고 부정 위에 긍정의 자료를 발견하게 된 것이었다. 이후의 나의 삶은 근 40년 가까이 계속되었고 숱한 일들이 그 세월 속으로 끼어들었지만, 나는 부정적인 기초를 고이 감추며 그 위에서 긍정적인 삶의 태도를 운영해왔다. 사랑이라는 것, 관용이라는 것, 우정이라는 것, 예의라는 것, 신의라는 것, 이해라는 것 등 인간관계는 그 운영의 정조 속에서 피어왔고 그럼에도 죽음이라는 것, 운명이라는 것, 무의미라는 것 등 세계에 대한 근원적 부정의 인식은 그 밑에서 나의 시선을 뒷받침해왔다. 이로써 20대로 오르면서 젖어든 어둠의 사유와 고통의 정서는 이 군대 생활 말기에 극복할 수 있었고, 타인을 괴롭힐 권리는 누구에게도 없다는 진실을 세상살이의 한 지팡이로 짚을 수 있었다. 군대 시절의 한 계기가 나의 인생관을 수정해준 것이다.

이 깨달음에 도달하여, 자 이제 내가 그녀를 진심으로 사랑하고 삶의 따뜻한 동반자가 되리라고 결심할 수 있었던 바로 다음 날, 그녀로부터 편지 한 통을 받았다. 그것은 나와의 결별을 간결하게 선언하는 것이었다. 그것은 아이러니, 그것도 개심하자마자 파탄이 오는, 운명과 같은 아이러니였다. 그럼에도 나는 아주 담담해져, 그녀의 결별을 그대로, 아니 오히려 흔쾌한 마음으로 수락했다. 이건 나의 가팔랐던 한 시절의 잘못된 태도가 가져다준 복수였고, 나는 그 복수를 받아들여야 했다. 나는 그녀와의 이별을 필연인 듯 담담한 마음으로 수락했지만 그 수락은 긴 신열을 이제 막 벗어난 듯한 쇠약하지만 밝고 개운한 감정을 내게 안겨주었다. 나는 터널 속 같은 젊은 시절의 번뇌기를 이렇게 빠져나오고 있었던 것이다.

글쓰기의 어려움

점지받은 변두리적 글쓰기

대학 3학년이었던가, 여름방학 중에 우연히 만난 공대생 후배가 저 나름으로 공부한 관상으로 내 운명을 봐주겠다고 했다. 그는 다방에서 만난 내게 커피를 마셨는지, 점심을 했는지 등등을 까다롭게 물으면서 관상이란 그런 것들에도 영향을 받는다고 권위 있게 말했다. 그때의 그가 나의 운명에 대해 뭐라고 점지했는지에 대해서는 딱 한 가지만 기억난다. "형은 아무래도 문학과는 인연이 없습니다." 그러고 한 해가 지난 뒤 그는 길에서 만난 나를 붙들고 다시 관상을 봐주겠다고 했다. 전에 내 팔자를 점쳐주었다는 것(아니면 그 내용)을 잊었는지, 그는 전해와 마찬가지 절차를 밟고서 내게 점괘를 말해주었는데 지금도 기억나는 것은 딱 한 가지였다. "형은 아무래도 문학을 하겠습니다."

나는 점이란 것을 믿지도 않았지만, 한 해 동안에 상반된 운명을 이야기하는 그의 관상을 받고 어이없이 속으로만 웃고 말았다. 그가 왜 내게 문학에 관련된 내 앞날을 이야기했는지, 혹은 내가 왜 그 대목만 기억해두고 있는지는 잘 모르겠다. 고등학생 때 대부분의 또래들처럼 나도 문학소년이었고, 『학원』에 시가 한 편 실린 적이 있었으며, 대학에 들어가서도 대학신문에 산문을 한두 번 투고해서 실린 적이 있었다는 정도로도 잘 설명되지 않는다.

그러나 후에 나는 자주 이 점괘를 떠올리고는 이 아마추어의 관상이 정확했던 것이 아닌가 하는 생각을 하곤 했다. 내가 신문기자가 되었을 때, 그리고 비평가란 이름으로 글을 쓰면서, 잡지의 편집자가 되고 그리고 마침내 출판사를 경영하면서, 아무래도 문학가는 못 되면서 그러나 끝내는 문학판에서 일한다는 것이 기자-비평가이고 편집자-발행인일 것이란 생각을 했기 때문이다. 문학이라면 시든 소설이든 창의적인 글을 가리키는 것이고, 나는 문학을 그렇게만 치부했던 것이며, 그런 점에서는 나는 문학인이 당연히 못 되는 것이고, 그럼에도 그 변두리에서 문학하는 사람들과 함께 일을 하며 거기에 생활을 기대고 있으며,

오죽잖으나마 내 스스로의 글도 쓰고는 있으니 문학을 하고 있다는 말도 틀린 것은 아니었다.

자임한 편집자 역

또 하나 이어서 기억되는 것. 작고한 친구 황인철 변호사의 도움으로 계간 『문학과지성』을 운영하며 동인체제로 편집하고 있던 1970년대 초였을 것이다. 앞뒤의 문맥이 연결되지는 않지만 내가 무슨 말 끝에, 김현에게 "문학은 너희들이 해라, 나는 방인근의 역할로 자족할 터이니"라고 말했었다. 1920년대의 방인근은 작가가 되기를 열망하였고 대중소설 몇 편을 썼지만 문학사에서는 별로 기록될 만한 작품을 남기지 못한 대신 그의 전 재산을 탕진하여 창간하고 지탱해간 잡지 『조선문단』을 통해 우리 근대 문학 초기에 큰 기여를 한 분이었다. 나는 탕진할 재산도 없었고 문단에 기여할 만한 능력도 없지만, 뛰어난 필자들과 고급한 독자들을 매개할 좋은 잡지의 편집자나 관리자로서의 내 몫을 자임하고 있었고 그것으로 내 분족을 삼고 있었던 것이다. 나는 나의 본분을 그렇게만 보았다는 것이 정직한 고백일 것이다. 김현은 방인근과의 비교도 못마땅하지만 스스로를 그렇게 비하해서야 되겠느냐고 내게 글쓰기를 계속 당부했다. 그러나 내 재능의 한계와 분족에 대한 인식은 세월이 흐르고 비평가로 명함을 박고 다니면서도 여전했고 문학인 행세를 하면서도 진짜 문학인은 못 된다는 자의식은 별로 바뀌지 않는다.

문학담당 기자

내가 기자가 된 것, 그리고 문화부의 문학담당 기자가 된 것, 그래서 감히 대면할 용기가 없어 피하고 싶었던 문학과 만나게 된 것은, 글쎄, 우연이랄지, 우연의 얼굴로 다가온 운명이라야 할지 모르겠는데, 기자든 문학이든, 그것들은 평소 내 장래희망에는 들어 있지 않은 것이었다. 내가 굳이 그려야 한다면, 나의 미래상이란 그저 평범한 월급쟁이, 막연하게나마 좀더 바란다면, 초등학교쯤의 선생이었다.

제대를 몇 달 앞두고 나는 앞으로의 취업을 생각해야 했고 그래서 신문의 채용 공고를 들여다보기 시작했는데 정치학과 출신은 은행이든 다른 기업이든 공채 응시 자격에서 제외되었고 오직 신문기자만이 전공 불문이었다. 물론 취직시험 공부를 따로 할 처지도 못 되었지만, 나는 두어 군데 수습기자 시험 끝에 동아일보사에 합격하는 행운을 잡을 수 있었다. 나는 입사시험 때문에 이 신문사의 위치를 알았고 오리엔테이션을 받으면서 동아일보가 역사도 가장 길고 발행부수도 가장 큰, 우리 신문 중 가장 자부심이 강한 신문이라는 사실을 알았다.

9개월의 수습기간을 마치고 나는 문화부에 발령받았다. 그리고 문화부 기자만으로 근 10년 동안 일하면서, 종교·교육도 잠시 맡았지만 문학과 학술·출판을 주로 담당했다. 나는 당시 쟁쟁한 문화부 기자 중 가장 후배였기 때문에, 기사도 많이, 그것도 갖가지 것들을 써야 했다. 내 주머니에는 늘 메모지가 접혀 있었고 마감 직전에 문득 톱기사를 써야 할 경우도 숱하게 많았다. 하여튼 나는 이 일에 만족했고 열심이었으며 보람도 컸다. 그리고 특히 문학하는 젊은 친구들을 이때 거의 알게 되었고 친구로 사귀었으며 그것이 『문학과지성』을 편집할 자산이 되었다. 내가 거의 의도적으로 회피해왔던 문학과는, 이렇게, 속절없이 만나고야 말았던 것이다.

검열 벗어나기

1960년대 후반 이후의 신문사 분위기는 권력과 기관원의 적극적인 간섭과 탄압으로 살벌해지고 있었고 문화부도 그 예외는 아니었다. 당시의 소문으로는 기관에서 다른 신문 문화면은 대충 훑지만 동아일보 문화면만은 꼼꼼히 들여다본다고 했다. 나는 문학이든 학술이든 문화면에서는 권력에 가장 예민한 기사를 써야 하면서 그 위험 수위와 씨름하는 데 곧잘 긴장감을 느끼곤 했다. 비판적인 내용을 전달하면서 어떻게 기관의 손길을 피하는가 하는 데에는 직감과 테크닉이 필요했다. 어떻든 나는 조마조마해하면서도 검열의 올가미는 피할 수 있었다.

지금도 기억되는 한 가지 예: 매주 한 편씩 실리던 '동아 시단'에 정희성 씨의 작품을 청탁했는데 그 시가 참으로 '불온'했다. 나는 그 시를 싣고 싶었지만 그대로는 필화가 일어날 것이 분명했다. 그래서 정 시인과 연락해서 단어 몇 개를 지우거나 고쳐, 대의는 살린 채 게재했다. 그 시를 읽은 독자들의 반응은 적극적이었지만 그것이 '불온'하다는 구체적인 꼬투리를 잡기는 힘들었다. 또 1971년 『문학과지성』에 발표한 나의 글 「지성과 반지성」은 써놓고서 미리 동인들에게 읽혀 문제가 되지 않을지를 검토했다. 그 호가 나가고서 많은 사람들이 그 글에 대해 이야기했지만 기관으로부터는 아무 연락 없이 무사히 넘어갈 수 있었다. 그런데 5년 후 그 글이 실린 『지성과 반지성』이 중쇄를 하자 엉뚱하게 그때 '판금'을 당했다.

어떻든 유신 시절, 그리고 신군부 시절의 치밀한 검열의 시기에 나의 글이나 문학과지성사의 출판물이 필화를 빚거나 판금된 적이 없었던 것에는 기자 시절의 이 훈련 덕이 컸지 싶다.

신문기자에서 출판사 발행인으로

1974년 봄에 동아일보 노조 사태가 벌어지고 사측의 무자비한 처벌이 잇달자 마침내 나도 노조 측의 대책위원회에 참여했고, 사측의 묘한 양보 수습으로 노조는 인정되지 않았으나 그 간부들은 전원 사면되는 것으로 이 사태는 진정되었다. 그해 가을, 불신임으로 사퇴한 한국기자협회장에 동아일보 기협 분회의 추천으로 내가 12대 회장으로 선출되었다. 그러고서 며칠 안 되어 '10 · 24 언론자유선언'이 동아일보에서 일어났다. 그때 『기자협회보』는 나의 회장 취임이 1면 톱이어야 한다고 편집진은 주장했고, 나는 '언론자유선언'이 더 중요하기 때문에 그것을 앞자리에 놓아야 한다고 생각했다. 그래서 택한 방법은, 나의 회장 취임을 톱으로 하되 작은 활자로 제목을 세우고 '언론자유선언' 기사는 옆자리에 톱기사보다 큰 것으로 키우는 것이었다.

언론기관사별로 요원의 불꽃처럼 번지는 언론자유운동에 대해 기자협회장으로서 그때 할 수 있는 것은 이 운동의 확산과 지속, 그것의 구체적인 실천을 유도하며 지원하는 일이었다. 나는 내가 할 수 있는, 해야 할 일들에 꽤 열심이었다. 이듬해 3월에 동아-조선 사태가 진행되는 가운데 다시 13대 회장으로 연임되고서는 해직 기자들의 생계비 지원이 큰일이 되었다. 나는 황인철 변호사와 시인 고은 씨 등 각계의 지도자들에게 호소하여 모금했고 갹출된 돈으로 두어 달 동안 조금씩이나마 160여 명의 해직 기자들을 지원해줄 수 있었다.

그해 4월 하순, 국제기자연맹에 발송한 동아-조선 사태의 보고서가 우체국에서 잡혀 나는 부회장들과 함께 남산의 안기부에 연행되었고, 6일간의 조사와 억류 끝에 월남이 패망하던 즈음, 회장직에서 사퇴한다는 조건으로 석방되었다. 5월 초에 나는 사표를 제출했는데, 2회에 걸친 연임에도 불구하고 나의 기자협회장 재임기간은 불과 반년 남짓이었다. 그리고 한국기자협회장으로 나선 것이 이유가 되어 무기정직의 처벌 중이었던 나는 1975년 10월 동아일보사로부터도 정식으로 해임당했다. 나의 10년간의 기자생활은 그렇게 끝났다.

그리고 실업자로 우울한 나날을 보내야 했던 그해 가을, 문지 동인들은 정식으로 출판사를 내자고 의견을 모으고 각자 200만원씩 출자키로 하여 준비에 들어갔고 12월에 청진동의 작은 사무실을 얻어 창업, 문학과지성사가 발족함으로써 나는 실업생활을 청산하게 되었고 그리고 글쓰기판에 전업으로 끼어들게 되었다. 비록 창업 당시의 발행인 명의는 아내의 이름이었지만 이로써 나는 출판사의 발행인이 된 것이다.

글쓰기의 자의식

견습기자 생활을 시작한 지 석 달 만에 사회면 내리닫이 기사를 쓸 행운을 얻었다. 피라미드 판매망의 허구를 폭로하는 기사였는데 사회부에서 심부름하며 어쩌다 이 사건 취재를 맡게 되어 말하자면 해설기사를 쓰게 된 것이었다. 나는 밤늦게 원고지 8장 정도로 기사를 꾸려 다음날 데스크에 제출했다. 데스크는 기사를 보더니 나를 옆에 세워놓고 하나하나 따져가며 문장을 고치고 자르고 덧붙이고 했다. 이렇게, 내가 애써 쓴 글이 난도질당하고 있는 십 분이 내게는 창피함과 안타까움으로 범벅된, 참으로 길고도 괴로운 시간이었다. 그 기사는 내 이름을 박고 있지만 내 글이라고는 할 수 없는 것이었다.

나는 내 글과 수정된 내 이름의 글을 자괴감 때문에 더이상 읽지도 비교해보지도 않았다. 그래서, 나는 후에도 생각해보았지만, 내가 쓴 기사가 얼마나 잘못되었는지, 그처럼 참혹하게 수정되어야 할 것이었는지, 데스크가 고친 글이 더 좋았는지 판단을 내릴 수 없었다. 그럼에도 내게 이 사건은 큰 교훈을 남겨주었다. 글쓰기란 그것이 한낱 신문기사라 하더라도 힘든 것이고 고통스러운 과정을 거쳐서 나온다는 것, 내 주관으로만 써서는 안 되고 독자들이 잘 받아들일 수 있는, 특히 신문기사의 경우에는 명쾌하고 정확해야 한다는 것을 그것은 깨우쳐주었다.

나는 이 깨우침을 제대로 지키지 못했고 어떤 때는 의도적으로 배반하는 즐거움을 즐기기도 했다. 글은 고통 속에서 배어나올 때 좋은 글이 되지만 그렇다고 모든 좋은 글이 고통 속에서 솟아나오는 것은 아니라는 것, 나는 재능이 부족하기 때문에 글 쓰는 일을 무척 고통스러워하지만 글쓰는 데서 해방감, 자유로움을 느끼는 작가·시인들이야말로 진정 창조적인 작가·시인이라는 것을 알게 되었다. 또한 글이란 어떤 유이든 간에 독자를 상정한 것이며, 그래서 그들에게 재미있게, 분명하게, 아름답게 읽힐 수 있어야 하지만, 그럼에도, 일부러 어렵게, 모호하게, 괴롭게 읽히도록 독자들에게 강요할 수도 있어야 한다는 생각도 스스로의 지루한 글쓰기를 통해 강조하기도 했다. 어떻든, 내 기사의 난도질 사건을 통해 나는 글에 대한 자의식을 강하게 가지게 되었고, 무엇을 쓰는가의 문제보다 어떻게 쓰는가의 문제를 보다 진지하게 생각하게 되었다. 김현이 고백했던 것처럼 나 역시도 악문이나 상투적인 문장, 진지하지 못한 글에 대해서는 혐오감을 가지게 되었고 그런 글은 끝까지 읽어낼 수 없게 되었다.

그런만큼, 그리고 내게는 재주가 없었기 때문에, 글쓰기는 내게 고생스러움과 함께 더 많은 훈련을 요구했고 문장 만들기에 까다로운 시간을 보내야 했다. 그것이 얼마나 지긋지긋했던가는, 원고를 되도록 빨리 써서 해방되고 싶어하고, 끝마친 원고를 다시 퇴고하지 않는 나쁜 버릇으로 길들여지는 데서 스스로 확인할 수 있었다. 내 글씨가 악필이었기 때문에 나는 늘 초교지 교정을 보아야 했고 그러면서 오문을 고치곤 했던 것이 버릇으로 굳어져버리고 말았다.

긴 글/짧은 글

그런데 기자생활의 오래지 않은 시기에 내게 또다른 문제가 생겼다. 『사상계』에서 원고 청탁이 왔는데 원고 40장도 채 안 될 그 글을 쓰는 데 여간 힘든 것이 아니었고, 인쇄되어 나온 그 글은 다시 기억하고 싶지 않을 정도로 빽빽하고 재미없었다. 그 글을 읽은 이중한이 바로 그런 점을 지적해주었다. 그럴 수밖에 없었던 것이, 고등학교 시절부터 본, 한국 최고의 교양지에 글을 쓰게 되었다는, 그러니 그 첫 글을 잘 써야 한다는 감격과 부담이 너무 커서 글은 딱딱하고 흐름은 뻑뻑하게 굳어지지 않을 수 없었을 것이다. 게다가 신문기자 시절에 길어야 원고지 10여 장 쓰는 일이 많았던 내가 문득 그보다 네 배 길이를 쓰는 일은 처음이었던 것이다. 원고의 길이는 단순히 글자수가 많은 것만일 수는 없는 것이고, 문체와 구성 등 글의 전반이 달라져야 할 것이었다. 억지로 썼지만 다시 읽고 싶지 않은 이 글쓰기를 통해 나는 기사가 아닌, 다른 유의 긴 글쓰기 훈련을 해야겠다는 생각을 하지 않을 수 없었다.

마침 『세대』 편집장을 맡고 있던 이중한이 자기 잡지에 대학의 연구 실태를 르포로 연속 집필해달라는 청탁을 해왔다. 다른 이유 말고도 긴 글쓰기 훈련에 적절한 기회였다. 나는 대학의 연구소로부터 도서관에 이르기까지 우리나라 대학사회의 연구 상황 전반에 대한 취재와 르포를 여섯 차례인가 했다. 인용도 하며 도표도 넣고 문장을 늘이는 수법도 써가면서도 처음에는 70장을 메우는 것도 내게는 무척 힘들었다. 그러나 두어 차례, 비록 신문기사의 연장선이지만 긴 글 쓰는 데 훈련이 되면서 130장도 어렵지 않게 넘어갔다. 그래서 나는 긴 글쓰기에 대한 콤플렉스를 이겨낼 수 있었다.

그러나 어쩌랴, 나의 이 비재(非才)를! 이런 자기 훈련을 하는 동안 신문기사의 짧은 글이 잘 되지 않는 것이었다. 원고지 서너 장짜리로 써야 할 기사가 그 두 배로 늘어났고 간명한 기사체가 만연체로 늘어지고 있었다. 이번에는 짧은 기사 쓰기 훈련을 다시 해야 했다. 얼마쯤 어려움을 겪어내고서야 긴 글과 짧은 글, 기사체와 비평문체의 가닥을 잡을 수 있었지만, 어떻든 나의 문재 없음을 새삼 확인해야 했고 글과 문체에 대한 자의식은 더욱 깊어지지 않을 수 없었다.

한글/한자 표기

1960년대 후반, 한글전용 문제가 제기되었을 때 나는 한글/한자 병용에 편들었다. 내가 일하는 신문사의 입장이 그러했기 때문일 것인데, 그렇지 않다 하더라도 한자의 여러 가지 편리성을 나 스스로 십분 인정한 탓도 있었다. 중학교 때 교과 과정으로 한문을 배웠고 어렸을 때부터 신문이나 형의 책들을 보는 중에 나도 모르는 사이 한자도 익숙해 있었지만 그러나 이 수준은 상식적인 정도에 불과할 뿐이었다. 그럼에도 우리말의 어휘에서나 사용 빈도수에서 한자어가 압도적이라는 것, 한자표기일 때

책이 빨리 그리고 잘 소화된다는 것, 문명어로서의 한자어에 비해 한글로는 관념어의 표현에 명백한 한계가 있다는 것, 한자의 조어력이 문장을 풍부하게 만든다는 것 등 많은 장점들이 한글 전용의 명분과 실제적 용이성을 압도하고 있었다.

그러나 실제 원고를 쓰면서 한자 사용의 빈도가 조금씩 줄기 시작했다. 기자생활 초기부터도 한자를 많이 사용했던 것은 아니지만, 차츰 그 수가 줄어들고 원고지 한 장에 두어 단어 정도로만 사용하면서 가령 '대(對)하여' '비(比)하여' 하는 정도에까지 한자를 쓰는 데는 반발하게 되고 한자가 많아 인쇄된 지면이 시커멓게 보이는 것은 아주 못마땅히 여기게 되었다. 그러고는 1970년대 후반, 책들이 가로 조판으로 옮겨가고 나의 원고지 사용도 저절로 가로쓰기로 바뀌면서 한자는 괄호 속으로 집어넣기 시작했고 그것에 더욱 익어지면서 괄호 사용이 거추장스러워져 거의 한글로 표기하는 방향으로 굳어졌다. 그래서 1980년대 초부터는 모든 글을 한글로 표기하게 되었고 한자 병기도 가능한 한 줄였다. 동음이의어로 곤혹스러울 경우도 있겠지만 글의 문맥에 따라 독자들의 혼동은 크지 않을 것으로 생각되었기 때문이다.

수동태 문장

나 스스로 이런 변화를 의식하면서, 나는 언어란 원칙이나 규정 또는 이론이기보다 유행이나 습관이며 실제의 사용과 빈도가 문법을 이겨낸다는, 그러니까 언어 자체가 살아서 움직이며 변화하는 것이고, 그것의 논리적 체계화는 그 실제에 추수한다는 생각을 가지게 되었다. 가령 이런 예가 있다. 나는 문학과지성사에서 내는 책들의 교정을 보며, '보이다'와 '되다'의 수동태로 '보여지다' '되어지다'라고 쓰는 것은 잘못된 어법이라고 생각하고 원고들에서 이런 어휘가 나오면 모두 '보이다', '되다'로 고쳤다. 그러나 특히 젊은 세대들의 글이 거의 모두 '보여지다' '되어지다'로들 표기하고 있어 결국 내가 지고 말았다. 모두가 그렇게 사용한다면, 그리고 그것이 어색한 단계를 지났다면, 원칙이나 논리성은 그 실제성에 굴복해야 할 것이었다. 한자 표기에서도 그렇지만 수동태 문형에서도 실제의 사용 빈도와 유행에 우리의 글쓰기를 따르는 것이 살아 있는 문장을 위해 마땅할 것이라는 생각은 그래서 들었다.

행갈이

나도 모르는 사이 굳어진 또 하나의 습벽도 이 계제에 밝혀야겠다. 신문기사를 쓸 때 그것이 원고지 몇 장짜리든 대체로 한 문단을 원고지 한 장 길이로 잡고 있었다. 그러니까 10장의 원고라면 그 문단은 대충 10개의 문단으로 구성되는 셈이다. 그러나 몇십 장짜리 긴 글의 경우, 나는 한 문단의 길이를 네댓 장 이상으로 늘렸다. 그러니까 이만한 길이는 조판된 책의 한 페이지에 한 번 정도 행갈이를 하는 셈이다. 이렇게 버릇 들이다 보니, 두어 장으로 끝낼 한 문단도 굳이 두 배 정도로 그 문단 길이를 늘이는데, 때로는 그것이 집념처럼 여겨질 경우도 있었다.

이제쯤은 그런 고집을 부리지 않게끔 여유가 생겼지만, 한 문단의 길이를 이렇게 길게 잡는 버릇이 들면서, 신문 연재소설에서 자주 보듯 문장마다 행갈이를 하거나 잡지의 글에서 길지도 않은 두어 문장으로 문단을 바꾸는 것을 보게 되면 미처 읽기도 전에 덮어버리기 십상이었다. 그러면서 나는 생각한다: 하나의 문단이란 하나의 사고 단위인데, 그것이 이처럼 짧고 쉽게 다음 문단으로 바뀐다면 그 필자의 사고가 그만큼 짧고 불안정하다는 증거가 될 것이다. 요컨대 나는, 문장의 외적 형태에서 그 필자의 사유의 집요성과 그 진전방식을 발견할 수 있다고 믿는 것이었다.

복문체

군대 시절, 나는 다행히 군단의 공보실이라는, 좀 한가하면서도 군인으로서는 지적 공간이랄 수 있는 자리에서 사병생활을 했다. 그러니까, 만기 제대가 멀지 않은 공보실장을 대신해서 육군신문에 보낼 기사를 쓰거나 전선의 대북 방송 원고에 대한 강평을 만들거나 하는 일이어서 내 자유시간은 그만큼 많았다. 그래서 소설책도 보았지만 그때 내가 가장 많이 본 것이 시사주간지 『타임』이었다. 공부를 위한 것이 아니었기 때문에 짧은 영어에 사전도 잘 찾지 않으며 보는 것이어서 나의 해독은 겉핥기였지만, 그 문체에 익숙하다 보니 차츰 이해하기도 쉬워졌다. 그때 그 영문 문체에 내가 가장 감탄했던 것은 관계사를 이용한 복문체 문장이었다.

신문사에 들어와 기사 쓰기에 어느 정도 길들여지면서 나는 단문체 기사 형태를 가능하면 복문체 문장으로 고쳐 써보았다. 사회면이나 정치면과 달리 문화면 기사는 이런 문체 도입에 상대적으로 유리한 곳이었다. 그래서 가령, "그는 신춘문예를 통해 문단에 데뷔했는데 이번의 창작집은 그의 첫 책이다. 작가는 이 작품에서……"라는 중문 형태로 써야 할 것이라면 "신춘문예를 통해 데뷔한 그의 이번 첫 책은……"이라고 쓰는 식이다.

이런 복문체는 우선 단문체의 문장 길이보다 글자 수에서 상당히 경제적이기도 하지만, 무엇보다 단문의 평면성과 반복성을 지양하여, 그 글을 읽는 사유를 입체화하며 문장에 역동성을 부여함으로써 글 자체의 묘미를 풍요롭게 만드는 효과를 발휘한다. 그러나 약점도 있다. 영어에서는 관계사로 수식부분을 분명하게 가름할 수 있지만, 한국어에서는 그 기능을 가진 관계사가 없이 형용사절로 이어지기 때문에 문장 구조가 모호해지고 따라서 읽기에 난해해지며 문장 하나의 길이가 길어진다. 어떻든 나는 그래도 복문 문체를 즐겼고 단문 문체로 이루어진 글에서는 답답함을 강하게 느낀다. 그런 탓에 내 글이 읽기 불편하다는 불평도 많이 듣고 더러 내 글을 외국어로 번역하는 역자들로부터 문의를 자주 받긴 하지만, 아직껏 단문 사용에서 특별한 효과를 기대할 예외적인 경우 말고는 복문 문체를 좋아한다.

문장부호

내가 몇 권의 영어책을 번역해가면서 우리와 다른 형태상의 변화로 주목한 것이 문장부호의 사용이었다. 우리의 경우에는 따옴표와 쉼표, 마침표밖에 없는 데 비해 서구어에는 콜론과 세미콜론이 있었고 그것이 어휘를 절약하면서 문장을 분명하게 가름해주고 있었다. 내가 콤마(,)와 콜론(:)이나 세미콜론(;)을 흔하게 사용하기 시작한 것은 이에 대한 생각이 틔면서, 그리고 1980년대 중반 젊은 세대의 번역문체에 익어가면서부터이다. 그러니까 콜론은 '즉' 또는 '왜냐하면'과 같은 함의를 가진 부호여서 설명을 부연할 때 혹은 인용문 앞에 붙여야 하고, 세미콜론은 '그리고', '또는'이라는 뜻을 가지고 있어 여러 사항을 나열할 때 필요한 것이었다. 나는 이런 부호를 사용하는 데 재미까지 느끼고 있었다.

내가 특히 자주 사용하며 그 묘미를 즐기는 것은 쉼표이다. 쉼표는 원래 긴 문장을 쉬어가며 읽도록 지시하는 것이지만, 형용사의 중복이나 수식어와 피수식어 간의 관계 지시에도 요긴하고 그래서 관계접속사를 이용한 복문 형태에서는 기능적인 비중이 커진다. 그리고 콤마는 엉뚱하게도 어휘나 구절의 강조에도 아주 효과적으로 보였다. 김현이 이 쉼표를 적절하게 사용하여 그다운 문체적 성과를 얻고 있기도 했지만, 나도 그 김현에 대한 한 추모의 염을 표하는 글에서 쉼표를 사용해본 적이 있었다: "받을, 사람, 지금-여기, 없어도, 나는, 그, 그에게, 그, 그를, 위해, 헌사를, 써야, 할, 것인가"(『열림과 일굼』의 「책머리에」). 한 독자는 이 대목에서 필자의 속으로의 흐느낌을 읽는 듯하다고 했다.

번역 문체

나는 해방 후 우리나라의 번역 문체를 두 가지로 보는데, 그 하나이며 먼젓번 것이 한글 세대가 정착되기 전의 일어 세대에 의한 일본어 번역 문체이고, 다른 하나이며 뒤의 것이 1980년대 서구어 번역 세대의 그것이다. 명사형을 많이 사용하고 거기에 '적(的)'자를 넣어 수식어로 만드는, 그러니까 5·16 혁명 공약 같은 것이 그 대표적인 예문이 될 일어 세대의 번역투 문체인데 김수영·장용학 등 식민지시대에 고등교육을 받은 작가들에게 일반적이었다. 복문체에 한자투 어휘를 우리말로 바꾼 듯한, '~하기' '~함'의 영어 동명사 형태를 도입하고, 그리고 콤마를 빈번하게 효과적으로 사용하는 1980년대 세대가 서구어 번역 문체를 잘 보여주는데 거기에는 김현의 문체 영향이 컸을 것이다. 특히 정과리는 현대의 프랑스 문필가들처럼 문장을 비틀어서 쓰고 한자어 지식이 부족한 대신 한글어를 많이 발굴하여 사용하며 서구식 문장부호를 효과적으로 사용한다.

그러니까 우리 문필사회에서는 하나의 공동체이면서도 한문 문체·일어 문체·한글 문체·서구어 문체 등 여러 가지 문체가 공존하고 있다. 그것은 우리의 문체가 그만큼 정립되지 못했다는 것, 따라서 그것은 우리 문화의 정체성이 그처럼 혼성적임을 의미한다는 것, 그럴 수밖에 없을 정도로 우리의 현대사가 불행하게 시달려왔다는 것을 의미하는 것이다. 그런데 여러 해 전, 나는 출판대학에서 문장 작성법을 강의하면서 이 문제에 다다르자, 이렇게 설명했다: 이질적 문화를 실감 있게 느끼게끔 만드는 여러 개의 문체 공존은 그러나 뒤집어보면, 우리 문체의 잠재적 가능성이 그만큼 다양한 폭을 가질 수 있는 것을 지시할 수도 있다; 가령 김지하의 문체는 한문 문체로 우리의 문체적 실험에서 성공한 경우이고 이어령은 일본어 문체로 우리 문체를 더욱 풍부하게 만들었으며, 김현은 한글 문체로, 정과리는 서구어 번역 문체로 자신들의 세대적 감수성을 유감없이 발휘하고 있다; 그렇다는 것은 오히려 우리에게 문체적 풍요성과 다양한 개발 잠재력을 기대하게 하는 것이지 않겠는가. 과연 그럴 것인가. 어떻든, 나는 문체 자체보다 그것의 효과적인 사용이 더 중요하다는 생각을 하게 된다.

문체 흉내

1980년대 초에 나는 함석헌과 이문영의 두 산문집 서평을 쓸 기회가 있었다. 알다시피 함석헌의 글은 그 흐름은 유장한 한문 문체이지만 어휘는 전통적인 한글투이고, 이문영의 글은 멋이나 수식을 버린, 소박하면서도 진솔한 문체이다. 나는 문득, 함석헌 책에 관한 부분은 함석헌 문체로, 이문영의 책에 대한 부분은 이문영 문체로 써보고 싶었다. 나는 한자 어휘의 관념어와, 글의 흐름이 급박하면서 분석적인 틀을 이루어오던 기왕의 내 상투적인 문체를 탈피해보겠다는 허영을 품고 있었다. 그래서 그 첫 문장을 이런 투로 시작했다: "우리가 다른 이의 글을 읽으면서 깊은 기쁨을 얻게 되는 까닭은, 굳이 가른다면, 두 가지 줄기에서 찾아질 수 있겠는데 그 하나는 그 글이 아름답고 그 생각의 겪어나가는 바가 뚜렷해서 우리의 안을 넓혀주고 거듭 생각하게 하는 것이요, 다른 하나는 그 글이 힘차고 그 생각하는 바가 깊은 겪음과 믿음을 통해 우러나온 것이어서 그 뜻의 바름과 가르침에 우리가 고스란히 굽혀들지 않을 수 없게끔 하는 것이다"(「새벽을 위한 용기」). 알아보겠지만, 이 글에서는 한자어가 하나도 들어 있지 않고 글은 길고 유유했으며 어느 만큼 함석헌 문체의 흉내를 내긴 낸 것이다. 그러나 이 흉내는 길 수가 없었다. 한자 어휘를 쓰지 않고는 원고지 열 장을 넘길 수가 없었고 함석헌의 유장한 숨길을 스무 장 이상 버틸 수가 없었다. 그것은 최인훈이 자신의 작품을 한글 어휘로 대폭 바꾼 중에 가끔 보이는 어색한 대목들을 연상시키기도 했고, 그렇게나마 길게 끌어갈 힘이 없어서, 결국, 나의 서툰 문체 흉내는 서론 격의 부분까지로만 계속하다가 나 자신의 문체로 돌아가지 않을 수 없었다.

여기서 깨달은 점: 문체는 속에서 우러나오는 것이지 억지로 만들 것은 아니라는 것; 우러나오는 그 문체의 바닥에는 그 자신의 의식과 정서의 받침이 깔려 있지만, 알게 모르게 그 시절의 언어 관습이나 유형의 작용을 받고 있다는 것. 물론 이런 유의 깨달음이란 문장론 초입에서 제시되는 것이지만, 내게는 스스로 깨닫는다는 것에 의미가 있었고, 그래서 언젠가는, 다양한 문체로 글을 써보고 싶다는 시건방진 욕심을 포기해야 했다.

문체 변화

이렇다는 것을 직접적으로 확인한 것은 근년의 일이다. 김현이 작고하고 우리는 그의 전집을 준비했는데 그의 글을 다시 읽게 된 나는 평소 그의 문체에 대해 두 가지 사실을 확연히 인정하게 되었다. 첫째는 그의 문체가 1960년대 초 그의 문학청년 시절로부터 1980년대, 그의 원숙기에 이르기까지 상당한 문체적 변화가 있었다는 점인데, 그와 20여 년 동안 사귀며 함께 글쓰기를 하며 그의 문장에 익숙해온 탓에 그런 당연한 변화를 나는 의식하지 못하고 있었을 뿐이었다. 그 다음은, 그의 젊은 시절부터 그의 글을 좋아했음에도 지금 새삼 읽어본 젊은 시절의 그의 문체는 상당한 치기를 지니고 있었다는 점이다. 1950년대의 격문 같은 전후 세대의 영향을 받았을 그 글들은 호흡이 빠르고 관념적이며 장식적이어서 50대에 이른 나의 독법으로는 그에게도 이런 무모한 열정의 시절이 있었구나 하며 미소를 짓게끔 만드는 것이었다. 그후 나는 『지식인됨의 괴로움』을 엮으면서 나의 30대 초인 1971년에 썼던 「지성과 반지성」을 다시 읽게 되었는데, 아아, 이 글도 김현의 젊은 글들과 다름없이 치기만만한, 그래서 요즘 세대들이 보면 목에 힘주는 꼴이 웃긴다며 제쳐놓을 글이었던 것이다.

나는 면구스러워 다시 보기 싫은 내 젊은 때의 글과, 나를 미소짓게 만든 김현의 글을 생각하며, 그 당시에는 잘 읽히고 상당한 공감을 얻어냈던 글들이 지금 와서는 왜 이처럼 멋쩍고 유치하게 여겨지는가를 따져보았다. 그리고 내 나름의 편한 결론은 이렇다: 시대에 따라, 그리고 나이에 맞게 문장의 형태나 문체의 모습은 달라진다. 궁핍하고 억압된 시대의, 젊고 울분이 많았던 나이의 글과 여유 있고 편안한 시대의, 새삼스러움을 느낄 수 없는 닳아버린 나이의 글이 같을 수가 없을 것이다. 문체는 그 시대의 표정이며 그 사람의 연륜의 색깔인 것을……

못하는 것, 좋아하는 것

술

기자였고 글쟁이이며 많은 사람들과 만나는 출판사 대표여서 익숙지 않은 사람들은 내가 술을 거의 하지 않는다는 데 이상한 느낌이 드는가 보았다. 으레 술을 마셔야 하는 직종이고 또 술을 마셔야 무언가 되는 일을 하면서 어찌 그럴 수 있느냐고, 그렇게 해서 내가 끼어 있는 직종에서 어떻게 견디느냐고 묻곤 하면서, 그냥 해보는 겸양으로 알고 더러 강권하기도 했다. 그러나 나는 술을 못 마시고 그래서 안 마시고 어쩌다 많이 마시면 그것을 이겨내느라고 고생깨나 해야 한다. 하긴 군대 시절 급체를 해서 잇달아 활명수 두 병을 마시고 술 취한 것처럼 벌게진 경력이 있으니 술이라면 기가 죽어 내가 마땅히 경원하는 대상이 되지 않을 수 없다.

술을 못 마시는 것도 유전이 아닐까 싶은 것은 내 경우를 돌아보면서이다. 할아버지도 아버지도 술 드시는 모습을 뵌 적이 없고 형이나 자형들도 나보다는 낫겠지만 술을 많이 마시거나 주정했다는 이야기를 듣지 못했는데, 그 나이에 한창 술 마실 만한 아들도 가끔 얼굴이 불콰해서 들어오긴 하지만 집에 와서는, 술에 취해 좋다고 하는 사람들 마음을 도대체 이해할 수 없다고 했다. 그러니 우리 집안에서는 술 때문에 무슨 사고가 났다든가 병이 났다든가 하는 말이나 모습을 듣거나 본 적이 없다. 그건 그저 남의 집 이야기일 뿐이었다.

그래도 나는 한때 술을 자주, 곧잘 마시기도 했고 술 취한 상태를 즐기기도 한 적이 있었다. 30대 중반의 신문사 기자 시절, 유신으로 사방이 꽉 막힌 절망감에 시달리던 때였다. 물론 현진건의 말처럼 그 시대가 술을 권하기 때문에 못 마시는 나까지 술을 마시게 되었다고 감히 말하는 것은 아니다. 그러나 이런저런 자리에 끼어 동료들, 친구들과 술을 마시며, 떠들고 탄식하고 욕하고 격려하며 적당히 오른 술기운에 기대어 속내풀이를 하곤 했었다. 그때도 2차는 가지 않아 때로는 해가 훤하게 남아 있는데 얼굴이 꽤나 붉어지고 숨을 식식거리며 퇴근길에 바쁜 행인들을 바라보는 재미도 있었다. 1970년대 중반 친구들과 합자하여 출판사를 시작했을 때, 마지못해서나마 '직업상' 술자리에 자주 끼곤 했었다.

그런데 조금씩 그 술자리를 피하고 멀리하기 시작했다. 우선, 2차를 가지 않다 보니 진짜 술 취한 자리를 보지 못하고 끼지 못하며, 저녁 먹으며 반주 한잔으로 남의 3차 몫까지 오르게 되니 친구들도 굳이 내게 권하지 않았다. 그러는 중에 술에 대한 혐오를 강하게 갖게 된 일이 있었다. 부산에 내려갔다가 당시 국제신보 편집국장이던 시인 이형기 선생과 처음엔 태종대에서 그 다음에는 시내에서 2차로 술을 마셨는데 어떻게 잘못되었는지 그날 밤 나는 새도록 몸만을 전전반측하며 술에 한없이 시달렸다. 그후 내게 술을 강권하면 나는 그런다: 술이든 음식이든 기분 좋자고 마시는데 그게 힘들고 괴롭다면 억지로 마시도록 권하지 않는 게 예의 아니겠는가. 그후부터 나는 술 때문에 고생해야 할 경우도 없어졌고 술 마시라고 강권당하는 괴로움으로부터도 벗어날 수 있었다. 술 좋아하는 친구들도 그런 나를 풀어주어 내가 2차를 가면 오히려 신기하게 여기고 어떤 자리에서든 내가 술을 피하는 것을 자연스럽게 보아주게 되었다. 으레 한잔 술을 해야 직성이 풀리는 여행에서도 내게만은 관용을 주어 밤에 질펀하게 펼쳐진 술자리에 내가 없는 것을 조금도 이상하게 여기지 않았다. 그래서 김혜순이 말한 것처럼, 외국에 가서 뜻있게 마련된 술자리에도 나는 "없는" 존재가 되곤 했다.

술을 못 하고 안 하다 보니, 작취미성의 곤욕을 치를 경우도 없고, 남들이 술 마시는 시간에 나는 집에서 아이들하고 놀든가 비디오를 보든가 해서 '가정적'이란, 비아냥이든 부러움이든 간의 말을 듣게 된다. 소주나 맥주 한 병 값이 얼만지 지금도 정확히 모르기도 하지만 개인적으로 술에 드는 경비도 별로 없다. 그러나 술 못 마시는 데서 오는 손실이 그보다 더 많지 싶다. 우선 술자리에 잘 끼지도 않고 함께 자리를 해도 맨숭맨숭하니 사람들을 많이 사귀지도, 깊이 사귀지도 못한다. 사람들은 대체로 적당한 거리로 나와 격의를 두고 내 속셈을 모르는만큼 자신의 속셈을 드러내주지도 않는다. 이른바 '사교상'의 결격이 큰 것이다. 또 한 가지, 친구들이 하는 농담으로, 본인이 없는 술자리에서는 그가 술안주가 되어 씹힌다는 것인데, 그래서 내가 그렇게 안주 삼아 씹히는 일이 자주일 것이라는 점이다. 그럼에도 내게 다행인 것은 그 다음의 술자리에도 내가 끼지 않음으로써 내가 씹혔다는 것도 여전히 모르게 된다는 것이다. 눈먼 욕은 욕이 아니다라고, 그래서 나는 이 손해에 자위하고 있는 셈이다.

담배

술을 못 하는 대신 나는 담배에만은 억척같다. 스물한 살 때 처음 사슴 개비를 물 때부터 담배는 내게 옛 친구처럼 스스럼없이 빨려왔다. 그후 40년 동안 나는 담배를 끊거나 줄이겠다고 생각해본 적이 없었다. 하루 한 갑 반 내지 두 갑을 태우는 나의 담배는 혹 떨어질 경우를 생각해 내 주머니에 늘 여분의 갑이 들어 있고 라이터도 두 개를 넣고 다닐 때도 많다. 담배를 태워야 일이 자연스러워지고 자리를 바꾸거나 일에 고비가 있으면 으레 담뱃갑을 꺼내고 길을 가면서도 담배를 문다. 내 얼굴이 나온 스냅 사진의 반 이상은 담배를 물거나 들고 있는 모습이다. 그런만큼 담배를 못 태우게 하는 자리에서는 거의 인간적인 모욕감을 느낄 정도이다. 미국 쪽으로 가는 비행기에서 열 몇 시간 담배를 못 태울 때 항공사와 금연을 법규화한 미국 사람들을 욕할망정, 그리고 미국의 한 친구 집에서 나를 마치 에이즈 환자처럼 노려보는 친구 아들에게 면박을 당하면서도 담배에 대한 내 집념만은 바꿀 생각을 하지 않았다. 멕시코에 갔다가 비행기 안에서 혹은 공항 로비에서 마음껏 담배 연기를 뿜으면서는 마치 담배 못 태우게 하는 미국에 통렬한 복수를 하는 것 같은 기분까지 느꼈다.

끽연에 대해 사적으로나 공적으로 핀잔과 규제가 자심해져

나도 이젠 주변의 눈치를 살피기도 하고 참기도 해가며 자제하면서, 그런 신세가 궁상스럽다고 느끼기도 많이 하게 되었다. 비행기를 탈 때는 미리 잇달아 여러 개비 담배를 태우고 내리자마자 얼른 공항 밖으로 나가 성급하게 담배를 빨아댈 때마다 이런, 세상에 담배 태울 자유마저 없어져버리다니, 하고 탄식하지 않을 수 없게 된다. 친구들도 거의 담배를 끊어 열 명이 모이면 나를 포함해 담뱃곽을 여는 사람이 두엇밖에 되지 않아, 누군가 먼저 담배를 물면 그렇게 반가울 수가 없다.

물론 나의 아내도 내게 강력하게 단연을 요구한 적이 있었다. 겨울 창문을 열 수 없는 방에서 내 담배 연기를 맡는 것이 여간 고역이 아니거니와 무엇보다 내 건강이 걱정이라는 것이었다. 당연한 충고였다. 그때 나는 대답했다: 내가 담배를 끊음으로써 폐암은 안 걸릴 수 있다. 그러나 나는 대신 뇌암이나 신경암에 걸릴지도 모른다. 궁색한 억지 항변임을 나도, 아내도 알고 있지만, 어떻든 그후부터 내게 단연을 권하는 말은 없어졌다. 아니 오히려 좋은 협조자가 되어 식당이나 어디를 가면 담배 태울 수 있는 자리를 먼저 찾아내 내게 알려주곤 하게 되었다. 어른들 앞에서 담배 태우지 못하는 것에 유감이 있어 나는 아들에게도 대학 들어갈 즈음 나와 맞담배를 태우도록 했는데(그러다 보니 사위까지 맞담배를 태우게 됐지만), 아내는 아들에게 밖에 나가서만은 아버지 앞에서의 담배는 자제하라고 권하기도 했고, 부자가 안방에서 마구 태우는 담배 연기에 질려 짜증을 부리기도 했지만 나와 아들에게 가끔 담배를 선물하기까지 한다.

실제로 나는 담배에 대한 의학적인 혹은 공적인 공격이 너무 지나쳐 끽연이 심하게 부당한 처우를 받는다고 생각하고 있다. 물론 담배 연기가 피우는 당자나 그 가족, 이웃에게 폐나 기관지에 나쁜 영향을 주고 불쾌감을 일으킨다는 사실을 부인하지 않는다. 그러나 그 폐해는 너무 과장되고 위협적으로 강조되고 있다. 밥이나 술을 너무 많이 먹거나 마셔서 오게 될 폐해보다 끽연의 그것이 그리 더하지는 않을 것으로 나는 생각한다. 그런데 요즘의 과학은 거의 모든 질병의 원인으로 담배에 혐의를 두고 있고 담배만 끊으면 건강하고 장수할 것으로 믿게 하고 있다(과학의 권력이라니!). 그래서 내가 보기에 매우 못마땅한 결과가 나오는데, 에이즈가 더욱 치명적이고 전염성이 강하며 또 비윤리적인 성생활에서 비롯된 것인데도 그 환자는 마치 현대 문명의 희생자처럼 동정을 받고 치료와 예방을 위해 집중적인 투자를 얻고 있는데, 이웃에 약간의 피해를 주긴 하겠지만 그 세금으로 갖가지 복지 비용에 충당하고 있으며 당자에게 정서적, 어쩌면 그래서 육체적 효과도 줄 담배를 태우는 사람만은 마치 범죄자를 대하듯 하는 것은 아무리 양보해서 보아도 지나치다. 이건 분명 불공정하고 왜곡된 것이다.

나는 지금은 국산 '심플'을 태우지만 이른바 IMF 이전에는 '던힐'을 태웠다. 양담배를 금지하던 시절 나는 외국 여행 중에는 으레 김포공항 면세점에서 그 던힐을 20갑 통째로 사서 가지고 다니며 태웠다. 처음에는 던힐 담배가 그 빨간 색깔에 납작한 갑이 예쁘고 주머니에 넣기 편해서 다른 양담배보다 비싼데도 사서 태웠는데 그 진하고 두툼하며 오래 타는 맛에 아주 들려버려, 수입이 개방된 뒤에는 늘 이 담배만 피웠다. 술도 안 마시고 달리 호사부리는 것도 없으매 담배에 대한 나의 사치만은 나 스스로에게 허용하고 싶었던 것이다. 나의 던힐 애용이 소문이 나서 외국에서 오는 사람의 선물에도 술 대신 이 담배가 잦았고 후배들도 일부러 이것을 구해 가져오기도 했다. 빨간 곽에서 던힐을 꺼내 커피를 마시며 담배 태우는 내 모습이 오규원과 김윤배의 시에 묘사된 적도 있었다. 사서 태우는 담배가 국산으로 바뀐 후 그런 여유만만한 심정도 사라졌지만, 잔기침이 나는 불편이 생긴 것도 섭섭한 일이었다.

어떻든 나는 담배를 끊을 생각은, 글쎄 폐암 수술을 받게 된다면 모를까, 설령 그럴 경우가 온다 하더라도 지금의 내 예감으로는, 쉽게 들지 않을 것 같다. 나의 그런 심정에 다짐을 준 이야기 하나가 있다. 암으로 작고한 황인철 변호사의 빈소에서 고등학교 친구 하나가 이런 말을 해주었다: 그의 한 친구가 근래 폐암 진단을 받았는데 그는 수술할 생각도 안 할뿐더러 담배를 끊지도 않고 골프는 여전히 치고 있다는 것이다. 그러면서 그 사람이 하는 말: "이래 죽으나 저래 죽으나, 좀더 살거나 일찍 가거나, 이 나이에 와서 내가 즐겨오던 것을 포기하면서까지 수선부리고 싶지 않다." 나는 그렇게 당당하게 말한 사람이 그후 어떻게 되었는가를 모르지만 그 말을 들을 때만 해도 그는 의사가 예고한 날보다 오래 살고 있다 했는데 그 말을 전한 내 친구는 그가 그처럼 의연했기에 더 오래, 그리고 즐겁게 살 수 있었던 것이 아닌가라는 주석을 붙였다. 나도 그렇게 당당하게 나의 말년을 맞고 싶다는 것이 허영일까.

커피

대학 시절부터 마셨을 커피는 담배와 함께 나의 또 하나의 반려이다. 세 끼 식사 후에 한 잔씩, 그리고 오전·오후에 새참으로 한 잔씩, 그러니까 한두 잔 더 마시는 경우가 많지만 기본적으로 하루 다섯 잔은 거르지 않는다. 카페나 다른 사무실에 가서도, 커피를 너무 마셨다 싶으면서도 다른 차를 주문하는 경우는 거의 없이 역시 커피를 주문한다. 커피 아닌 것을 시키면 어딘가 손해 보는 듯한 느낌이 들어서이다. 그러나 내가 즐겨 마시는 커피는, 종류도 갖가지여서 그 차이를 분별 못 하는 원두커피류가 아니라, 그저 값싸고 편하게 끓일 수 있는 인스턴트 커피다. 아마 젊었을 때부터 인이 박인 것이어서일 터인데 카페에 가서도 있다면 인스턴트를 주문한다. 그 인스턴트가 진할수록 나는 좋아하는데 그건 내가 에스프레소 맛을 안 뒤부터일 것이다. 1983년인가 이탈리아에 갔을 때 조세희 씨랑 들어간 카페에서 그냥 달라고 해서 나온 것이 에스프레소였다. 작은 잔에 쓰디쓴 한약 같은 그 커피를 처음에는 상을 찡그리며 마셨다. 그런데 이탈리아를 떠날 때쯤에는 그 커피 맛에 들려버리고 말았다. 귀국해서 더러 에스프레소를 파는 데를 가보았지만 이탈리아에서 마셔본 것에 비할 수가 없었다.

인스턴트의 진한 맛 외에는 진짜 맛을 모르기 때문에 나는 그 종류가 다름에 따른 미묘한 차이를 구분하지 못하고 그것에 대한 세련된 감상도 할 줄 모른다. 커피에 대해 세심한 김치수의 집에서 최고급의 커피를 끓여왔는데도, 나는 싱겁다며 인스턴트를 달래서 타 먹을 정도이다. 그런 탓으로 나는 웃지 못할 에피소드를 하나 만들어내기도 했다. 페루의 호텔에서 만찬을 하는데 식사를 마치고는 커피포트에서 커피를 따라 마셨다. 이제껏 마셔본 어떤 커피도 그렇게 진하고 맛좋을 수가 없었다. 그걸 나는 큼직한 잔 하나 가득 마셨을 것이다. 그런데 페루 사람들은 자기 커피잔에 그 커피를 바닥에 깔 정도로 약간 붓더니 거기에 물을 타서 마시는 것이었다. 그러니까 나는 물을 타서 마셔야 할 커피 원액을 그냥 마셔댄 것이었다. 내 무식에 나는 부러 태연한 척했지만, 커피 때문에 잠을 못 자지 않는다고 자신해온 나도 그날 밤만은 거의 잠을 설쳤고, 이튿날 그 사연을 고백하고서는 일행들로부터 폭소를 당하지 않을 수 없었던 것은 당연했다.

그래도 누구든 그 향기의 감미로움만은 의심하지 않는 커피향에 얽힌 기억이 하나 더 있다. 내가 논산 훈련소에서 이등병 계급장을 달고 의정부 보충대를 거쳐 일선의 어느 부대인가로 군용트럭에 얹혀 한없이 북쪽으로 향해 가는 길이었다. 한 작은 마을에 차가 서고 잠시 화장실을 이용할 시간이었는데 문득 커피 향기가 내 코에 와 닿는 것이었다. 그러고 보니 하루에도 몇 번이나 들락거리던 다방에 가본 지도 몇 달이었고 커피를 마셔본 것도 그만큼 오랜만이었다. 나는 기간사병을 꾀었다. 내가 커피 한잔 사겠다고. 그때 그 커피 맛이 어땠는지 모르겠다. 전방의 작은 동네 것이고, 그것도 37년 전의 어수룩한 시절의 것이었으니 오죽했을까. 그럼에도 허술한 다방에서 아가씨가 가져다주는 커피를 마시는 즐거움은 새까만 졸병으로서는 더없는 호사였을 것이다. 나는 부대에 배치되어 주말마다 포천의 이동 마을에 나가 다방에 죽치고 앉아 커피를 마셨고 제법 영어 원서를 들고 읽기도 하며 사치스런 사병 생활을 했지만, 군대에 들어와 처음 마셔본 그 이름 없는 시골 다방의 커피를 잊지 못한다.

노래

술도 못 마시고 진한 커피에 독한 담배만 피워대는 사람이라면 떠오를 인상, 그 따분하고 지루한 몰골에 썩 어울리게, 나는 노래를 못 부르고, 안 부른다. 흥겨운 술좌석을 구경하는 것만으로도 즐기다가 드디어 노랫가락들이 나오기 시작하면 나는 조바심 나고 불편해하기 시작하고 적당한 기회만 닿으면 슬그머니 자리에서 물러난다. 그래서 친구들도 돌아가면서 노래부르는 자리에서도 내 차례는 건너뛰는 것으로 양해해주게까지 되었다. 실제로 나는 그 흔한 노래방을 꼭 한 번 들어가보았는데, 마종기가 와서 함께들 춘천에 갔을 때 피할 수 없는 손님 대접으로 나 스스로의 금기를 깨뜨린 것이다. 그때도 물론 나는 노래를 따라하지도 않았다.

노래에 대한 나의 두려움이 언제부터였는지 모르겠다. 음악을 듣기도 하고 음악회도 가본 적이 있으며 한때는 텔레비전의 가요 프로들을 열심히 본 적도 있었다. 고등학교 때는 교회 합창단원이었고 초등학교 6학년 때에도 합창단에 들어가 그즈음 잦았던 국군 위문에도 끼었었다. 더 어릴 때는 혼자서 청승맞게 유행가를 불러댄 적도 있었다. 그런데 이런 일은 있었다. 초등학교 3학년 때 음악시간을 대강한 옆반 여선생이, 반장 나와서 노래해보라고 지시해서 노래를 불렀는데 갑자기 아이들의 웃음이 터져나와 망신을 당한 적이 있었다. 뒤에 곰곰 생각해보니 변성기의 형 목소리를 흉내내는 바람에 그 어울리지 않는 목청이 아이들과 선생을 웃겼던 것 같다. 그러나 그렇다 해서 내가 노래부르기를 두려워한 것은 아니었다.

아마 돌이켜 추적해보면, 나의 노래 기피증은 조금씩조금씩 늘어나고 강해져 마침내 나 스스로에게 가한 금기로 굳어졌던 것이 아닌가 싶다. 우선 나는 노랫말을 제대로 외우는 것이 없다. 그게 음치의 기본 요건이라 생각되는데, 가사들을 외우겠다는 노력도 해보지 않았지만 노래를 안 부르기 때문에 외울 힘이 더욱 없어져버린 것이다. 그리고 평소의 그것도 마음에 들지 않지만 노래부르는 내 목소리는 점점 참아내기 어려울 만큼 스스로에게 못마땅했다. 그런 자의식을 가지면서, 언젠가는 라디오에 나오는 내 목소리를 도저히 들을 수 없어 다이얼을 돌리면서 다시는 기계를 통해 나오는 내 목소리를 듣지 않겠다고, 그러니까 방송에 녹음하지도 않겠다고 작정했다. 그것은 나의 소리가 아니었다. 그러면서 노래도 나의 소리가 아니라는 판단을 내렸고 나 아닌 목소리로 노래부르는 것을 끊어버리게 된 것이다. 나는 아마도 나 스스로에 대한 자의식이 너무 강한 것이 아닐까라고, 그래서 가끔은 생각하게 되는데 그것은 나의 자의식 발동 때문에 내가 춤도 추지 않고 심지어 말을 하면서도 손짓 따위를 되도록 하지 않는 데서도 더욱 분명해진다.

바둑

술을 안 마시고 노래방도 기웃거리지 않으며 헬스클럽이나 테니스장, 골프장은 아예 인연 없이 지내며 한때 어울려 하던 카드놀이도 잊어버렸고 영화관도 가기 힘들어진 내게 유일한 위락거리가 있다면 바둑이다. 언제 어떻게 배웠는지도 기억하지 못하는 채 고등학교 때도 돌 놓는 법을 알았고 대학 때도 더러 친구와 겨루었으며 군대 시절에도 상관과 두어 번 둔 적이 있고 기자 시절에는 신문사 뒤에 있던 기원에도 들렀지만, 아무래도 바둑의 재미는 출판사를 시작하면서부터였다. 조선작이 개업

기념으로 선물한 바둑판을 놓고 잘 두든 못 두든 바둑알 놓을 줄 아는 친구들과 지루한 시간을 보내거나 손님 접대를 하는 데는 그 이상 간소하고 편리한 것이 없었다. 마침 문지 동인들을 비롯한 출판사의 단골 대부분이 조금씩이나마 바둑을 둘 줄 알았다. 바둑을 나 못지않게 좋아하는 황인철 변호사가 마침내 새해를 맞으며 자기가 바둑판을 기증할 터이니 그것을 상품으로 하여 '문지 바둑대회'를 열자고 했다. 참가문인들이 모두 판 뒤에 서명하여 우승자에게 주는 이 바둑대회는 그래서 연례행사가 되어 지금껏 계속되고 있어 신문의 한가한 기사거리가 되기도 했다. 그럴 정도에 이르러 바둑은 문학과지성사의 '사기(社技)'가 되었고 나를 개인적으로 이야기하는 자리에는 으레 나의 바둑이 뒤따랐고 그래서 '애기가'의 반열에 오르기도 했다. 실제로 문지 친구들 모임이나 문사 동인들의 모임이 있는 요일에는 응접 탁상에 바둑판 몇 개가 즐비하게 늘어져 있어 '문지 기원'이라는 말도 듣는데 이 때문에 손님 대접을 소홀히 하거나 일을 늦추는 일도 잦아 바둑 못 두는 사람들의 원성을 자주 듣기도 하고 정과리는 공공연하게 바둑판을 쪼개버려야 한다고 역설하기도 한 모양이었다.

그렇거나 저렇거나 간에 바둑에 대한 나의 즐김은 변함이 없는데, 바둑 둘 줄 아는 친구가 오면 더없이 반갑고, 할 일도 없고 바둑 친구도 없으면 케이블 텔레비전의 바둑 채널을 보기도 하며 여행할 때는 바둑책을 반드시 챙기고 잠이 쉬 들지 않을 때는 수면제로 바둑책을 본다. 맞수였던 김현은 두 판 정도로 그만두지만 황인철은 나와 일고여덟 판을 내리 둘 수 있었고 그래서 그와는 생각하지도 않고 두는 동네의 싸움바둑이 되어버리지만 그래도 서로가 피로를 모르겠다고 할 정도였다. 그러니까 바둑이야말로 가장 돈 들지 않고 육체적인 노력이 가장 안 들며 언제 어떻게라도 둘이서든 혼자서든 즐길 수 있는 것이고, 포석으로부터 끝내기에 이르는 그 운석에는 수를 풀고 혹은 싸움을 벌이며 승패를 가르는 재미와 그 못지않게, 한 세계를 운영하는 철학까지도 느끼게 만드는 것이었다. 그래서 나는 바둑을 사람이 만들어낼 수 있는, 가장 단순한 규칙 아래 가장 심오한 경쟁을 벌이도록 하는 가장 고급한 두뇌 스포츠라 생각하고 있고 헤르만 헤세의 『유리알 유희』에 나오는 현자들의 가상 놀이가 실제로는 바둑에 가장 가까운 것이 아닐까 부회해본 적도 있다.

그런데 그렇게 즐기고 많이 두고 열심히 보는데도 나의 바둑은 3급, 만년 3급으로 그칠 모양이다. 내가 두 점을 놓아도 판판이 지는 성민엽이 내게 그렇게 끈질기게 바둑을 두는데도 그처럼 늘지 않는 것도 신기한 일이라고 꼬집기도 한 바 있는데, 며칠 전 강남에서 약속시간을 기다리느라 기원이라는 데를 몇십

년 만에 들어가 두 판을 두었던 원장이라는 사람은 내게 기원에 와서는 고지식하게 3급이라고 하지 말라고 했다. 그러니까 친구들 사이에 3급이지 기원 급수로는 5급쯤 된다는 이야긴가 보았다. 그처럼 늘지 않는 바둑인데도 그 즐거움은 도대체 가시지를 않아 김원일하고는 무한정의 내기 바둑을 두며 열을 올리고 있다. 20판을 한 라운드로 해서 그 승패에 따라 돈을 적립하는데 그 돈으로 한번은 고급 바둑판과 알을 사서 나누어 가졌고 그 이후는 여행 때 공동 경비로 모으고 있다. 그러니까 그와의 이제껏의 연속 기전은 5백 판이 넘을 것이다.

운동

내가 슬그머니 빠져나온 한 술자리에서 장난꾸러기 같은 김주영이 제의를 했다 한다. 내가 비록 술은 안 마신다 하더라도 저렇게 독한 줄담배에 진한 커피를 마셔대고 운동이라곤 전혀 눈길도 돌리지 않으면서도 건강을 유지하는 이유가 무엇일까, 우리 한번 토의해보자(본인이 없는 자리에서는 항상 씹히는 법!). 늘씬한 키에 군살 하나 없이 체격 좋은 김주영도 내게는 한 수 접힌 바가 있었다. 페루의 리마에서 비행기로 3800미터 고지의 티티카카 호수에 내려 호텔에 도착했을 때 일행 거의가 두통이 나고 심장이 뛰며 숨을 편하게 쉴 수 없어 축축 늘어져 있었다. 이른바 고산증이라는 것인데 이미 쿠스코에서는 아마추어 등산가인 김치수가 기진해버릴 적에도 늠름했던 김주영이 여기서는 탈진해버린 것이었다. 그런데 그때 나는 아무렇지도 않아 여기저기를 술렁거리며 다니기도 했고, 이런 때 금기처럼 만류하는데도 여전히 담배를 피우며 커피를 청해 마시고 있었던 것이다. 많은 여행을 함께 한 친구들도 나로부터 피로하다든가 체력이 달린다는 말을 듣기도 했고 산에 오르려면 숨이 차 견디기 힘들어하는 모습을 보기도 했겠지만, 어디가 아파 누웠다든가 혈압이나 당뇨병으로 고생한다든가 하는 경우를 보지 못했기 때문에 김주영의 제의는 그 술자리에서 의제(?)로 채택된 모양이었다.

물론 농담이었으므로 그 자리에서 내 건강이 어떻게 토론되고 그 결론이 무엇이었는지는 내가 알 수도 없었지만, 내가 건강하다는 친구들의 빈정거리는 결론에 나는 반박해본 적은 없었다. 그러니까 고산증이 없다는 것이 건강과는 별다른 인연이 없다고 생각되지만 내가 참 오래 무병해왔다는 사실만은 인정해야 했던 것이다. 초등학교 다닐 때만 해도 '병결(病缺)'이 곧잘 있었던 것으로 기억되는데 6·25 이후, 내가 '앓아누웠었다'고 말할 수 있는 것은 대학 2학년 때 처음 돌았던 일본 독감 때문이었을 때가 유일했다. 소화제를 먹기도 했고 지사제를 복용한 적도 있으며 요르단 여행 중 심한 감기로 한국 건설회사의 현장에서 약을 지어달라고도 했고 피부염으로 병원에 가보기는 했지만(이 정도의 잔병을 안 앓아본 사람이 있을 수 있을까) 그 밖에 병원에 입원하거나 수술을 받아본 적도 없고 지병이 있어 약을 장기 복용해야 할 경우도 없었다. 그렇다고 내가 건강을 위해 등산이나 테니스를 해볼 염을 가진 적도 없었고 담배나 커피를 진한 것으로 피우고 마실지언정 뱀 같은 보신식을 먹어본 적이 없었다. 있다면 그 약효를 믿지는 않지만 부모님이 가끔 지어준 용을 달여 먹은 정도였다. 그러니 친구들이 내 건강이 부럽고 그 연유를 알고 싶기도 했을 것이다.

아내는 나의 그런 건강 자랑에 입빠른 소리라고 손을 저으며 말리곤 하지만 내 나름으로, 체력은 약하고 몇 해 만에 바지의 허리를 늘여야 할 만큼 배는 자꾸 나오는데도, 그럼에도 잔병이든 큰 병이든 지병이든 아픈 데나 위험한 데 없이 건강하다는 점에는 동의하지 않을 수 없고, 그렇기 때문에 운동이라는 것을 혐오하며 우리나라 중산층의 육체적 보신주의에 경멸감까지 가지게 되었을 것이다. 그러면서 나는 내 건강의 이유가 무엇일까 따져보기도 했다. 술을 마시지 않고 운동도 하지 않기 때문에 육체를 과용하는 일이 드물다는 것, 또 그런 연유로 잠자기나 식사를 거의 규칙적으로 한다는 점, 식사를 가리지 않고 하며(나의 그런 식성에는 홍성원이 글로써 빈정거리며 감탄한 적이 있지만) 먹는 음식에 신경이 무디다는 것을 생각할 수 있었다. 그런데 그런 정도가 나의 무병을 보장해줄 것은 아니리라. 결국 나는 그것이 체질의 유전이 아닐까 결론내리지 않을 수 없었다.

나의 조부는 92세에 낮잠을 주무시다가 조용히 가셨고 조모는 그보다 몇 해 앞서 가셨지만 숨을 거두실 때는 조부와 비슷한 경과였다. 지금 나의 부모님은 90, 91세신데 가는귀가 먹거나 노안의 증세는 있지만 혈압도 당뇨도 없으시고 치매기도 보이지 않으신다. 작년 아버지가 2주가량 병원에 입원하셨는데 내 평생 처음 보는 부모님의 병치레였다. 그런데 그 병이 결핵성 늑막염으로 노환과는 관계가 없는 것이었다. 그래서 내가 이런 부모님의 좋은 체질을 이어받은 것이라고 나는 확신하게 된다. 그게 체질이라면 내 자식들도 해당될 것인데, 실제로 아내가 출산을 위해 입원한 것 외에는, 그리고 아이들이 자랄 때 으레 겪는 병치레 말고는, 이제껏 병원에서 우리 식구의 간병을 해본 적이 없다. 내 믿음대로 나의 이런 무병이 유전에 의한 것이라면 내 건강의 연유를 위해 따로 토론해볼 거리도 못 되고 나는 건강이라는 이유로 굳이 다른 짓을 해볼 필요도 없을 것이다. 가끔은,

나도 병실에 누워 조용히 치료를 받으며 따뜻한 문병을 받고 싶다는 속된 허영이 일기도 하지만, 그것은 그냥 허영일 뿐이고 건강을 지키기 위해서라든가 건강에 나쁘기 때문에라든가 하여, 암으로 일찍 작고한 김현이 말하던 것처럼, "나이 들어, 안 하던 짓 하든가 하던 짓 안 하는" 일만은 피하고 싶을 뿐이다. 그래서, 유난스럽지 않게, 그렇게 조용하게 지내고 싶을 뿐인 것이다. 그렇지만 내가 운동을 하지 않는 정도가 아니라 부지런히 운동에 열을 올리는 사람을 보면 경멸감까지 드는 것은 나 스스로가 믿는 나의 육체적 체질에 대한 신뢰에서 비롯된 것이 아닐까 싶기도 한데, 운동에 대해 야성적이라기보다 야만적이라는 느낌까지 갖는 것은 아무래도 나의 잘못된 오기이지 싶다.

책 뒤에 숨은 책

운명이 안겨준 두 가지 행운

1945년 한여름의 어느 날 아침, 나는 많은 사람들이 낯선 깃발을 흔들며 만세를 부르고 환호하며 행진하는 모습을 어리둥절한 눈으로 바라보아야 했다. 일본의 식민 통치를 받고 있었다는 사실도 몰랐고 중학교 1학년인 형이 자신만만하게 태평양에서 벌어지고 있는 '미영귀축'에 '우리 일본'이 승리하리라고 장담하는 말을 들어왔기 때문에 초등학교 1학년인 나는 아무 영문도 모를 수밖에 없었다. 그것이 해방이었고 우리 민족이 압제를 벗어나 독립한다는 것은 곧 알게 되기는 했지만 내게는 별 실감 있는 일이 아니었다.

그 해방을 실감하게 된 것은 여름방학이 끝나고서 개학한 후였다. 우리는 "히코키 히코기" 하던 일본어 교과서를 버리고 "가

나다라"로 시작되는 한글 교과서를 받았고 출석부에서 불리는 내 이름도 '가네하라 요시노부(金原義信)'로부터 집에서 부르는 내 이름으로 바뀌었다. 나는 그러니까 초등학교 1학년의 한 학기를 일본어로 교육받았고 2학기부터 한글과 우리말로 배우기 시작했다. 그래서 나는 입학하고서의 첫 교육을 모국어로 공부할 수 있었던 '행운의 첫 한글 세대'가 된 것이다.

한글 세대의 문화사적 의미는 훨씬 뒷날 성인이 되고서도 우리 문화의 정체성, 한국 역사의 주체성에 대한 인식이 자리잡아 가면서 깨닫게 된 것이고 작고한 비평가 김현이 모국어 세대의 역사성을 강조하면서 더불어 자부하게 된 것이지만, 일어에 오염되지 않은 순수한 민족문화적 혈통을 내 또래부터 내놓을 수 있게 된 것은 나로서는 여간 자랑스러운 행운이 아니었다. 우리는 가장 이른 나이에 우리말로 글을 읽고 공부를 할 수 있었던 첫 세대였으며, 민주주의적 사유와 절차를 가장 어린 시절부터 익힐 수 있었던 최초의 세대였다. 16년 후 내가 대학 4학년 때 일어난 4·19의 잠재력은 성장기의 이런 문화적·교육적 자산으로부터 쌓였을 것이다.

책읽기에 관련해서 내게 주어진 또다른 개인적 행운은 내가 3남 2녀의 막내였다는 점이다. 의무는 없이 혜택만 누릴 수 있는 막내의 특권에 대해서 나는 자주 생각해온 편이지만 특히 6년

위의 작은형과 4년 위의 누이의 책들을 일찍부터 접할 수 있었다는 점이 그 특권에 겹쳐진 큰 요행이었다. 내가 사거나 구할 필요도 없이 책은, 그것도 내 수준 이상의 상급생 책들이 내 주변에 널려 있었다. 어느 결에 익히게 되어 글을 볼 수 있게 되면서 형과 누이의 국어며 사회 교과서, 그들이 산 책, 빌려온 책들을 학년 차이며 소설이나 교양서며를 가림 없이 볼 수 있었던 것은 이렇게 내가 막내이기에 얻을 수 있었던 커다란 행운이었다. 손윗사람들의 책들이기에 읽어서 이해되고 재미있으면 계속 보지만 어렵거나 재미없으면 던져버리면 그만이었다. 어린 나이여서 보다가 따분해 중도에 그만둔 책으로 이태준의 『문장강화』며 『복덕방』, 김구의 『백범일지』 같은 것들이 기억나는데, 그러니까 나는 지금의 아이들이 텔레비전을 즐기는 정도의 수준으로 나의 책읽기를 자유로이 즐겼다고 해야 할 것이다.

내가 다니는 초등학교는 30분은 걸어야 할 보문산 자락에 있었지만 우리집은 당시의 인구 5만인 작은 도시였던 대전의 도심지에 있었기 때문에 나는 남들처럼 논밭을 뛰어다니거나 친구들과 어울려 아이들의 동네 놀이를 할 기회는 별로 없었다. 학교에서는 여느 아이들처럼 장난꾸러기였지만 집에만 오면 나는 형이나 누이들과 어울렸고 그들의 책을 뒤적거리는 것으로 시간을 보내지 않을 수 없었다. 책 이외의 것으로는 큼직하지만 성능은 부실하고 재미도 없는 라디오 한 대뿐이었다. 아마 지금처럼 텔레비전이며 컴퓨터가 있었다면 나는 당연히 책이란 문자들보다는 영상 매체에 매였을 것이고, 팝송과 쇼에 익어 글쓰기 대신, 재주가 있다면, 대중문화와 게임에 발을 들여놓았을지 모른다.

그러니까 책은 소년 시절의 내가 대할 수 있는 거의 유일한 문화적 접촉 대상이었고 그것을 보는 일이 놀이였고 시간 보내기였으며 그래서 그냥 그저 일상이었다. 그런데 지금 돌이켜보면, 어릴 적, 달리 할 일이 없어 젖어든 그 일상이 훗날 내 직업이 되었고 소임이 되었으며 생계가 되고 해야 할 작업이자 피할 수 없는 책임이 되어버렸다. 사회생활을 시작한 지 얼마 후부터 나는 문화부 기자로서 책의 소개자가 되었고 나 자신의 글을 쓰는 저자와 필자가 되었으며 더러는 번역자이기도 했고, 직접 교정을 보고 윤문을 하는 편집자에 발행인까지 겸하게 되었으며 문학상이나 신춘문예 심사위원으로 남의 글과 작품을 판정하게도 된 나의 평생은 그렇게 자연스레 정해진 것이다. 책이 그어준 테두리 속에서, 그 바깥으로는 거의 나와보지 못한 채 책이 고리가 된 갖가지 일에 매여 한 생애를 보내야 했던 나의 이 운명을, 나는 지금 감사해하고 있는가……

*

해방을 맞으면서 많은 우리말 책이 쏟아져나왔을 것이다. 우선 한국어로 된 교과서, 교양서와 잡지들이 나쁜 종이에 급하게 만들어진 대로나마 왕성하게 간행되었을 것이며 식민지 시대에 처박아두었던 우리말 책들이 중고서로 홍수처럼 범람했을 것이다. 더구나 그 시절은 38선으로 남북이 분단은 되었지만 사상적으로는 자유롭고 활달하던 때여서 내가 성장해서는 접할 수 없었던 책들을 마음대로 사고 팔고 읽었을 것이다. 내가 '했을 것이다'라고 쓰는 것은 출판협회의 통계에도 잡히지 않은 그 시절의 현상들을 후에 짐작했던 것이고 당시의 어린 내가 직접 경험한 것이 아니기 때문이다. 그렇다고 해서 그 덕을 어렸을 때의 내가 못 볼 것은 아니었다. 그 첫 매듭은 『소학생』이란 어린이 잡지였다.

어느 날 형이 학교에서 받은 것이라면서 우리말 잡지를 내게 보여주었다. 타블로이드판으로 첫 면부터 이런저런 읽을거리 이야기가 많이 실려 있어 1학년짜리인 나를 당장 매혹시켰다. 그것이 『소학생』이었다. 처음에는 주간으로 나왔지만 한 해 뒤부터는 4×6배판의 월간지로 바뀌었는데 '을유문화사'란 이름을 이때 처음 알았고 해방된 해가 을유년이란 것도 이 때문에 기억하게 되었다(정진숙 회장을 처음 뵙고 이 잡지로 인사를 드릴 때의 감회란!). 이 잡지는 물론 바로 내 것이 되었고 난 매호 매호를 읽고 차곡차곡 모았다. 그러면서 초등학교 저학년 시절의 내 '독서' 경험이 이 잡지를 중심으로 쌓이기 시작했다. 가령 '도스토예프스키'란 이름을 2학년의 이때 알았다. 타블로이드판 『소학생』은 첫 면에 역사적 인물을 소개해왔는데 어느 호의 제목이 '세계가 슬퍼한 도스토예프스키의 죽음' 비슷한 것이었다. 그런데 본문을 아무리 읽어보아도 사람들이 그의 죽음을 왜 슬퍼했는지에 대한 얘기가 없어 내내 그의 까다로운 이름과 함께 그 사연이 궁금스러웠던 것이다.

또 한번은 "쥐구녁에도 볕들 날……" 등 틀린 말 고치기 현상 문제가 나와 형의 도움을 받아가며 "쥐구멍에도 볕들 날……"로 답을 써서 응모했는데 2등인가로 당첨되어 만화로 된 『로빈슨 크루소』를 받았다. 한 면의 반은 네 컷짜리 그림, 그리고 나머지 반은 글로 된 이야기여서 좀 딱딱했지만 이것이 내가 처음 대한 세계 명작 소설이 되었다. 20여 년 후 대니얼 디포의 이 소설을 자유교양추진회의 청탁으로 번역하면서 내가 동화로 보았을 때와 달리 이 작품이 얼마나 크고 깊은 어른들의 소설인가를 깨닫게 되었는데, 이 대조는 성인소설을 축약 번안한 어린이용 도서는 그 원작을 다시 읽지 않고도 다 읽은 것 같은 착각을 줌으로써 차라리 안 읽느니보다 못하다는 결론을 안겨주었다. 어떻든 이 잡지는 동화며 역사며 지리며 과학 등 갖가지 많은 것을 내게 가르쳐주었는데 학교 소개를 통해 덕적도란 섬을 알게 된 것도, "세계적인 의학자 이제마 선생의 사상의학"이란 설명에 긴가민가 의아해한 것도 이 『소학생』을 통해서였다.

4학년 때였던가 『소학생』을 사러 책방에 갔다가 『소년』이란 잡지를 발견했다. 국판으로 기억되는 이 잡지는 『소학생』보다 좀 고학년이 읽기 맞춤한 것이었고 소년소설이 많이 실렸다. 과월호 몇 호는 넘어간 채 이 잡지도 사보기 시작했다. 그러니까 한 달에 두 권의 잡지를 보며 내 책상에 용돈만 있으면 사던 『알라딘의 등불』이며 『사랑의 선물』 같은 동화책과 더불어 나란히 꽂아두었다. 6학년 때 6·25가 터지고 우리 가족은 모두 부산으로 피란갔다가 10월 하순 대전으로 돌아왔는데 도심지의 다른 건물들과 함께 우리 2층집도 아주 타버려 폐허가 되었다. 그 자리를 처음 찾던 때 일말의 희망을 가지고 나뭇가지로 잿더미 속을 쑤석거려보았지만 책 탄 흔적밖에는, 건져낼 수 있는 것이라곤 아무것도 없었다. 나는 전쟁보다도, 집이 타버린 것보다도 5년 동안 모아온 이 잡지들이 없어져버린 것이 가장 안타까웠다.

눈높이에 맞춘 자유방임적인 책읽기

초등학교 시절의 내가 가지고 놀 수 있는 것이 책밖에 없었고 내 또래가 읽을 만한 동화책이나 잡지가 많지 않아 형의 책을 많이 들쳐보게 되었다는 것은 앞서 말했지만, 그때 내가 읽고 보아 지금껏 기억되는 몇 권의 '추억 속의 책' 이야기는 좀더 계속해야겠다. 무심히 본 그것들이 6·25 후 부실 교육을 받아야 했던 우리 또래의 중·고등학교 시절에는 내 공부에 좋은 과외 수업이 되었을 뿐만 아니라 50년이 지난 이제까지도 아름답고 유쾌한 기억으로 남아 때때로 내 안을 긁적거리기 때문이다. 그런데 그때의 내 회고에서 참 다행스럽게 여겨지는 것은 내가 읽은 것들이 중·고등생급의 책이 많았지만 나 자신은 그런 줄 모르고 평범한 초등학생의 눈높이로 읽고 즐겼다는 점이다.

필시 형이 사용하던 것이겠지만 초등학교 2, 3학년 때 내가 가장 자주 들여다보던 것은 일제 시대 나온 세계지도였다. '세계' 지도라면서 왜 일본과 우리나라를 뺐는지 궁금했지만 어떻든 그 지도책은 5대양 6대주를 아주 좋은 색도 인쇄로 돋보이게 한 꽤 두툼하고 자세한, 보면 볼수록 재미있고 신기한 그림책이었다. 내가 알지도 못하는 나라들과 도시들, 산과 강들의 이름들과 생김새들을 줄곧 따라다니며 내 동네처럼 익혔고 드디어 지도를 보지 않고도 세계 전도를 그릴 수 있었다. 지도책 부록의 각종 통계에는 나라와 도시의 크기며 인구, 각종 자원 생산량이며가 상당히 많고도 자세하게 도표로 나와 있어 웬만한 학생 수준의 인문 지리는 이때 통달했을 것이다. 우리나라 지도도 꽤 열심히 보아 도, 시, 군과 산, 강 등의 위치와 이름을 그때 모두 기억했다. 이 지도 보기도 모자라 시립도서관에 가서 두툼한 일본어 지리지를 찾아 내가 살고 있는 '대전' 항목을 발견하고 반가워하던 기억이 새롭다.

그런데 이 지도 보기가 내게 의외의 큰 소득이 되었다는 것은 후에 깨달았다. 중학생 시절 따로 공부하지 않아도 지리 시험을 잘 치를 수도 있었지만, 더 중요한 것은 그 지도들을 보면서 나도 모르게 한자와 알파벳을 배웠던 것이다. 일본 지리책은 지명을 일본의 가타카나로 표기하고 그 밑에 작은 글씨로 한자 또는 알파벳을 병기했다. 그러니까 가타카나 표기를 통해 저절로 영자를 거의 익혔던 것이고('거의'라고 한 것은 대문자·소문자를 구별 못 했기 때문이다) 신문도 대충 읽을 수 있을 만큼 한자를 많이 알게 된 것이다. 4학년 땐가 중학교 축구 선수였던 큰형님과 영어 단어 찾기 내기를 했던 것도, 그리고 그즈음 내 이름이나 친구들의 이름들을 영어로 표기할 수 있었던 것도, 그리고 옥편을 가지고 한자 찾아내는 재미를 즐긴 것도, 그리고 엉뚱하지만 우리나라 성씨 100여 개를 한자로 외워 쓸 수 있었던 것도 이 지리책을 재미있게 들여다본 덕분이었다.

또 하나 내가 열심히 자주 본 책은 시조 책이었다. 저자가 '신'씨라는 것만 기억되어 이번에 찾아보니 그것이 국문학자인 신명균(申明均)의 『시조 전집』이 아니었던가 싶다. 4, 5학년 시절이었던가, 틈만 나면 본 이 책은 그저 시조만 모은 것이 아니라, 어려운 뜻풀이, 대의, 시조의 창작 경위, 작가 소개가 자세히 붙어 있었는데 특히 작가 소개는 일화를 중심으로 짧은 전기처럼 서술되어 있었다. 그 소개에서 '자' '호' '시호' 등의 단어들을 보았고, 가령 성삼문을 소개하면서 그가 태어날 때 "나왔느냐"고 하늘에서(실제는 할아버지였겠지만) 세 번 물어왔기에 이름이 '삼문'이 되었다는 것 같은 정사와 야담이 뒤섞인 듯한 이야기들이 쉽고도 흥미롭게 서술되었었다. 내가 중·고등학교 시절에 국어 공부는 거의 하지 않고도 그 시험을 잘 치른 것에는 이 책의 덕택이 컸지 싶다.

김성칠(金聖七)의 『조선 역사』를 본 것은 5학년 때였을 것이다. 그것도 형의 책이었을 것인데 그 이름에 쓰인 한자가 유다르다는 것 때문에 저자명은 기억되면서도 정작 그가 어떤 사람인가는 그후에도 알 수가 없어 궁금했었다. 나는 그 저자가 막연히 혹 월북한 사학자가 아닐까라고 짐작했는데 창작과비평사에서 나온 그의 『역사 앞에서』를 보고 그분이 6·25 중에 우연한 사고로 작고했다는 사실을 알고서는 참 아쉬워했었다. 내가 아쉬워했다고 건방진 말을 쓴 것은, 소년 시절에 마치 이야기책을 읽듯이 『조선 역사』를 두 번인가 보고서 한국 역사의 큰 줄기를 알 수 있게 된 것에 대한 감사의 마음이 그만큼 큰 때문이었다. 나는 이 책에서 읽은 조선사 이야기를 학교에 같이 오간 친구들에게 해주곤 했는데 대학 입학시험의 국사 문제에 답을 쓸 수 있었던 것이 이 책 덕분이 아니었나 싶다. 고3 때의 역사과목에서 선생님은 고대와 중세를 훌쩍 뛰어넘어 조선조 시대부터 가르쳤는데 문제는 고려시대에서 나왔기 때문이다.

아마 어른들의 소설로 내가 처음 본 것은 3학년쯤의 방인근 작품이었지 싶다. 누이가 빌려왔음직한 이 책은 중간 제목이 흥미로워 거기서부터 읽기 시작해서 내처 다 보고는 처음으로 돌아가 마저 읽었다. 그 책이름은 기억나지 않지만 '장비호'란 탐정을 등장시킨 탐정소설이었다. 그때부터 많지 않았지만 집 안에서 뒹구는 소설책들을 보기 시작했는데 르블랑을 차명한 탐정 '유불란'을 등장시킨 김내성의 소설들이 특히 재미있었다. 후에 대부분 외국 소설을 번안한 것으로 짐작하게 되었지만, 그의 탐미적인 단편 추리소설 중의 몇 대목은 지금껏 기억할 정도로 인상적이었고 장편소설 『마인(魔人)』은 어린 머리에 무척 신비하면서도 무서웠던 것으로 회상된다. 피란갔다가 돌아온 6학년 때 본 그의 『진주탑』은 『몽테크리스토 백작』의 번안으로 내가 읽은 어떤 것보다 흥미진진한 소설인데, 이로 미루어 그의 번안술은 우리의 어떤 작가보다 뛰어나다는 생각을 나는 후에 갖게 되었다. '함흥차사' 이야기가 들어 있는 김동인의 야담집이며 제목을 잊은 정비석의 장편소설과 박계주의 『순애보』 등속을 어른 것이라는 생각 없이 그냥 읽어버린 것도 이즈음이었을 것이다.

6학년으로 오른 지 한 달도 안 되어 6·25가 터졌고 우리 가족은 큰누이가 시집가 살고 있는 부산으로 피란갔다. 우리 형제들은 초량의 부산고등학교 뒤 산자락의 한 해군 장교 관사에서 얼마 동안 셋방살이를 했는데 거기서는 부산 앞바다가 훤히 내려다보였다. 밤마다 외국의 배들이 갖가지 색깔의 등불을 켜 휘황한 장면이 연출되었는데 내게는 이 모습이 참으로 인상적이어서 남들에게는 고되고 비극적인 이 전쟁이 내 개인적인 추억으로는 민망하게도, 아름다운 불꽃놀이로 기억되곤 한다. 어떻든 그 시절 초량 시장의 난전에서도 책 몇 권을 샀는데 그중 하나가 양주동이 편한 아마 세계 명문선이었을 것이다. 내가 보기는 어려운 책이었지만 얽히는 대로 읽었는데 지금도 기억되는 것은 수록된 글의 한 필자인 '김성탄(金聖嘆)'이란 사람이 누굴까 의아해하던 일이다. 내가 아는 한국인 중에는 그런 이름이 없었던 것이다. 그리고 큰누이 집에서 『애생금(哀生琴)』으로 기억되는 책을 보았는데 슬픈 문둥이 이야기여서 속이 무척 아팠지만 그 저자가 어떤 사람인지는 지금까지 확인해보지 못했다.

후에 내가 갖추게 된 일종의 자유방임적 독서관은 그러니까 나의 어린 시절의 이런 분방한 독서 경험 때문에 이루어진 것이다. 나는, 아이들이 읽는다면 그것이 동화든 성인 도서든 혹은 추리물이나 대중소설이든, 부모가 간섭하지 않고 내버려두는 것이 상책이라고 생각하고 있다. 아이들은 제 눈높이로 쉽고 재미있는 것에서부터 독서를 시작해서 책이란 것과 점점 친숙해지면서 스스로의 이해력과 판단력의 발전에 따라 취사선택할 것이며 그 수준도 그와 더불어 향상되어갈 것이기 때문이다. 나 자신도 만화와 동화, 어린이 잡지에서 출발하여 점차 상급학교

책과 읽기 편한 대중소설로, 그 다음에는 교양도서로, 그리고 이른바 명작으로 그 수준을 따라서 올려가게 된 것이다.

내게 또 다행스러웠던 것은 그 어른들의 책들을 보고 그 옛날의 지방도시 어린이로는 꽤 많은 지식들을 갖고 있었지만, 정작 나 자신은 내 독서 수준이 남보다 높았다든가 나이에 비해 많이 알고 있다는 생각은 한 번도 한 적이 없다는 점이다. 별다른 학교 공부도 하지 않은 채 우등상장을 타오고 처음 실시된 중학 입학 국가고시에 전교 수석을 해서 다른 반 선생님들이 김아무개가 누구냐고 수소문할 정도였지만, 어떻든 나는 그 나이답게 장난도 많이 치고 생각도 어린 평범한 아이였고, 게다가 형과 누이들을 본으로 한 것이어서 스스로를 남과 유다르게 생각할 이유가 없었다. 어머니는 내가 틈만 있으면 구석에서 책을 보고 있다고 무척 대견해하셨지만 나 자신은 책이란 일상의 놀이처럼 으레 그렇게 보는 것이지 일삼아서 하는 것도, 공부하는 것도 아닌 것으로 여기고 있었다. 이런 나의 어린 책읽기 행위에서 비롯되는 지적인 수줍음은 아마도 책을 통해 내가 얻은 가장 귀중한 책 밖의 지혜일 것이다.

잡지 『학원』을 만나다

국가고시를 치르고 중학교에 입학한 것은 6·25 전쟁이 한창 치열하던 1951년 9월이었다. 대전중학교의 교사는 거기에 주둔했던 미군들이 일으킨 화재로 없어지고 우리는 기숙사 건물에서 수업을 받아야 했다. 한 학년 8개 반, 한 반이 80명으로 콩나물 교실인데다가 책걸상이 없어 화판을 놓고 공부를 해야 했고 선생님들 중에는 피란왔다 임용되어 수업 준비가 덜 된 분도 있었고, 더러는 갑자기 입대하거나 이직해서 뒷소식을 모른 채 담당 선생님이 바뀌기도 하는 등 분위기까지 어수선한 판이었다. 그래도 초등학교 6학년 때는 교사가 군에 징발되어 보문산 골짝과 충남도청의 허드레 건물에서 수업을 해야 했기 때문에 정한 교실이 있다는 것만으로도 다행이었고, 또 한창 장난치며 자랄 때여서 불비한 교실과 교육 환경에 불만이 있을 수도 없었다. 중2 때는 정전 반대 시위에 동원되어 우리는 걸핏하면 구호를 외치며 시가 행진을 해야 했고 그 더위와 피곤에 지친 기억은 지금도 생생한데 사람이 걸으면서도 졸 수 있다는 것을 이때 처음 알았다.

전쟁과 피란 생활로 모두가 가난하며 힘들고, 악착같으면서도 피로하고 혼란스러우면서도 끈질겼던 시절 우리집도 역시 그랬다. 장교로 입대한 큰형님은 내가 중3에 오를 때 전방에서 대위로 전사했고, 작은형님은 서울의 대학으로 진학했으며, 누이는 고등학교를 졸업하고 은행에 취직해 있어 집안 분위기는 아주 달라져버렸다. 부모님은 불타 폐허가 된 도심지의 우리 집터에 바라크를 짓고 생과잣집을 경영해서 살기가 어려웠던 것은 아니지만, 가족들과 어울리며 형제들이 책을 볼 수 있었던 평온하고 조용한 가정은 더이상 아니었다. 나도 그 나이답게 친구들과 학교 운동장에서 뛰놀기를 좋아해서 수업 사이의 짧은 휴식 시간 중에도 친구들과 공치기며 씨름하기로 어찌나 힘을 썼던지 교실에 들어오면 머리에서 김이 날 정도였다. 곤충 채집을 핑계로 더운 여름방학에 헉헉대며 우암 송시열 사당이 있는 계족산 일대를 헤맨 기억도 새롭다.

그렇게, 놀면서 공부는 대충대충 했지만 그렇다고 책을 놓아버린 것은 아니었다. 우리집에 있던 책은 모조리 사라지고 책을 볼 환경도 아니었지만 그래도 기회만 있으면 책을 샀고 또 빌려 가면서 보았다. 다행히 우리 가게 앞에, 머리칼이 하얗고 깨끗하게 생긴 할아버지 내외가 지금의 포장마차 같은 것으로 노점 서점을 만들어 피란지에서 나오던 이런저런 신간들을 팔았다. 나는 거기서 책을 꽤 많이 사서 보았다. 『오성과 한음』에서는 짓궂은 친구들의 우정이 흥겨웠고 김동리, 황순원, 허윤석 세 분이 번역한 『삼국지』는 아주 빠져 며칠 동안 잠도 잊은 채 읽었다. 그 후의 여러 판본의 삼국지들 중에, 자세히 보지 않았지만 그때의 그 삼국지가 가장 흥미진진했던 것은 그것이 한창때인 소년 시절에 본 때문일 것이다. 『삼국지』에 이어 친구한테 『수호지』와 『서유기』도 빌려보았는데 재미는 역시 『삼국지』만은 못했다. 김용제(金龍濟) 것이지 싶은 『방랑시인 김삿갓』도 이즈음에 보았는데 "스무나무 아래 서러운 객이 망할놈의 동네에서 쉰밥을 먹었도다(二十樹下三十客 四十村家五十食)"의 희시(戱詩)가 지금도 한문으로 기억될 정도로 익살맞았고 "학생은 열도 안 되는데 선생은 오지 않았구나(學生諸未十 先生來不謁)"란 시를 보고 혼자서 낄낄대던 생각이 난다.

그러니까 내 깐은 한자를 제법 안다고 자부했지만 그것은 1학년 때 한 친구에 의해 무참히 깨졌다. 영어 과목의 김태현 선생(경성제대 출신으로 후에 프로 기사가 되었다)이 어느 날 기분이 울적해지셨는지 교과서를 덮고는 무슨 한시를 우리 1학년짜리 앞에서 외우시다가 중간에서 잊어버리자 뒷줄의 한 친구가 그 뒤를 계속 읊어대고 있었다. 그 친구가 현재 성균관장을 맡고 있는 최창규 군이었는데 그때의 시가 소동파의 「적벽부」라는 것을 후에 들었다. 그래서 나는 그 친구를 경외의 눈으로 바라보지 않을 수 없게 되었다. 그러나 중3 때 인텔리풍의 한문 선생님이 가르친 대목 중 "복숭아와 오얏꽃은 말이 없지만 그 아래 저절로 지름길이 열린다(桃李不言 下自成蹊)"는 구절은 이상하게도 내 마음에 두고두고 오래 남아, 내 회갑이 되던 두 해 전 후배들이 내게 호를 하나 지으라고 권했을 때 이 구절을 이용해 만들어볼까 하는 궁리도 떴었다.

이광수의 여러 소설들도 중학생 시절에 보았는데 내 마음을 가장 깊이 끌었던 것은 『유정』이었다. 바이칼 호수 같은 시베리아의 이국 취향이 넘치는데다 친구 딸과의 애틋한 사랑이 어린 나의 내면을 무척 낭만적인 곳으로 이끌었던 탓일 것이다. 아내도 나와 비슷했는지 이광수의 작품이라면 이 소설만 아름답게 기억난다고 했다. 김내성의 5부작 『청춘극장』도 이 비슷한 정도로 머리에 오래 남는데 도시적인 신여성 '오유경'과 전통적인 부덕의 '허운옥'이란 두 여주인공의 이름이 갖는 대조가 인상적이었던 것 같다. 심훈의 『상록수』며 박계주의 『순애보』 같은 소설들도 이즈음 흥미롭게 본 소설들이었다. 원에서 환으로 화폐 개혁을 하던 중3 때였는지 대본점에서 이기영의 『인간수업』을 빌려보았는데, 처음에는 재미있던 이 소설이 뒤에 가서는 미리 짜인 각본대로 줄거리가 옮겨간다는 불만이 어린 소견에도 들어 마땅찮아했던 기억이 난다. 이 작가가 월북한 카프 계열이었다는 것은 물론 후에 알았다.

이렇게 성인소설들을 읽고 소년다운 감동에 젖었다 하더라도, 나의 중학 시절의 가장 큰 독서는 잡지 『학원』이었다고 말해야 옳을 것이다. 『소학생』 같은 잡지는 더이상 나오지 않던 시절, 그리고 『새벗』으로부터는 졸업한 나이여서 내게 합당한 잡지가 있었으면 하는 참에 예의 할아버지 서점에서 『학원』이란 표제의 잡지를 처음 보았다. 나는 가슴이 뛸 정도로 흥분해서 당장 그 잡지를 샀고 내처 그걸 읽어댔다. 이번에 확인한 결과 이 잡지가 창간된 것이 1952년 11월이었으니 내가 중2 때였다. 피란수도였던 부산에서 간행된 이 잡지는 당장 엄청난 인기를 끌었는데 후에 찾아보니 그 어렵고 가난한 전시 중에도 발행 부수가 10만에 이르렀고 학원사는 그 수익금으로 '학원 장학생'을 선발해서 전국의 꽤 많은 학생들에게 장학금을 지급했는데 우리 학교에도 그 수혜자가 한 명 있었다. 나 역시 당연히 이 잡지를 꼬박꼬박 샀고, 사서 읽었고, 읽고서 모았다. 김성환의 만화

「꺼꿀이와 장달이」며 조흔파의 이른바 명랑소설들 등 여기에 수록된 것은 모든 것들을 물론 빠짐없이 읽지 않을 수가 없었는데 그중에도 내게 가장 관심이 갔던 난은 '학원문단', 그것도 '시단'이었다.

지금 내 앞에는 낡은 책 한 권이 놓여 있는데 단기 4294년(그러니까 1961년)에 나온 『바람, 기(旗)를 올리다』라는 '학생시 333선집'이다. 10년 동안의 '학원문단'에 수록된 작품들을 뽑아 엮은 책인데 그 명단에는 오늘의 우리 시단에서 활약하는 1960대 초반 이후의 시인들이 숱하게 끼어 있다. 후에 나의 친구로 아주 가까이 사귀게 되는 황동규와 마종기를 비롯해서 이제하, 유경환, 문충성, 정진규, 이승훈, 박의상 등등이 학원문단 출신으로, 그러니까 이 난은 당시의 수많은 문학소년들의 등용문이었고 1960년대 우리 시단의 거대한 수자원을 이루고 있었던 것이다. 그래서 이 잡지가 현대의 우리 잡지의 역사에서나 문단의 역사에서 결코 놓쳐서는 안 된다는 것은 청소년기에 『학원』의 세례를 받은 우리 또래 거의 모두가 공감하는 생각일 것이다. 지금 청소년들에게 이처럼 꿈과 희망을 안겨주는 종합 교양지가 없다는 것은, 혹 그 비슷한 것이 있다 하더라도 『학원』만큼 사랑과 기대를 받을 정도가 안 된다는 것은 시대가 변한 탓으로 여기면서도 참 쓸쓸한 일이겠다 싶다.

여기서 좀 낯간지러운 고백을, 나로서는 처음으로 고백해야겠다. 근 30년 전이었는지 시인 고은 씨가 문득 내게 "당신 고등학교 때 시를 내가 봤지"라며 장난기 가득한 말을 걸어와 내가 부끄럽고 창피스러웠던 적이 있었는데 그는 분명 『바람, 기를 올리다』의 그 학생 시집에서 내 이름을 찾아냈을 것이다. '학원 문단'을 꼬박꼬박 읽고 쟁쟁한 학생 시인들을 멀리서 지면으로만 익히며 나와는 상관없는 세계로 여기면서 나 스스로 시를 써보겠다는 생각은 전혀 없었다. 그런데 장난꾸러기에서 조용한 모범생으로 바뀌는 고등학생이 된 후 나도 뒤늦게 시를 한번 써보고 싶다는 생각을 했던 것 같다. 그래서 「정야(靜夜)」라는, 치졸한 감상으로 얼룩진 시 한 편을 투고했더랬는데 김용호 선생이 그걸 입선작으로 뽑아 실어주었다. 중학 3학년 때 처음 나온 교지 『청람(靑藍)』이나 고등학교 교지 『대릉(大稜)』에도 지금은 기억나지도 않는 그 비슷한 글이 실렸지 싶지만 밖으로 내 글이 활자화된 것은 그것이 처음이었다. 어떻든 그 시 덕분에 고3 때는 학생 시인 폼을 잡아 또래의 문학소년들과 공중 앞에서 시낭송회도 갖고 지방지에 발표도 했던 것 같다. 그 한두 해가 나의 짧디짧은, 그리고 볼품없이 유일한, '시인' 시절이었다.

어느 고독한 산책자의 몽상과 책읽기

고등학생이 된 후의 3년 동안 내가 가장 몰두한 것은 공부나 책읽기나 혹은 다른 무엇이 아니라 교회에 다닌 일이었다. 입학하고서의 바로 옆자리 친구가 장로 아들이었는데 그가 어느 날 자기 교회에 한번 가보자고 유혹했다. 기독교에 대해 전혀 모르는 나는 호기심으로 따라갔다가 예배 보는 신도들의 간곡한 기도를 들으며 그 간절함이 무엇인지 궁금해졌고 그 때문에 몇 차례 더 교회에 나갔다. 내가 교회를 기웃거린다는 것을 알게 된 다른 친구가 자기 교회로 나를 끌었고, 캔을 펴서 이어 지붕을 만든 퀀셋 건물이어서 '깡통 교회'라고 불린 그 교회에 결국 나는 나의 아름다운 청소년 시절을 몽땅 바치게 되었다.

'몽땅 바쳤다'라고 말해도 아마 지나치지 않을 것이다. 교회에 열심스러워지면서 주일은 새벽 기도, 오전의 주일학교 반사, 그리고 본 예배, 오후에는 학생회 등의 회의나 봉사, 그리고 저녁 예배 등등으로 거의 하루 종일을 교회에서 보냈고 토요일의 학생 예배, 수요일의 수요 예배를 빠짐없이 참석했고 새벽 기도도 자주 나갔으며 심방과 모임 등으로 일 주일 닷새는 예배와 교회 일에 참여했다. 교회에서의 이런 나날은 내가 대학 입학시험을 보러 상경하기 전주까지 계속되었다. 그 지나친 교회 생활이 내게 많은 피로를 주었을 것이다. 중학생 때는 1년에 10여 센티미터 자라던 키가 고등학교 3년 동안에는 3센티미터밖에 늘지 않았었다.

그런데 돌이켜보면 나의 기독교는 정통적인 신앙이라기보다는 소년 시절의 낭만적인 정서에 더 젖어 있었던 것이 아닌가 싶다. 성경을 통독하고 기도하고 혹은 때로는 설교도 한 적이 있지만 나의 이 교회 다니기에서 내가 가장 사랑했던 것은 교회 안에서보다는 그 교회로 오가는 길과 걸음이었다. 저녁 예배에 참석하기 위해 집에서 30분쯤 걸리는 교회로 천천히 걸으면서, 물이 더러웠기 때문에 노을빛이 더 아름답게 잠겨 있는 대전천 냇물과 석양을 무연히 바라보고, 혹은 돌아오는 길의 늦은 밤 플라타너스 나뭇잎에서 풍기는 은근한 향기를 맡으며 하늘의 별들을 보고 때로는 따뜻한 마음으로 때로는 외로운 느낌으로 걷는 그 산책에서 나는 경건한 신성을 가슴속으로 받아들이고 있었다. 다른 자리에서도 회고했지만 밤새 나린 눈은 새벽의 거리와 건물들 위로 더없이 순결한 세상을 만들고 그 위로 몇 개 별이 아직 남아 있는 동트는 여명의 한없이 신선한 하늘에서 내가 무한 자유를 느꼈다고 말하는 것은 너무 사치일까. 그때 나는 이 이상 아름답고 신성한 장면을 앞으로 볼 수 없을 것이라고 예감했는데 그후 어른이 되어 나이 들며 좋은 경치, 아름다운 형상들을 많이 보아왔지만, 그만큼 순결하고 깊고 아름다운 풍경은 별로 경험하지 못했다.

대학 입시 공부를 핑계로 고3의 처음 몇 달 동안 나는 주일학교 반사노릇을 그만두었다. 그러는 대신 나는 주일이면 일찍 집에서 나와 내가 다니는 교회를 벗어나는 한갓진 언덕에 올라 거기서 따뜻한 봄 햇볕을 쬐며 하늘과 풀 향기와 신선한 대기에 취하며 혼자서 한 시간 정도를 보냈다. 그 시간은 물론 기도도 아니고 명상도 아니고 그저 조용히 그리고 자유롭게 나의 사념을 풀어놓아 멋대로 흐르게 두는 것이었다. 그때 나는 무엇을 생각하고 보았을까. 아마 신과 신앙에도 사유는 미쳤을 것이고 세계와 삶과 미래를, 그 안에 얽힌 운명이며 소망을 바라보고 있었을지도 모른다. 어떻든 나는 문자 대신 자연에서 존재의 의미와 인간의 실재를 읽으려 했던 듯하다. 나의 이런 산보가 루소 풍의

'고독한 산책자의 몽상'에 이를 정도는 아니겠지만 나의 기독교 신앙이 범신론적이고 낭만적인 것으로 돌이켜보아지는 것은 소년 시절의 이 산보가 그후 교회도 버리고 때 잔뜩 낀 어른이 되면서도 내 안의 깊은 샘으로 남아 때때로 내 속에서 맑은 물로 솟아나는 데서 드는 짐작일 것이다.

이랬기 때문에 나의 고등학생 시절에 가장 인상 깊게 남은 소설이 헤르만 헤세의 「크눌프」와 카뮈의 『이방인』이었음도 자연스럽게 여겨진다. 독일어 학습에 자주 읽히던 「청춘은 아름다워라」와 함께 수록된 「크눌프」(원제는 이랬지만 번역 제목은 달랐을 것이다)는 실연당한 청년이 고향을 버리고 세상을 방랑하다 눈 쌓인 고향 근처의 산속에 이르러 "제가 왜 이런 가혹한 벌을 받아야 합니까"라며 '신과의 대화'를 나눈 끝에 처연히 죽음을 맞이하는 이야기다. 눈을 좋아하며 하나님과의 '독백'을 해오던 내게 그 장면과 대화는 깊은 울림을 주었다. 대학 시절에 본 헤세의 『데미안』과 『싯다르타』 그리고 『유리알 유희』에 더 격조 높은 감명을 받았지만 내게 오래도록 남아 있는 헤세는 바로 눈 속에서 절망과 원망을 고백하던 크눌프의 그 마지막 모습이었다.

카뮈를 모를 때 그의 『이방인』에서 감동적으로 다가왔던 것 역시 뫼르소가 감옥에서 신을 부정하며 나는 행복하다고 외치던 새벽의 그 각성 장면이었다. 그가 햇빛 때문에 아랍인을 사살

했다는 우연성의 문제는 후에 실존주의라는 것을 익히고 나서 알게 된 주제였고 고등학교 1학년생으로서는 이해하기 어려웠겠지만 그의 운명에의 결연한 저항에 나는 전율했던 것 같다. 내 고등학교 진학을 축하하며 서울의 형이 선물한 『이방인』은 이휘영 교수의 명역으로 유명한 것인데 내게 남은 책 중에 가장 묵은 이 소설을 다시 들춰보니 한 대목에 연필로 줄을 그어놓았다. 그 대목을 다시 읽어보았다: "나는 보기에는 민주먹 같을지 모르나 나에게는 확신이 있어. 나 자신에 대한, 모든 것에 대한 확신, 그것은 너보다 더 강하다, 나의 인생과 닥쳐올 이 죽음에 대한 명확한 의식이 나에게는 있어. 그렇다, 나에게는 이것밖에 없다. 그러나 적어도 나는 이 진리를, 그것이 나를 붙들고 놓지 않는 것과 마찬가지로 굳게 붙들고 있다." (청수사 간, 4287〔1954〕년, 189쪽)

대학에 들어가 읽어본 작가들 중 도스토예프스키 다음으로 나는 카뮈를, 좋아했다기보다 존경했고 『페스트』를 그의 대표작으로, 『전락』을 그의 가장 인간적인 작품으로 치고 있음에도 『이방인』의 이 장면은 내 안에서 생생하게 살아 있었다. 불어 공부를 한다고 대학 2학년 때 원서를 놓고 대조라기보다는 이 번역판을 새로 읽으며(이 대조에서 이휘영 선생이 소설의 한 문장 번역을 빠뜨린 것을 발견하고 흐뭇해했었다) 이 대목에 다시 전율하지 않을 수 없었다. 그 젊은 시절 나는 교회를 버렸던 것이고 그랬음에도 신과 신앙의 문제로 번뇌하고 절망하며 여러 철을 보냈던 것인데, 그 고통의 시절 뫼르소의 이 부정에의 확신과 절규가 내 안에서 소용돌이를 치고 있었던 것이다.

그러나 이런 일은 몇 해 후의 일이고 나의 청소년 시절은 여전히 평온하고 아름다웠다(!)고 해야 할 것이었다. 고등학생이 되고 교회에 다니면서 나는 갑자기 조용하고 점잖아졌으며 공부도 잘하는 모범생이었고 쉬는 시간에는 화장실 가는 일 외에는 자리에서 꿈쩍도 않고 책을 보는 독서인이었다. 고등학생으로는 치기어린 '짓'('멋'이라기보다는. 왜냐하면 나는 이 성인 교양지와 문학지를 보면서 아는 척은 못 했기 때문이다)이었겠지만 그 쉬는 시간에 나는 『사상계』며 『현대문학』을 보았던 것이다. 중학생 시절에 보던 『학원』을 계속 구독했지만 반 친구가 아르바이트로 두 잡지를 외판했고 그래서 내가 보아준 것인데 지금 돌이켜보아도 내게는 좀 높은 수준이었을 것이다. 그래도 알든 모르든 나는 보았고 나도 모르는 사이 이런저런 교양 상식이 불어났을 것이다. 나는 실존주의며 니체나 키에르케고르, 사르트르 같은 사상가들 혹은 황순원, 손창섭, 장용학 같은 작가들을 익히고 있었다. 훗날의 나는 1953년에 창간된 『사상계』가 없었더라면 어쩌면 4·19가 일어나지 않았거나 훨씬 뒤로 미루어졌을 것이란 생각을 했고 『현대문학』이 간행되지 않았더라면 우리의 오늘의 문학이 상당히 뒤처진 꼴이 되지 않았을까 짐작하곤 한다. 이 두 잡지는 전쟁과 혼란, 피폐와 빈곤의 1950년대를 버티게 만든 지식사회의 두 기둥이었을 것이다.

고1 때 바라크를 헐고 가게 안채에 주택을 새로 장만하게 됨으로써 비로소 오래 바라온 내 방을 가지게 되면서 내 책상에 교과서 말고 2백 권쯤 꺼놓을 수 있는 작은 책장도 마련했다. 거기에 내가 보던 잡지며 사 읽은 단행본으로 채워놓았는데 그중 김유정의 두툼한 단편집 『동백꽃』과 김동리의 평론집 『문학과 인간』이 꽂혀 있던 기억이 난다. 김유정은 단편소설의 맛을 알게 해주었고, 김동리의 한 글은 소월의 「산유화」에서의 '저만치'란 한 구절에 대한 해명을 싣고 있었는데 국어선생이 교과서에 나온 이 시를 무책임하게 해석했을 때 내가 아는 척하고 이의를 제기했던 일이 있었기 때문이다. 그 시절의 고등학생이면 으레 가지고 있던 톨스토이의 『인생독본』이며 김용호 시집 『날개』, 한하운의 『보리피리』, 신석정의 『슬픈 목가』, 그리고 일본의 기독교 문학인이 쓴 사변적인 에세이 등 나의 청소년 시절의 '장서'들은 겨우 찾아낸 『이방인』 외에는 지금 어떻게 해서인지 모두 흩어져 없어져버렸다. 그리고 그 책들과 함께, "내가 지금 누리고 있는 이 가장 아름답고 풍요한 행복은 앞으로 내게 결코 다시 오지 않을 것"이라고 그때의 내가 가졌던 확신대로, 나의

19세와 함께 나의 ‘벨 에포크(아름다운 시절)’는 사라지고 만 것이다.

‘학생 시인’ 황동규를 만나다

나의 소년 시절의 낭만적인 정서 속에서 시골의 작은 학교 교사 생활을 해보고 싶은 꿈이 적지 않았지만 가족이든 현실이든 찬성을 받을 성싶지 않았기에 나는 우선 대학은 문리대로 한다는 결정만 내렸다. 교회를 다녔지만 목사가 될 생각은 아예 없었고 문학이란 천재나 할 것이지 나 같은 평범한 사람으로는 감히 청해볼 수 있는 것도 아니어서 문학이나 인문학과 멀찍이 떨어진 학과, 그러니까 내심으로는 사학과나 사회학과를 지망하고 싶었다. 내 의견을 들은 형은 특별한 목적이 없다면 자신이 공부하고 있는 정치학과가 어떻겠냐고 권했다. 학문의 성격도 비슷한 사회과학이고 오히려 이 분야가 포괄적이어서 공부하기도 재미있을 거라는 의견이었다. 나는 과 선택에 아무런 고집이 없었기에 형의 그 권유에 응했다.

대학 입학시험을 앞두고 고3의 겨울방학부터 약 석 달 동안의 내 수험 준비는 참으로 순조로웠다. 나의 '벨 에포크'와의 이별을 깊이 서운해하는 가운데 나는 매일매일을 차분하고 풍성하게 시험 공부를 했다. 초저녁에 짧은 잠을 자고 9시쯤 일어나 새벽 네댓 시까지 교과서며 참고서로 공부하고 다시 새벽잠을 자고 아침 식사 후에 공부, 점심 후에 두어 시간 다시 공부, 그리고 4시쯤에는 집을 나서 대전 시내 이곳저곳을 아주 한가한 기분으로 산책하고 돌아와 저녁 먹고 짧은 잠에 드는 이 일상이 주일을 뺀 주중 동안 거의 정확하게 반복되었다. 아무 고민도, 차질도 없이 평화롭고 유복한 기분들이었고 책을 읽으면 그대로 입력되고 문제를 푸는 데도 어려움이 없었다.

서울로 올라와 동숭동 서울대 뒤의 형님 하숙집에 묵으며 시험을 볼 때도 그 평온하고 안정된 분위기는 그대로 계속되었다. 7개의 수학 문제 중 5개는 어려움 없이 순순히 풀었지만 나머지 두 문제는 도대체 문제 자체를 알 수 없어 막막해하긴 했지만 이틀 동안의 시험을 치르고 나서는 잘 보았다 못 보았다는 짐작조차 들지 않았고 합격 여부에 대한 생각도 이상스레 궁금해하지 않았다. 그러나 시험을 보고 대전 집으로 내려가는 대신 나는 형의 하숙방에 그대로 뒹굴면서 형의 서가에서 이런저런 책들을 보며 발표 때까지 시간을 한가하게 보냈다. 이때 토머스 하디의 단편집이 있어 영어 공부 삼아 이 원서를 영어사전과 씨름하며 읽었고 거기서 하디의 어두운 운명에 대한 집요한 추적에 전율했던 기억이 남아 있다.

합격자 발표 전날 은행에 근무하던 형이 이날은 일찍 퇴근해서 하숙집 아이들과 놀고 있던 나를 불러, 처음에는 "너 떨어졌어" 했다. 그때 내 얼굴이 별안간 하얘졌다고 하숙집 아이가 뒤에 말해주었지만 나 자신은 합격 불합격의 어느 것에도 미리 생각해둔 것이 없었기에 "너 떨어졌어"란 말에 내 눈앞이 하얘졌던 것만은 사실이었다. 그런데 형이 곧이어 사실은 과의 수석 합격이라고 일러주었다. 도대체 이것도 내게는 믿기지 않는 것이었다. 대학원에 적을 두고 있었던 형은 과 사무실에 가서 합격자 명단을 보았고 맨 위에 있는 내 이름과 그 성적까지 확인했다고 했다. 그 성적은 내가 대충 잡아본 지레짐작보다 훨씬 높은 것이었고 나는 내 시험에 매우 짜게 채점했던 모양이었다. 과 수석이란 덕분에 입학 후의 과 환영식에 내가 답사를 했던 것 같고, 그리고 1년에 10만 원을 받는 국비장학생이 되었다.

합격만 해도 다행인 참에 수석에 장학생이라는 과분한 영예까지 얻자 형과 누이만이 아니라 교회의 목사님과 장로들, 학생회 친구들까지 대견해하며 축하를 해주었지만 나의 대학 생활은 그리 축하받을 만한 것은 못 되었다. 시골의 모범생 수준으로는 서울 출신의 세련된 학생들로부터 오는 문화적 콤플렉스를 피할 수 없었고 또 정치학과라는 데는 고등학교 시절 운영위원장 등을 거쳐 정치가로의 야심을 가진 친구들이 대부분이어서 그쪽에 별 뜻이 없던 나로서는 그들과 어울리기가 쉽지 않았다. 그래서 입학한 첫 학기 때는 집으로 자주 내려가 빈둥빈둥 놀며 공부나 독서를 게을리했고 새 친구들도 별로 사귀지 않았다. 학교 수업도 갑자기 어려워져서 내가 따라가기에는 전혀 만만하지 않았다. 1학년 교양 과정의 영어 교재는 고3 영어 교재보다는 두어 단계쯤은 높아진 것이어서 가령 에드거 앨런 포의 「어셔가의 몰락」이며 오 헨리의 「붙박이 가구가 달린 방」과 같은 단편을 볼 때는 대학 노트 몇 페이지에 가득하게 영어 단어를 찾아야 했다. 그러나 그 작품들이 읽기는 힘들었지만 특히 포의 작품은 극히 인상적이었다.

그러나 대학생이 되면서 자연스레 원서를 사들이는 겉멋도 부리기 시작했다. 광화문에 있는 범문사며 범한서적에 가면 이름만 알던 영어 원서들이 가득 진열되어 있었다. 나는 볼 것이든 아니든 그 이름들만 알고 그들의 책을 구경한 적조차도 없었기에 마냥 마음이 혹해서 돈이 닿는 대로 그 책들을 사곤 했다. 플라톤의 『공화국』, 홉스의 『리바이어던』, 애덤 스미스의 『국부론』으로부터 민병태 교수가 소개한 해럴드 라스키의 『유럽 자유주의의 흥기』 등 몇 권의 저서들, 옥스퍼드에서 간행한 영국 정치사상사 총서, 러셀의 꽤 두터운 『서양철학사』, 그리고 니체의 『차라투스트라는 이렇게 말했다』, 사회과학 · 철학 · 윤리 등의 서구의 대표적인 고전을 수록한 두꺼운 포켓판 시리즈, 그리고 카뮈의 불어판 『이방인』과 『페스트』, 도스토예프스키의 영어판 소설 등이 철학과 사상과 문학을 중심으로 한, 그러나 닥치는 대로 이름만 보고 산 것들로 지금껏 기억에 남는 목록들이다. 물론 이런 책을 사기는 몇 해에 걸친 것이고 사놓고 보지 않은 것이 대부분이지만, 포켓판 시리즈 중에서 소크라테스의 『변명』, 데카르트의 『방법론』, 밀의 『자유론』은 충분히 이해하지는 못했다 하더라도 지적 욕망에 사로잡혀 있던 내게 깊은 인상과 영향을 주었다고 생각되는 것은 지금껏 그 줄거리가 잘 기억되기 때문이다.

서울에서 대학 생활을 시작하면서 나는 거의 의도적으로 문학작품의 접촉을 피해왔다. 꼭 내켜서는 아니었지만 어떻든 나는 정치학과 학생이었고 사회과학을 공부해야 했지만, 그래서이기보다는, 처음부터 나는 문학에 상대할 만한 존재가 못 된다는 사실을 확신하다시피 했고 그것은 문학에 거리를 두게끔 했던 것이다. 그런데 1학년 가을이었을 것이다. 『사상계』에 동인

문학상 수상작으로 선우휘의 중편 「불꽃」이 게재되었는데 한 젊은 지식인이 한국전쟁 속에서 어떻게 좌절하고 그리고 삶의 선택을 하게 되는가를 보면서 내 마음은 깊은 울림에 젖어들었다. 그래서 다시 문학책을 들기 시작했다. 그즈음 내가 가장 감동 깊이 되풀이 읽은 것이 『서정주 시초』였고 "눈이 부시게 푸르른 날은 그리운 사람을 그리워하자"의 시행들을 외우며 미당의 시는 한국시의 절정을 보여준다고 생각했다. 도스토예프스키며 사르트르, 헤밍웨이 등 막 번역되어 간행되기 시작한 정음사판 세계문학전집을 다시 들여다보기 시작한 것도 이때부터였다.

그리고 1학년 늦가을이었을 것이다. 다시 드문드문 구독하기 시작한 『현대문학』에서 황동규의 시를 발견했다. 뒷날 그의 대표적인 애송시가 된 「편지」가 서정주의 추천을 받은 것이다. 대학 1학년짜리가 시단으로 데뷔한다! 그것은 문학이란 천재의 몫이며 그래서 그것에 대해 두려움을 갖지 않을 수 없었던 내게 분명 충격이었다. 그러나 그렇다고 해서 내가 문학을 하겠다는 자극을 준 것은 아니었다. 다만 시인이란 존재는 실제로 어떤 사람인가가 내게 궁금했다. 나는 국비장학생 선발을 위한 전형 때 황동규란 이름을 보았고 그후로도 같은 캠퍼스에서 마주치며 나 혼자 알아보기는 했지만, 이제 어엿한 시인이 되는 그 황동규란 학생의 모습을 은근히 엿보지 않을 수 없게 되었다. 마침내 1학년 학년말 시험 때 같은 서울고 출신의 반 친구에게 황동규를 소개해달라고 부탁했는데 사람들 사귀기에 무척 수줍은 나로서는 의외의 결단이었다.

우리는 2월 하순에 처음 악수를 하고 의대 뒤의 함춘원에서 차를 마셨다. 그는 내가 시골 출신 학생이고 정치학과생이라는데 아무런 개의 없이, 만나자마자부터 자신의 시, 읽은 책, 공부한 영국 문학 등만이 아니라 음악, 미술 등 가림없이 한없는 이야기들을 풀어놓았다. 그는 아는 체를 하는 것도 아니었고 현학을 자랑하는 것도 아니었지만 솔직하면서도 열정적이고 자신의 느낌과 생각에 자신을 갖고 있었고 견해가 분명했다. 나는 오래 익은 친구 대하듯 하는 그의 말들을 일방적으로 듣기만 하면서 감탄했고 놀랐고 경복했다. 아아, 이 친구야말로 천재이고 또 시인이다! 그는 스스럼없이 나를 친구로 대해주었고 또 만나기도 했으며 그래서 나는 회현동의 그의 집에도 놀러갔다. 그리고 이어진 봄방학 때 그가 대전으로 내려와 함께 계룡산 갑사에 가, 여관의 한 방에서 밤새 줄기차게 들려오는 골짜기 물소리와 더불어 그의 사랑 얘기까지 덤으로 들으며 문학과 시를 향한 그의 정열에 사로잡혀 있었다. 2학년 개학하면서 나는 그와 더 자주 만나고 어울리고 당구도 치고 명동의 술집에도 들락거렸고, 그의 아버지 황순원 선생을 처음 뵈었고 그의 친구 마종기와 서승해(서정주 선생의 아들), 법대의 백충현, 사회학과의 김준길, 성균관대학의 이중한 등과 잇달아 사귀게 되었다.

실존주의에 빠져들다

여기서 문득 황동규, 서승해와 함께한 동해안 여행이 유쾌하게 회상된다. 2학년 여름방학에 우리는 약속을 하고 강릉에서 만났고 양양의 낙산사로 갔다가 거기서 다시 강릉으로, 삼척으로 내려와 동규는 영월 쪽으로 혼자 빠지고 나와 승해는 내처 버스로 가다 내리다 하며 남행해서 경주 불국사에서 며칠 묵었고 거기서 석굴암이며 시내 등을 걸어다니며 구경한 후 부산에서 헤어졌었다. 우리는 10여 일간의 이 여행 중 자주 절이나 포교당에서 공짜로 묵었는데 미당 선생과 환속하기 전의 일초 고은의 편지 덕을 본 것이다. 이렇게 해서 반은 무전으로 한 세 젊은이의 여행은 황동규의 에세이집 『나의 시의 빛과 그늘』에 나의 기억과 약간의 차이를 가진 대로 술회되고 있는데 이 여행 중 우리는 '뫼르소의 밀짚모자'와 '쇼팽의 구두'를 회자하곤 했다.

우리는 너무 뜨거운 여름 햇빛을 가리기 위해 밀짚모자를 쓰고 다녔는데 승해였던지가 "뫼르소에게 밀짚모자가 있었더라면 아랍인을 살해하지 않았을 것"이라고 해서 그 재치에 깔깔대며 웃었고 걸핏하면 그 밀짚모자를 끄집어냈다. 그리고 동규가 신발이 발에 맞지 않아 불편해했는데, 쇼팽이 새 구두를 신고도 불평하는 것을 보고 친구가 퇴박을 주자 쇼팽이 "마누라와 신발은 그걸 신어보지 않은 사람은 알 수가 없는 법"이라고 대답했다고 동규 스스로가 변명한 후 우리는 걸핏하면 쇼팽의 구두로 투정을 하곤 했다. 또 그때 동규가 문리대에 아무 전공도 하지 않는 '자유학과'란 게 있으면 좋겠다고 역설했는데 후에 황순원 선생의 『나무들 비탈에 서다』에 바로 '자유학과' 운운하는 대목이 들어 있어 황 선생님이 아들의 재담을 들어두었던 것이 아닌가 혼자서 짐작해본 적이 있다.

어떻든 나는 같은 과 친구보다는 황동규와 마종기 등과 더 많이 어울렸고 회현동과 명동을 들락거리며 못 마시는 술도 마시고 이름만 아는 문인들을 다방에서 멀찍이 떨어져 구경했다. 그러면서 전공책보다는 문학책을 더 많이 보았고 소설과 시 이야기를 주로 듣고 또 읽었다. 다행히 우리가 대학 생활을 하던 1950년대 말경부터 많은 책들이 쏟아져나오기 시작했다. 정음사와 을유문화사의 세계문학전집, 민중서관의 한국문학전집, 신구문화사의 10권짜리 『전후세계문제작품집』이 서점의 서가를 채우기 시작했고 학생들이라면 신양사, 양문사 등의 문고판을 으레 주머니에 넣고 다녔다. 전쟁의 혼란이 진정되어가고 학계와 문화계가 상대적으로 안정되어가면서 신문은 신춘문예를 다시 시작하고 잡지 간행도 활발해지면서 주로 문학을 중심으로 한 출판이 적극적인 활기를 띠기 시작한 덕분이었다. 이때는 지적·정서적 욕구를 채워줄 만한 다른 것들이 없었기에 책이 주는 영향은 압도적이었다. 1960년대에 문단에 데뷔하여 오늘의 한국문학에 중견층을 이루게 되는 내 또래의 이른바 4·19 세대의 숱한 작가, 시인, 비평가 들은 바로 이런 문화적 정황 속에서 문학을 공부하고 국내외 작품으로 내면을 깨우치며 빈곤과 혼란 속에서 상상력을 키우고 창작에의 열망에 자신의 생애를 건 사람들이었다.

나는 문학하는 친구들과 어울리고 내 독서의 대부분은 소설들이었지만, 그러나 문학 공부는 전혀 하지 않았다. 문학 강의는 한 강좌도 듣지 않았고 비평집은 더러 보았지만 이론서는 거들떠보지도 않았다. 그때 내가 문학에 대해 가진 관심은 문학 자체가 아니라 문학 속에 젖어든 실존주의적 주제였다. 인문학 부문 중 내가 유일하게 들은 것이 조가경 교수의 실존주의 강좌였고 그 시험에서 A를 받을 정도로 이 주제에 대한 책이나 글은 열심히 들춰보았다. 내가 이랬다는 것은 그러니까 나는 어떤 작품을 보든 그것의 문학적 맥락에서가 아니라 오직 인간 존재의 고통과 선택의 외로움, 무한 자유의 삼엄함 같은 실존주의적 감수성에만 빨려들고 있었음을 말해주는 것이다. 그때 내 앞에 늘어선 세계문학과 한국문학 거의 모두는 이런 주제로만 내게 접근해왔고 그런 관점으로만 읽혔다.

실존주의에 대해서는 고등학생 시절에 본 잡지에서 단편적으로나마 알고 있었지만 그것이 지식으로서가 아니라 감성과 내면으로 깊숙이 내 안을 파고든 것은 대학 시절이었고 그것을 재촉한 것이 기독교와의 결별이었을 것이다. 서울에서 대학 생활을 하면서 교회는 종로 6가에 있는 복음교회에 다녔는데 그 목사님이 연대 신과대학 교수인 지동식 박사였다. 체구가 자그마하고 겸손하지만 눈빛이 맑고 내면의 깊이는 한없이 깊어 보이는 지목사님은 당시 '한국의 바르트'로 불릴 정도로 카를 바르트 전문가였고 니체며 키에르케고르를 곧잘 인용하는 그분의 설교는 매우 지적이고 진지하며 감동적이었다. 그러나 이 교회를 다니면서 나의 속에서는 언제부턴가 싹트기 시작한 회의가 점차 소용돌이치고 있었다. 나는 뒤늦게나마 신의 존재를 인정할 수 없게 되고, 예수의 부활을 믿을 수 없게 되어버렸으며, 기독교적 덕성에는 여전히 동의하고 있었지만 인격신의 역사 참여라는 점은 납득할 수 없었다. 소년 시절에 낭만적인 범신론적 대상으로 받아들였던 기독교가 청년기의 내게 더이상 버틸 수 없었던가 보았다.

평일에는 이런 종교적 번민 속에서 교회를 버리겠다고 작심하지만 정작 주일에 교회 종소리가 울려오면 나도 모르는 사이 성경을 들고 동숭동 하숙집에서 천천히 종로 6가로 걸어가 예배에 참례하곤 했다. 그러다가 대학 2학년 4월의 어느 토요일 나는 담배를 샀고 그날 밤 첫 담배를 태웠으며 그것이 신호가 되어 다음날 주일 종소리를 들으며 담배를 피워무는 것으로 4년에 걸쳐 내 심신의 굳은 관습이었던 교회로의 걸음을 기어이 억제할 수 있었다. 신자들의 흡연이 금지된 시절 나는 스스로의 파계를 통해 나의 기독교를 파기하는 데 성공한 것이다. 그러나 회의 때문에 교회에 나가지 않는다고 해서 나의 고뇌가 사라진 것은 아니었다. 오히려 내면의 파탄감, 세계의 무의미성, 존재의 설움, 삶의 공허감은 더욱 깊어지고 괴로움과 고독감, 절망감은 더욱 심해졌다. 이때 나는 신을 버림으로써 무신론자가 되고 그 무신론의 다음 길은 허무주의이며 그 허무주의는 퇴폐주의를 이끈다는 것을 체험적으로 깨닫고 있었다. 이 허무와 퇴폐의 고통스러운 정서 속에서 나는 실존주의를 몸으로 익히고 있었고 나의 모든 감각은 문학 속에서 존재론적 고뇌를 빨아들이고 있었던 것이다. 도스토예프스키와 니체, 카뮈와 사르트르, 헤밍웨이와 말로, 혹은 릴케와 서정주, 황순원과 손창섭, 『아웃사이더』의 콜린 윌슨 등등, 내가 읽는 모두는 그때의 내 안으로 속속 스며들어와 나의 부정적 인식을 살찌우고 있었고 내 눈에 다가온 거의가 내게는 실존론적 시각으로 읽혀 들어왔다. 아마 내가 술을 잘 마실 수 있었더라면, 혹은 뜨거운 연애를 했더라면 이 절망적 감정의 어느 만큼은 해소될 수 있었을지도 모르겠다. 그렇지 못했기 때문에, 어둠 속에 더러 하는 산책에서 세상은 내 곁을 시리게 지나쳐 갔고 한밤에 잠깨면 자살이나 죽음에 대한 생각 속으로 골똘히 빠져들기도 했다.

이때 읽은, 아니 서문만 보고 더이상 보기를 스스로 마다한 책이 카를 뢰비트의 『역사의 의미(Meaning in History)』였다. 범문사에서 제목만 보고 산 책이었는데 히브리와 헬라 이후 마르크스에 이르기까지의 역사관을 서술한 것이었다. 그 서술의 체계가 근대에서 고대로 거슬러올라가는 방식을 택한 이 책의 서문에서 나는 '종말론(eschatology)'이란 단어를 발견했다. 고대 그리스 사관은 계절의 순환처럼 역사가 되풀이되는 것으로 보지만 히브리의 그것은 시간은 순환이 아니라 선조적으로 진행되며 그 종말이 인간의 구원이라는 것이었다. 이 기독교적 '구원의 역사관'에서 열쇠가 되는 '종말론'이란 단어가 이제야 내게 불현듯 다가와 내 눈을 틔우고 내 머릿속을 관통했다. 그것을 발견하던 날 밤, 나의 의식은 문득 무한 확대되고 세계는 홀연히 한눈에 들어왔다. 나는 이 '종말론'을 내 멋대로 해석하고 내 방식으로 받아들이면서 문득 이 개념이야말로 세계와 인간의 삶의 아포리아를 여는 만능의 키라고 생각했다. 나는 이 책의 본론으로 들어감으로써 내 관점으로 받아들인 '종말론'의 개념이 희석되거나 바뀌기를 원치 않았고 그래서 『역사의 의미』 읽기를 이것으로 멈추었다. 대신 종말론적 사유와 정서에 젖어들기 시작했고 그러면서, 이 종말론적 경험을 통해 나는 세계를 꿰뚫고 그것의 저 끝 뒤편을 본 듯했으며 그 극점의 관통을 통해 세상의 허위와 삶의 가짜에 속아넘어가지 않을 자신감을 얻는 듯했다. 실제로 이후의 나의 삶에서 좌절과 위기를 느낄 때마다 이 종말론적 의지는 나를 버티게 하는 힘이 되어주었다.

지금 돌이켜보면 나의 기독교와 나의 실존주의의 접점이 이 종말론이었던 것 같은데, 그러나 이 개념의 발견과 내면화에도 불구하고 나의 기독교적 고뇌와 실존주의적 절망감이 가시기까지는 몇 해를 더 기다려야 했다. 실존주의적 감성은 그로부터 40년이 지난 이제까지도 나의 숨어 있는 가장 깊은 사유의 뿌리가 되고 있을 것이며, 비록 완강한 무신론자가 된 지금에 이르러서도 기독교는 여전히 인간과 문화에 대한 나의 근본적인 이해의 틀을 이루고 있는 듯하다. 또 종말론의 관점은 이제도 세계와 인간의 관계 그리고 나의 삶의 방식에 대한 사유와 태도의 기둥이 될 것이다. 그러니까 나의 이후의 생애는 20대 전반의 기독교와 실존주의적 고뇌를 통해서 구축된 것이고 그 고통스러운 경험이 성인으로서 이 세계를 대면하는 입사의 절차를 이룬 셈이었다.

도스토예프스키와 보낸 한 철

군대 생활을 유쾌하게 회고하는 사람들의 기억은 대체로 신나는 영웅담이겠지만 내게는 그것이 내 생애 중에 하나의 벽감(壁龕)처럼 나 자신을 거기에 은닉시켜 자유롭고 평화롭게 혼자만의 사유로 유폐시킨 '명상의 시간'으로 윤색되고 있다. 육군 졸병의 자유라니! 나 스스로에게도 의아스러운 말이지만, 그 32개월의 청년 시절은 앞으로 내가 소속될 사회적 일상으로부터와, 그리고 그 동안 친숙해온 기왕의 세상으로부터 벗어나, 무연(無緣)한 세계 속에서 나만을 대자적으로 상대하며 나의 내면을 다듬을 수 있었던 귀중한 기회였음은 분명했다. 물론 논산 훈련소에서 육체의 한계를 뼈저리게 느껴야만 했던 힘든 훈련이 있었고 배치된 전방 부대의 신병 초기 시절에 이른바 '고문관' 노릇도 했지만, 훈련소에서 "입대 이전의 모든 일은 팽개쳐버리고 백지 상태에서 시작하라!"는 기간 사병의 고함대로 나는 환경도, 함께하는 사람들도, 일상의 방식도 전과는 전혀 다른 낯선 상태로 완전 노출되어, '세계에 투기된 나의 존재성'을 실험할 수 있었던 것이다.

이랬던 것은 입대하기 전의 어둡고 칙칙했던 나의 일상의 분위기가 군대 시절의 해방감과 크게 대조된 탓일 것이다. 종말론의 내적 경험에서 세상을 투시하는 희열을 느꼈다 해서 세계의 무의미성과 나 자신에의 절망감이 가셔진 것은 아니었다. 대학 4학년 때 4·19를 목격하고서 졸업하기까지, 그리고 이제 공부나 할까 하고 대학원에 들어갔지만 곧 이은 5·16으로 이런 상황에서 정치학이란 무엇인가 하고 그 공부마저 포기하고 대전 집에서 뒹굴던 1년 남짓 만에 입대하기까지의 그 '좋은 시절'을 나는 무기력하고 퇴폐적으로 보냈다. 마침내 기다리던 영장을 받으면서 나는 군대라는 새로운 경험이 쳇바퀴 같은 나의 무력한 일상으로부터 탈출할 수 있는 계기가 되기를 바랐다.

그리고 그 계기는 삶의 현실에서보다 나의 내면에서 더 의미있게 다가왔다. 삼복 더위 속에서 훈련을 받고 코스모스가 아름답게 피던 어느 가을날 나는 배출대에서 한가롭게 다사한 햇빛을 쬐며 맑은 하늘을 하염없이 바라보다가, 문득 그 하늘에서 울려오는 '운명의 베틀 소리'를 들었다. 저 높은 곳에서 인간 하나하나의 태어남과 자라남, 살아감과 죽어감의 생애들을 거대한 베틀 앞에서 짜고 있는 소리였다. 베틀 모양까지 환하게 눈 안으로 들어오는 그 정경과 귀를 울리는 그 음향을 몸으로 느끼면서, 문득 "운명이여 오라. 그 모두를 내 받아들이리라"라는 니체적인 외침이 내 속에서 울렸다. 그 순간 내 앞으로 펼쳐져 있는 운명의 길이 내게 보이는 듯했고 그 모두를 담담히, 당당히 받아들일 수 있을 듯했다.

그로부터 반년쯤 후 5군단 본부중대의 일종계 일을 보던 나는 휴가 중에 나의 여자친구를 자학적인 심리로 별 이유 없이 눈물이 떨어지도록 울리고는 귀대하는 버스 속에서 "나는 과연 타인을 괴롭힐 권리가 있는가"라는 질문을 나 자신에게 던졌다. 그 대답이 너무나 자명할 이 질문은 그러나 몇 주간 나의 화두가 되어 집요하게 나의 내면을 긁고 있었다. 그러던 어느 봄날, 환한 햇살 속에 밝게 가로막은 언덕 위로 펼쳐진 하늘을 보면서 문득 "없다!"라는 확신의 소리가 내 안에서 울렸다. 그래, 내게는 타인을 고통 속으로 밀어넣을 권리가 없는 것이었다. 그러면서 새로운 희열이 전류처럼 내 속을 훑고 지나갔다. 이제 나는 그 여인을 진정으로 사랑할 수 있을 것이다!라고 그때 나는 다짐했다. 그러나 어이없는 아이러니였다. 공교롭게도 그 다음날 나는 그녀로부터 절교의 편지를 받았고 그리고 이상하게도 그 사연은 기다려왔다는 듯이 담담하게 받아들여졌다. 그리고 그후부터 나는 더이상 좌절이나 절망, 무의미, 허무 따위 실존의 부정적 감정에 매달리지 않을 수 있었다. 오래 나를 괴롭혀온 젊은 번뇌가 이때부터 삭아지기 시작한 것이었다.

마침 이즈음의 나는 중대장의 호의로 일종계에서 군단 공보실로 자리를 옮겼다. 전역이 멀지 않은 대위인 실장과 시골 출신의 나이든 선임하사만이 있는 이 공보실에서 나는 졸병으로 장교가 할 일을 해야 했다. 군단 내의 이런저런 뉴스를 기사로 만들어 육군신문에 보내고 서울 외출 나와서 USIS의 화보와 뉴스레터를 얻어오며 대북 마이크 방송 원고에 대한 평가 작성까지 실장을 대신해서 해야 했다. 어느 밤에는 실장에게 불려 사무실에 나왔다가 비무장지대를 논밭으로 개간하는 문제 때문에 방문하는 국회의원들에 대한 군단장 브리핑 원고를 내가 밤새 써야 했던 적이 있었다. 구체적인 실정을 모르는 나는 막히는 대목마다 실장에게 질문했고 그러면 실장은 군단장실에 뛰어가 그 답을 얻어오고 그것을 내가 원고로 작성하는 희한한 일을 벌이기까지 했다. 그러고 보면 당초에는 아무 의도가 없었음에도 내가 기자를 하고 혹은 문학비평을 하게 되는 인연의 싹이 여기서 돋아난 것일지도 모른다. 일 자체도 군 사병으로서는 고급한 것이었지만 무엇보다 시간이 여유 있고 자유로웠다. 그 풍족한 시간을 나는 자연스레 글 읽는 데 마음대로 사용할 수 있었다. 그때 가장 많이 본 것이 사무실에서 정기 구독하는 『타임』지였다. 그것은 내게 두 가지 득이 되었다. 우선 『타임』의 그 유려하면서도 재치 있는 문장의 맛이었다. 여기서 나는 영어의 복문 활용법에 감탄했고 후에 기자 생활을 하면서 우리 기사문에도 이런 복문체의 묘미를 넣을 수 없을까 고심했고 그럴 수 있기 위해 노력했다. 또 하나는 이 시사지의 기사를 통해 나의 내적 관심의 폭을 넓힐 수 있었다는 점이었다. 다양한 커버스토리가 특히 내 인식의 확산에 큰 도움이 되었는데 그중에도 『타임』 창간 40주년 기념호(그러니까 1964년 4월경이었을 것이다) 특집은 현대인의 소외 문제를 다루면서도 그 소외를 극복하기 위한 다양한 인간적 노력을 소개해서 내가 벗어나려고 애쓴 비관적 세계 인식으로부터 긍정적인 시각으로 이후의 내가 사고의 반전을 이루는 데 깊은 영향을 주었다.

김은국의 『순교자』를 읽게 된 것도 『타임』의 서평란 덕분이었다. 도스토예프스키와 카뮈의 비극적 인식의 대를 잇는 것으로 높이 평가한 이 기사를 보고 시사영어사에서 나온 영어판의 이 책을 휴가 중에 구입해서 읽기 시작했다. 소재도 기독교 문제인데다 문체가 쉬워서 나는 이 책을 열심히 그러나 아껴가며 보았다. '아껴가며'란 말 그대로, 나는 사무실과 막사에서 혹은 외출 나간 읍내의 다방에서 틈나는 대로 조금씩조금씩, 그러나 닳아 없어지지 않도록 오래 입 안에서 조심스레 궁글리는 사탕처럼, 그 맛을 천천히, 즐겨가며 읽었다. 카뮈의 『페스트』처럼 신 없는 시대의 폭력과 인간의 진실이란 주제에 감동하지 않을 수 없었던 나는 제대한 후 『순교자』에 대한 소감을 써서 J가 다니는 은행의 잡지에 그녀의 이름으로 게재하여 원고료를 타먹은 기억이 난다. 나의 첫 비평문이 될 그 글은 그러나 지금 어디 박혀 있는지 찾아낼 수 없는 것이 유감이다.

『순교자』를 다 읽고 난 후 나는 내친 김에 도스토예프스키를 읽기로 했다. 황동규로부터 영어판으로 된 『악령』과 『백치』를 잇달아 빌려 『순교자』를 보던 방식으로 읽기 시작했다. 각각 두 권의 하드커버로 된 포켓판 크기여서 커다란 군복 주머니에 알맞게 들어가는 이 책들을 역시 사무실과 막사와 다방에서 틈틈이, 그리고 아껴가며 읽었다. 『악령』에서는 니체적 초인을 닮은 스타브로긴과 니체보다 앞서 "신은 죽었다"고 외친 허무주의자 키릴로프, 순진성과 사랑의 화신인 샤토프, 철저한 현실 사회주의자 표트르 등 일군의 지식인들이 광란의 시대 속에서 어떻게 고민하며 싸우고 패배하는가 하는 문제가 절망적으로 내게 다가오고 그러면서 그 각각의 인물들이 펼쳐내는 사상의 깊이는 한없이 깊은 것이었다. 『백치』에서도 역시 뮈시킨 공작의 한없는 순진성과 투명한 직관은 인간의 윤리성에 최고의 경지를 보여주는 것이었다. 막사를 둘러싼 숲과 언덕, 잠깬 새벽의 신선한 대기와 막 떠오르는 아침 햇살에 감동받으며, 『악령』과 『백치』, 그리고 전날 번역판으로 읽은 『카라마조프 가의 형제들』을 통해 나는 이 러시아 작가의 세계에 탐닉했고 압도되었으며 세뇌당했다. 그래서 도스토예프스키라는 준령(峻嶺)에 오르면 카뮈나 사르트르, 헤세나 헤밍웨이 등 20세기의 문호들도 나지막한 언덕으로 내려앉아 보일 정도였다.

후에 신문사 기자 생활을 하면서 정초의 연휴 때마다 정음사판 도스토예프스키 전집을 꺼내 읽어보려 했고 그의 전기나 연구서를 눈에 띄는 대로 사기도 하고 마침내 1970년대 후반 권영빈(현 중앙일보 논설주간)의 제의로 E. H. 카의 『도스토예프스키』를 공역하여 홍성사의 신서판으로 내게 된 것도 군대 시절의 도스토예프스키 독서 덕분이었다. 그리고 나는 그의 음울하고 비관주의적이며 세계에 대한 고통스러운 인식을 드러내는 작품들을 통해 나의 음울과 비관주의와 고통의 색깔을 벗겨내기 시작했다. 이렇게 해서 나는 어둡고 긴 터널을 지나듯 내적 고뇌로부터 마침내 벗어나기 시작했고 도스토예프스키를 통해 세계에 대한 긍정적인 인식을 얻게 되었다. 스무 살 대학생이 되면서 이제까지의 나의 긴 방황은 독일 교양소설에서 보는 젊은 날의 귀중한 방랑시대와 비슷했을 것이다. '벽감 속의 아늑한' 시절의 공간 속에서 나는 젊은 번뇌를 극복하고 세계를 보고 이해하는 눈을 닦았으며 이후 나의 사회 생활을 감당할 내적 준비를 할 수 있었던 것이다.

기사체 문장에 흠뻑 빠진 수습기자 시절

1965년 2월 하순에 나는 병장으로 만기 제대를 했고 그러기 며칠 전에 동아일보사 수습 7기로 입사했다. 제대를 몇 달 앞두고 나는 구체적으로 취업 문제를 고려하기 시작했는데 정치학과 졸업생으로 입사 원서를 낼 수 있는 곳은 언론기관뿐이었다. 전방의 부대에 근무하면서 따로 취직 시험 공부를 할 수 있는 입장이 아니었기에 말 그대로 '평소의 실력'으로 시험을 볼 수밖에 없었다. 어떻든 동아일보의 입사 시험 1차에 합격했고 지금도 끔찍하게 기억되는 2차의 실기 시험을 치르고 아슬아슬한 마음으로 기다린 끝에 11명의 합격자 명단에 내 이름이 들어 있는 것을 발견했다. 나는 대학 시험에 합격했을 때에도 느끼지 못했던 기쁨을 크게 느꼈다. 자, 이제 나도 사회인이 되는구나! 하는 감회 속에서 "세상 밖으로!"라는 모험에의 용기를 추슬러야 했다.

신문사에 들어가기는 했지만 나는 신문이며 언론 등에 대해서는 거의 무지했다. 시험 때에야 처음으로 사옥을 유심히 보게 된 동아일보사가 우리나라에서 가장 오랜 신문이고 자부심이 가장 강하다는 사실을 오리엔테이션을 받으면서 처음 알았고 이때에야 신문사가 무슨 일을 어떻게 하는지를 비로소 짐작할 수 있었다. 지방에서 주재 기자들의 행태를 익힌 부모님은 내가 신문사 기자가 되었다는 것에 마땅치 않은 표정이셨고 은근히 자기처럼 은행원이 되기를 바란 형은 이것이 네가 갈 길인가 보다고 마지못해 동의했다. 그러나 나는 자장면 30그릇 값밖에 되지 않는 견습기자의 초봉에도 불구하고 이 직장에 만족했고 또 열심이었으며 나의 첫 직업에 매혹되어 있었는데 그것이 어느 정도였는가 하면, 신문과 언론, 그리고 이 방면의 학문이 중세의 신학이나 근대의 자연철학처럼 앞날의 중심적 분야가 되지 않을까 예상할 정도였다.

그럼에도 '글을 쓰는 사람' 곧 '기자'로서의 내 능력은 아주 한심한 정도였을 것이다. 문학소년이었고 대학 시절에는 시인의 친구였으며 대학신문에도 한두 번 투고해서 실린 적이 있었음에도 나의 글쓰기는 아직 미숙하기 짝이 없었다. 그렇다는 것을 사회부 견습으로 처음 내리닫이 기사를 쓸 때 고통스럽게 실감해야 했다. 그즈음 '피라미드 계'라는 것이 생겨 그 피해자가 선배 기자들의 전화 송고나 받고 있는 똘마니 기자인 내게 호소해왔다. 자초지종을 듣고 데스크에게 보고했더니 해설기사로 써보라는 것이었다. 견습에게는 드물게 찾아오는 호기다 싶어 나는 밤늦게 끙끙대며 원고지 10장 정도로 기사를 써서 다음날 제출했더니 데스크는 나를 옆에다 세워놓고 묻고 따지고 확인해가며 지우고 고치고 덧붙이며 10여 분 동안 짜증스레 원고를 난자(亂刺)하는 것이었다. 그 10여 분이 한 시간 넘게 벌 받는 기분이 되어 얼굴이 홧홧해지고 귀가 멍해지고 속이 타는 것이었다. 그리고 드디어 그날 석간 신문에 내 이름이 박힌 기명 기사가 게재되었다.

견습 동기들은 같은 견습 중 가장 먼저 게재된 내 내리닫이 기사를 보고 부러워하며 축하를 해주었지만 정작 내 속은 '죽을 맛'이었다. 기사 작성자로 내 이름이 박혀 있지만 분명 내 기사가 아니었고 그 기사 때문에 10여 분이 한 시간으로 여겨질 만큼 닦달당한 일은 도대체 내가 처음 당해보는 곤욕이었던 것이다. 그래서 견습기자로서는 기념적이어야 할 그 기사를 나는 다시 읽어보지도, 스크랩하지도 않았다. 데스크가 수정한 그 기사가 당초 내가 쓴 것보다 더 좋았을까 하는 회의가 안 든 것은 아니지만, 그럼에도 이 경험은 내게 두 가지 깨우침을 주었다. 우선 글이란 그것이 하잘것없는 기사라 하더라도 힘든 고통 속에서 일구어진다는 것이었고, 또 하나는 글이란 내 생각이나 느낌의 자의적인 혹은 주관적인 표현이 아니라 남에게 읽혀 소통해야 하는 관계적 형태의 것이라는 점이었다.

글쓰기의 내 자의식은 이때부터 형성되었을 것이다. 김현은 글 쓸 때가 가장 즐겁다고 내게 고백했지만 나 자신은 고통 없이 글쓰기를 마친 적이 거의 없다. 그래서 '글쓰기는 곧 고통이다'라고 단언하기까지 하는데 그것은 야샤 하이페스의 바이올린 연주 장면을 연상시켰다. 대학 시절 기록 영화로 보게 된 하이페스는 현을 켜는 그의 얼굴이 크게 클로즈업되었을 때 한없는 고통의 표정, 움직이는 멜로디 하나하나마다 눈이며 입술, 안면 근육이며가 섬세하게 떨리고 변하는 가운데 슬픔과 고뇌를 드러내는 듯했다. 그 창조적인 예술가들과 나와는 격과 조가 다르겠지만 어떻든 무언가 새로 만들어낸다는 것은 슬픔이며 고뇌를 통하는 속에서이고, 정신적으로 육체적으로 쥐어짜는 고통이야말로 예술가들의 피할 수 없는 운명이란 생각을 나는 지울 수 없었다. 조세희 씨가 「난장이가 쏘아올린 작은 공」을 쓸 때 겨우 두 문장을 만드느라 밤새 네댓 잔의 커피와 수십 개비의 담배를 소진시켜가는 고통스러움을 이야기했을 때 내가 충분히 공감할 수 있었던 것도 이런 경험에서였다.

신문 기사란 가장 객관적인 글쓰기였다. 그것은 쓰는 사람의 개인적 자족감을 거부하며 독자에게 명쾌하게 사실을 인지시켜야 하는 글이었다. 그러기 위해서는 자기만 알고 느끼는 주관적인 문장이나 구절은 철저히 배제해야 할 것이고 사태를 명료하면서도 핵심적으로 서술해서 전달할 수 있어야 했다. 그러니까 문체는 객관적이면서 최대한으로 경제적이어야 했고 그래서 당연히 가장 엄격해야 할 것이었다. 그러니까 같은 주격조사라 하더라도 '는'을 써야 할지 '가'라고 써야 할지를 선택하며 어휘와 절, 문장과 문단 등 처음부터 끝까지 수사적인 절차를 밟아 명료한 소통 회로를 구성하여 읽는 이에게 공감을 얻어야 할 것이었다. 게다가 기사란 지면 사정에 따라 얼마든지 부분 절단을 당할 것이어서 어느 부분이 잘려나가도 문맥에 하자가 없을 정도로 유연해야 했다. 이렇게 기사의 특성을 알아가면서 나는 점차 기사 문체의 매력에 젖어들었고 이후의 짧고 긴 신문 기사 쓰기에서 이 객관성과 경제성을 지키려고 애쓰지 않으면 안 되었다.

기자 생활의 초기에 내 기사는 이렇게 엄격했을지 모르지만 그러나 입사 1년 후 문화부에 배속되어 사회부 기사와 스타일이 다른 문화면 기사를 쓰면서 나는 내 기사가 너무 뻣뻣하고 재미없다는 것을 강하게 느끼고 있었다. 그래서 당시 문화부장이었던 소설가 최일남 선생을 다방으로 청해 내 기사 스타일에 대한 솔직한 소감을 부탁드렸다. 그분도 나 스스로 느끼는 것과 같은 소감이었다. 나는 나의 박재(薄才)에 한탄했다. 그런데 그 어느 봄이었을 것이다. 미국으로 이주한 독일 신학자 파울 틸리히의 부음이 들어왔다. 대학 시절 그의 글을 읽어본 적도 있지만 군대 시절 『타임』에서 그에 관한 커버스토리를 관심 깊게 본 적이 있어 내가 해설 기사를 쓰겠다고 데스크에 자청했다. 물론 조사부 자료를 놓고 쓰는 것이었지만 글이 줄줄 흘러나오고 적절한 표현법들이 저절로 구사되고 있음을 기사를 작성하는 중에도 느낄 수 있었다. 신문이 나오고 그 기사를 본 선배 문화부 기자인 안병섭 씨가 잘 썼다고 칭찬해주었다. 그때부터 나의 기사는 유창해졌다. 문화면의 다양한 주제에 따라 긴 학술 기사든 짧은 인물 스케치든 어떤 유의 기사든 능숙하게 쓸 수 있었고 그 길이도 자유자재로 조절할 수 있게 되었다. 그렇다는 것을 나 자신이 느끼고 있었다. 나는 많은 기사를 썼고 여러 형태의 기사를 열심히 썼다. 비로소 글쓰기의 재미도 느끼기 시작했고 글을 만드는 일의 즐거움도 알아가고 있었다.

그렇게 한두 해가 지났을 때였다. 『사상계』 편집장인 시인 유경환 씨가 원고 청탁을 해왔다. 나는 감격했다. 우리에게 어떤 『사상계』였던가! 읽고 배우기만 해야 할 뿐 감히 거기에 글을 쓸 수 있으리라고는 생각도 못한 최고의 권위지에 글을 쓰게 되다니. 내 감동이 너무 컸기에 이 잡지의 격에 어울릴 글을 써야 한다는 데 큰 부담을 지게 되었고 그 짐에 나는 그만 주눅이 들어버리고 말았다. 2백자 원고지 40장을 쓰는 데 파지가 그 서너 배나 되었을 것이고 거기에 걸린 시간만도 두어 주는 되지 싶다. 문제는 내가 들인 공이 아니었다. 내가 쓰며 느끼기에도 너무 딱딱하고 재미없고 굳어 있었다. 그 제목이 「세대 연대론」으로 한국문학사전에는 나의 평론 데뷔작으로 적혀 있는데 그 글을 쓸 때의 고통이 얼마나 심했고 원고를 넘기고서 드는 씁쓸함이 얼마나 지독했는지 다시는 그 글을 보지 않았다. 『세대』의 편집장으로 있는 이중한이 그 글을 보고 "굉장히 얼어 있더군" 하며 그때의 내 속을 간파하고 있었다. 나는 이제 잡지용의 긴 글에 도전함으로써 굳어 있는 내 스타일을 이겨내기로 했다.

마침 이중한이 『세대』지에 우리 학계의 문제점들을 리뷰하는 연재의 글을 청탁해왔다. 나는 이 호기를 이용하여 긴 글쓰기를 훈련할 수 있었다. 대학 도서관 실태를 취재한 첫 글은 80매를 메우는 데도 꽤 힘이 들었지만 특수대학원, 연구비 등으로 계속 써나가면서 긴 글도 자유롭게 만들어낼 수 있었다. 후의 『지성과 반지성』에는 그중 「교수, 연구, 연구비」 한 편만 수록했지만 이제야 나는 비로소 잡지용의 긴 글에 대한 콤플렉스를 벗어날 수 있었다. 그러나 어쩌랴 나의 빈재(貧才)를! 이즈음부터 신문 기사용의 짧은 글이 잘 되지 않고 주문보다 길게 늘어지며 느슨해지고 마는 것이었다.

문화면의 '사건 기자'로 선편을 잡다

나의 가난한 재주를 한탄하며 기사 쓰기의 어려운 훈련을 겪는 가운데 나는 본격적인 문화부 기자 활동을 시작하게 되었다. 10년이 채 안 되는 나의 이 이력에 대해서는 좀 자랑해도 좋을 것이다. 나는 중간에 약간의 변화가 있었지만 대체로 문학과 학술, 출판 등 문자를 중심으로 한 분야들을 담당하면서 새로운 영역을 개척하고 연재 기사 기획을 하며 참 많은 기사들을, 그것도 아주 열심히 썼다. 내가 그럴 수 있는 좋은 조건도 있었다. 내가 문화부로 발령받아 말석에 자리잡을 당시 바로 위 선배 기자와는 경력으로 6년 차여서 웬만한 기사거리는 내게 할당되었고 그 시니어급 기자들은 나의 열성과 아이디어를 따뜻하게 받아주고 이끌어주었다. 더구나 당시의 동아일보 문화부에는 후에 여러 분야에서 크게 활동하게 될, 능력과 지성에서 훌륭한 선배와 동료들이 많았고 그 분위기는 지적이면서 밝고 자유로웠고 그래서 편집국의 어느 부서보다, 다른 어느 신문의 문화부보다 진지하면서도 비옥했다. 이런 속에서의 나의 문화부 기자 생활은 즐겁고 활기찼으며 큰 보람을 안겨주었다.

당시 문화부에 배당된 지면은 전체 지면이 늘면서 더불어 함께 늘기는 했지만 대체로 1주 6면이고 그나마 가정과 과학도 포함된 것이어서 순수 문화는 아주 제한적이었고 그 문화면도 외부 기고가 많았고 커버해야 할 분야도 고착되어 있어 대체로 정태적인 인상이었다. 나는 우선 조금씩 문화면의 영역을 넓히기 시작했다. 행사 소개로 멈춘 종교와 서평으로만 채워진 출판이 그것이다. 나는 1966년인가에 현대화, 토착화의 관점에서 기독교, 불교계의 새로운 움직임들을 특집으로 하는 연재 기사를 기획, 보도함으로써 종교도 취재의 대상이 될 수 있음을 보여주었다. 출판도 새로운 도서 기획이나 출판계의 변화들을 추적함으로써 도서 문화의 동태적인 움직임을 포착할 수 있도록 했다.

'브레인 드레인(두뇌 유출)'을 집중 취재함으로써 시작된 학술담당 기자 활동에서 내가 가장 큰 노력을 기울인 것은 당시 우리 학계와 지식사회에 광범하게 전개된 한국학의 동태를 소개하며 그 의욕을 기사로 지원하는 일이었다. 한국학을 중심으로 한 학계의 움직임과 경향, 그들의 저서와 논문, 또 그 당시 붐을 일으키는 심포지엄들을 통해 그 흐름을 추적하고 방향을 전망하며 그 의미와 성과들을 요약, 해설하고 업적을 발표한 학자들을 조명함으로써 다양한 측면에서 그 전반과 세목을 정리 보도하려고 나는 애썼다. 이럼으로써 우리의 학계가 역동적이며 방향성을 가지고 있다는 사실을 인지시켰다. 이런 움직임들을 저서와 세미나, 토론, 의견들을 취재하고 수렴함으로써 하나의 주제로 진전시키는 나의 기사 작성 방식은 이후의 학술 기사에 모델이 되었지 싶다.

문학도 학술 보도와 비슷한 방식과 태도로 이루어졌다. 1960년대의 한글 세대 부상과 더불어 바뀌기 시작한 문단의 동태와 창작의 새로운 경향들을 추적하고 그 전반을 개괄하며 내가 좋은 문학인들이라고 믿는 시인과 작가들의 작품 성과를 논평 보고하는 것이 내가 하는 일이었다. 『창작과비평』이 창간된 후 그것이 취한 새로운 편집 체제와 가로쓰기 등의 문화사적 의미, 서기원·최인훈의 연작소설이 갖는 현실 투시적 성과, 최인훈·홍성원이 즐겨 쓴 피카레스크 수법의 문학적 성격 등이 그런 예들의 몇 가지이다. 1960년대 후반 4·19 세대가 본격적으로 문단으로 진입해서 이른바 이어령이 지목한 바 '감수성의 혁명'이 이루어지는 시절이었기에 '월평' 등의 필자로 동원하거나 새로운 경향의 작가로 빈번하게 소개하는 사람들이 대체로 이 신진 세대의 문학인들이었고 내가 기사를 만들면서 자문을 구한 사람들도 대부분 이 또래의 비평가들이었다. 1968년 이광수의 『무정』 발표 50주년을 기해서 '한국 현대문학 반세기'의 기획 특집에 참여한 필자들, 그리고 1967년 김붕구 교수의 발표를 보도함으로써 찬반의 글들을 이끌어내 문제의 '순수/참여 논쟁'을 진행하도록 한 문학인들의 중심이 바로 이들이었다. 나는 신춘문예의 심사위원들 연배를 조금 아래로 내리기도 했지만, 그 심사가 한두 편으로는 미심스러운 시 부문의 응모작 편수를 종래의 '3편 이내'에서 '3편 이상'으로 반전시킨 것은 그후 모든 신춘문예 요강에 그대로 채택되었다.

학술이든 문학이든 나는 내가 맡은 바를 대체로 나 자신의 해설 기사로 감당했다. 물론 서평이나 월평, 특정의 전문가 기고가 필요할 경우 당연히 외부 필자를 동원했지만 동향과 흐름, 경향과 의미 부여의 일들은 나 자신이 많이 썼다. 나는 책과 잡지에 의존하고 대학교수와 문필가들의 해석과 의견을 모았다. 문화부 기자란 자신의 기사를 잘 쓰기도 해야 했지만 적절한 전문적 자문을 해줄 인사를 많이 확보해야 한다는 생각을 그때 가졌다. 기자로서의 신문 기사 쓰기는 더 확장되어 얼마 후에는 논설위원급들이 맡아오던 잡지 월평을 내가 맡기도 하고 외부 전문가에게 자유로운 비평을 위해 익명으로 의뢰하던 서평도 더러 내가 쓰기도 했다. 그때는 길거나 짧은 기사들, 딱딱하거나 부드러운 기사들을 어쩌면 그렇게 마음대로 쓸 수 있었던지, 지금 돌이켜보아도 신기하고 즐겁다. 내 주머니 속의 메모쪽지들은 언제고 그런 기사로 동원될 채비를 차리고 있었다.

이렇듯, 나는 문화부 기자로서의 역할과 기능에 참으로 적극적이고 활달했었다고 자부하고 싶다. 나는 어떤 사건이라도 문화적인 시각으로 접근할 수 있고 또 그래야 한다고 믿었다. 정치적 · 경제적 · 사회적 사건이어서 그 지면에서 보도 해설되더라도 그것들은 문화적 각도로 또 달리 새로운 해석을 받을 수 있다고 생각한 것이다. 그런 예 중 하나가 당시 뜨거운 쟁점을 일으켰던 '청년문화논쟁'이었다. 당시 삼선 개헌에서 유신 체제로 옮겨가면서 4월이면 으레 대학가가 어수선해졌는데 나는 그런 대학생들을 응원하기 위해 1974년이었던가 '청년문화론'을 제기하여 기성세대에 물들지 않은 그들의 순수한 열정과 의로운 항의를 부추겨주려 했다. 그러나 이 기획 특집은 나의 '갸륵한' 의도가 오해되어 흥분과 반발이 무성한 비생산적 논쟁으로 그치고 말았다. 통기타 · 생맥주 · 블루진을 청년문화의 상징으로, 이장희 · 양희은 등 대중문화인들을 그 문화의 우상으로 든 것이 정작 그것들을 애용하는 대학생들로부터, 벗어나야 할 퇴폐문화의 표상으로 받아들여져 반발을 산 때문이었다.

유신 권력에 대한 비판을 주로 문학작품을 통한 해설 또는 소개 기사로 독자들에게 전달하려고 노력한 것도 이 연장선이었다. 그 노력은 우회적이고 은유적일 수밖에 없지만 행간에 독자들의 비판과 각성을 요청하는 것이었다. 가령 피카레스크나 연작 수법은 문학적인 것이고 기법적 차원에서 해석될 것이지만, 그럼에도 그것의 결론은 현실을 바로 보고 그 실상을 투시하며 그래서 우리의 상투적인 사유를 깨뜨리기를 요구하는 방법적 수행이라고 설명했다. 그것은 곧 독재 권력의 횡포를 인식하고 빈익빈 부익부의 경제적 실상을 확인하며 그에 대한 동의와 계몽을 일구려는 나의 의도가 행간과 배면에 은근히 숨어 있었다.

그래서 나의 기사는 불온한 면모를 보이고 있을 수밖에 없었지만 이상하게도 내게는 기관원의 검열 수위를 피할 수 있는 테크닉이 발달해 있었던 것 같다. 소문으로는 남산이 다른 신문 문화면과는 달리 동아일보 문화면만은 주시해보고 있다고 했는데 정작 이 문화면이나 나 자신은 이른바 그 흔한 필화를 한 번도 당하지 않았다. 후에 유신 시절의 『문학과지성』과 신군부 시절의 문학과지성 도서들이 기관원의 지목을 받고 경고를 당하면서도 필화나 금서 조처를 아슬아슬하게 피할 수 있었던 것도 나의 그 테크닉 덕분일 것이다. 김지하의 「오적」을 어떤 형태로든 신문에 소개하고 정희성의 노골적인 저항시를 '목요 시단'에 약간의 수정으로 대의를 유지한 채로 발표할 수 있었던 짜릿한 회상이 그런 예들이다.

나의 『지성과 반지성』(1974)에 대한 서평에서 최정호 선생이 기자로서의 나를 다음과 같이 평한 것은 분명 과찬이지만 나의 문화부 기자 생활의 어떤 성격은 지적해준 것이 아닌가 싶다: "기자로서의 김병익은 한국 신문의 문화면에 새 기원을 그었다. 종래의 우리나라 신문 문화면이 문화인이나 문화 행사 또는 문화인들의 투고의 '사회자' 구실에 안주하고 있을 때 김병익은 문단, 학계를 스스로 '취재'하여 '보도'하고 나섰다. 그는 문화면의 '편집자'가 아니라 문화면의 '사건 기자'로서 선편을 친 것이다. 그는 한국 신문의 문화면에 '뉴저널리즘'을 도입하였다고 나는 본다."(「비평의 논리와 지성의 윤리」)

어떻든 나는 문화부 기자로서 문화가 깨어 있고 활력적이며 비판적이기를 바랐다. 나는 지금도 그렇지만 정치적 억압과 경제·사회의 왜곡과 모순을 극복 지양할 힘이 문화에 있다고 보았고 문화야말로 잘못된 현실과 싸우며 그것을 비판할 유일한 힘이라고 확신하고 있었다. 나는 문화부에 근무하면서 문화를 통해 세계와 인간을 바라보고 문화의 힘에서 현실의 대안을 발견하며 삶의 진의가 밝혀질 수 있다고 생각했고, 내가 그 안에서 일한다는 것이 대단한 행운이며 보람으로 받아들였다. 나의 인식이 자유민주주의적 지향을 품게 되고 세계와 문화의 다양성을 옹호하며 후배들이 흔히 평하는 것처럼 '문화주의'로 그 줏대를 갖추게 된 것, 그리고 남들이 흔히 내게 좋게 말할 때 쓰는 열린 시선과 균형 감각이 실제로 내 안에 도사려 있다면 그 모두는 문화부 기자로서의 생활과 훈련 덕분일 것이었다.

평생의 지기들을 만나다

앞서 나는 나의 문화부 기자 생활을 겸연쩍게도 자랑한 바 있지만 내가 그럴 수 있었던 것은 전적으로 동아일보 문화부의 선후배 동료 기자들 덕분이었다. 처음 문화부에 들어갔을 때 그 부장은 소설가 최일남 선생이었다. 작은 체구에 겸손하면서도 소탈한 최선생은 휘하 기자들의 성품과 능력을 존중하며 부내의 분위기를 자유로우면서도 진지하게 이끌어주었다. 기자들이 취재 등으로 자리를 텅 비우는 시간에도 그분은 데스크를 지키며 끊임없이 신문, 잡지, 회보와 책을 보고 있었고 거기서 다루어야 할 주제들과 필자들을 찾아내곤 했다. 그의 데스크 보는 방식은 이후의 내게 좋은 본보기가 되었다.

쟁쟁한 기자들로 빛나던 당시 문화부의 선배는 서울공대 출신임에도 어떤 문리대 출신보다 인문주의적 지식과 사유를 가진 김재관 씨(현 『자동차생활』 발행인), 소설가 안수길 선생의 장남으로 서울대 불문과 출신답게 연극·영화를 맡으며 풍부한 유머로 회식 때마다 주위를 유쾌하게 웃기곤 하던 안병섭 씨(단국대 교수로 재직 중 2년 전 작고), 지적이면서도 도저한 품위로 후배 기자들을 매혹시킨 여성 담당의 권영자 씨(전 국회의원), 술을 즐기면서도 낙천적인 김승호 씨, 대학 동기의 영문과 출신으로 나보다 1년 앞서 아기 엄마로 공채 시험에 합격하여 기자가 된 정자환 씨(현 가톨릭대 교수)가 그들이었다.

입사는 나보다 선배지만 문화부에는 늦게 들어와 연극·영화를 맡은 장윤환 씨(대한매일신보 논설고문), 입사 동기로 후에 미국에 유학하여 사회학 박사 학위를 획득한 이근무 씨(현 아주대학 교수), 가정란을 맡은 재원으로 사진작가 주명덕 씨 부인인 홍휘자 씨가 비슷한 연배의 문화부 기자들이었다. 물론 훌륭한 후배들도 내 뒤를 이어 문화부로 들어와 동료로 일하게 되는데 이길범 씨(현 EBS 감사), 정구종 씨(현 동아일보 이사), 박병서 씨, 이부영 씨(현 국회의원) 등이 그들이었다. 동아 사태로 해직될 때 문화부 막내 기자였던 심정섭 씨(현 서울여대 교수)는 나의 중매로 오생근 씨(서울대 교수)와 결혼하였다.

당시의 동아일보 문화부가 얼마나 쟁쟁했는가는 이 구성원으로 짐작되겠지만 기자로서의 자부심과 언론인으로서의 투지가 어느 부서보다 왕성했던 점도 자랑해야겠다. 1974년 가을 동아일보 기자의 언론자유선언으로 발발된 운동이 전국의 신문 방송사들로 맹렬하게 번졌고 그 때문에 동아일보 광고 중단 사태가 일어나고 이듬해 3월에는 조선일보와 함께 동아일보와 동아방송의 대량 해직 사태가 잇달았으며 이 기자들이 동아투위를 구성하여 그들을 해직한 신문사와 권력을 향해 투쟁하게 된다. 이 시기에 나는 한국기자협회장으로서 언론자유운동을 지원했는데 이때의 기자협회 동아일보 분회장, 동아투위 위원장이 같은 문화부 기자인 장윤환, 권영자 씨였고 문화부 동료 전원이 농성에 참여하였다가 회사로부터 축출당하고 말아 문화부 좌석은 텅 비는 사태가 빚어질 정도였다.

기자 생활 이후의 나의 생애는 그러나 직장의 선후배 동료보다는 이 시기에 사귄 글쟁이들과 더불어 이루어진다. 1960년대 후반부터 알게 된 이들은 그러니까 문우였고 동지였으며 일생을 함께 어울릴 친구들이 된 것이다. 그중에 가장 먼저, 처음부터 오랜 지기처럼 편안하게 사귄 친구가 홍성원이었다. 그와 첫 인사 악수를 나눈 것은 1965년 봄 황동규의 두번째 시집 『비가』의 출판기념회가 열린 비원의 잔디밭에서였다. 만만한 사촌형처럼 보이는 그는 그 전해에 동아일보의 50만 원 장편 공모에

『디-데이의 병촌』이 당선되고 한국일보 신춘문예와 『세대』의 단편소설 공모에도 잇달아 당선된, 당시의 신진 문학계의 기린아였다. 사람들과 어울리기를 어려워하는 나였지만 처음 인사하면서부터 말을 놓기 시작한 그는 동아일보 연재로 신문사에 자주 왔고 우리는 스스럼없이 그냥 자리를 같이하곤 하면서 편안한 태도로 토론도 하고 논쟁도 벌였다. 8남매의 장남인 그는 가정 사정으로 일찍부터 가장 노릇을 해야 했고 평생 직장을 갖지 않고 전업작가로서 원고료로만 자신의 동생을 자립시키고 가족들을 부양했는데 그러는 동안의 그의 수고가 얼마나 컸을지 짐작되고도 남는다. 그럼에도 그는 강한 결벽증으로 문학적 진지성과 엄격한 창작 태도를 고집하며 수많은 장편과 중단편을 정력적으로 썼고 그런 그에게 감탄해서 나는 '소설 공장'이란 별명을 붙여주었다.

김현도 그가 소개해주었다. 물론 그 이름은 알고 있었지만 『주간한국』이 의도적으로 만든 꼬집기의 소설 월평자에 그 이름이 들어 있어 선입관이 좋은 것은 아니었다. 그런데 홍성원은 그가 매우 뛰어난 비평가이며 인품도 좋으니 마음 놓고 사귀어보라고 권했다. 그래서 소설 월평을 청탁하면서 자주 만나게 된 그는 어느 술자리에서 학년으로 3년 선배인 내게 앞으로 말을 놓자고 제의했다. 면전에서 거절할 수는 없는 일이어서 고개를 끄

덕였는데 다음에 만나자마자 그는 대뜸 내 이름을 부르며 반말을 걸어와 오히려 내가 당혹해하지 않을 수 없었다. 그와의 질긴 인연은 이렇게 시작되었는데 내가 문단판에 끼어들게 된 것도 거의 그의 강권 때문이었다. 후에 그는 자기가 대학원생으로 고된 조교 노릇을 할 때 문학을 때려치울까 어쩔까 고민하는 중에 나로부터 신문 원고 청탁을 받고서야 문학과 글쓰기로의 길에 확신을 갖게 되었다고 고백하면서 내게 동인 활동을 통해 비평가로 참여하기를 권한 것은 그것에 대한 자기의 답례라고 말한 바가 있다.

김현과 같은 대학 불문과 동기생으로 『산문시대』 동인 활동을 한 김치수는 김현 때문에 저절로 알게 된 사이로 중앙일보 신춘문에 평론부문의 첫 당선자였던 그는 당시의 대출판사였던 신구문화사에 염무웅과 함께 근무하고 있었다. 우리는 동아일보사에 가까운 그의 사무실 근처로 가서 그가 외상으로 긋는 밥집에서 술과 식사를 하며 그의 신세를 많이 졌는데 그는 늘 든든한 호인의 풍모였지만 그 내면은 의외로 섬세하고 자상했을 뿐 아니라 타인에 대해 일절 험담을 하지 않는 미덕을 가지고 있었다. 김주연은 경향신문사의 문화부에 일하고 있어서 취재 중에 더러 만났지만 그와 아주 가까워진 것은 그가 2년 동안의 유학을 마치고 귀국하면서 『문학과지성』 편집동인으로 참여하고부터였다. 그는 그의 글처럼 문학적 감각은 명쾌하고 그의 사유는 그의 말처럼 유창했다. 후의 이른바 '문지 4K'의 인맥은 이렇게 이루어진 것이다.

대학 시절부터 친했던 황동규와 기자 생활 초기에 사귀게 된 홍성원, 김현, 김치수 들과 어울릴 즈음부터 나는 자연스레 많은 선후배 문학인들을 갑자기 알아가기 시작했다. 위로는 고은, 최인훈 씨로부터 정현종, 김승옥, 이청준, 염무웅, 박태순, 그리고 나의 아랫동서가 된 김광규 등등이 자주 만나고 친하게 어울린 젊은 문학인들이었다. 김원일, 오규원, 김주영, 조해일, 조세희 등은 『문학과지성』 창간 후 작품을 재수록하기로 결정하여 그 동의를 받기 위해, 그러니까 작품을 먼저 알고 후에 인사를 나누어 사귀게 된 친구들이었다.

아마 여기쯤에서 나는 앞자리 어디에선가 'J'라고 표기한 지금의 내 아내와의 만남을 고백해야겠다. 그녀는 초등학교 5학년 때 우리 학교에 전학해 들어왔는데 같이 다니는 또래 여학생 중 제일 어리고 어리숙하게 보였다. 그 점이 내 눈에 띄었고 그래서 아이다운 방식으로 점을 찍어두었는데 후에 알고 보니 학년은 나와 같았지만 시골에서 월반한 탓에 나이는 두 살 어렸다. 고등학교 시절의 오가는 길에 더러 얼굴이 마주치곤 했지만 나는 나를 알 것 같지 않은 그녀에게 물론 말도 걸어보지 못했다. 대학에 들어가서 같은 캠퍼스의 사학과에 다니는 그녀와 다시 마주치게 되었고 그 1학년 때 나는 수줍게 그녀에게 데이트를 신청했지만 보기좋게 거절당했고 3학년과 4학년 때의 재시도도 번번이 퇴짜를 맞았다. 군복무 시절 친구를 통해 그녀가 한국은행에 다닌다는 것을 알게 되자 그녀에게 편지를 몇 번 보냈지만 답장은 없었다. 도스토예프스키의 『백치』를 읽는 중의 어느 날 나는 문득, 그녀와는 운명적으로 불가능하리라는 예감이 느닷없이 들었고 그래서 나의 편지질도 멈추었다.

신문사에 입사하고 전날의 미숙한 감정들을 정리해가던 나는 기자로서 맞은 첫 신문의 날, 흐릿하게나마 남은 미련을 마저 씻어내기 위해 그녀에게 전화를 했다. 으레 거절할 줄 알았던 그녀는 웬일인지 순순히 약속을 주었다. 다방의 탁자에 마주한 그녀는 의외로 숙성했고 담담하면서도 스스럼없었다. 그녀와 정면으로, 그것도 이렇게 가까이 대한 것이 처음이었기에, 아득하게 멀고 추상적인 존재로 보여왔던 그녀는 이날 뜻밖에도 따뜻하고 다감한 여자로 다가와 있었다. 우리는 저녁을 먹고 다시 다방에서 차를 마시며 긴 시간 동안 많은 이야기를 나누는 가운데 그녀가 생텍쥐페리의 『어린 왕자』를 화제로 꺼냈다. 나는 드디어 잡았다 싶은 빌미에 순발력을 발휘하여 그녀가 가지고 있다는 갈리마르 판의 그 아름다운 책을 빌리자고 했다. 그렇게, 그 책이 오가면서 우리의 관계는 이어졌고 그 관계는 급격하게 가까워지고 따뜻해졌으며 마침내 평생이 맺어지는 연분으로 발전하고야 말았다. 후에 김현이 번역한 문예출판사 판의 『어린 왕자』 대본이 된 그 책이 중매가 되어 우리 사이를 "길들인 관계"로 만든 인연은 지금의 내가 돌이켜보아도 아름답고 희한한 것이었다.

내 이름이 찍힌 첫 책을 펴내다

문화부 기자 생활이 익숙해지고 주변을 조금씩 둘러볼 여유가 생기면서 나는 선배들이 우리 신문이 아닌 잡지들에 자신의 이름을 달고 쓰는 글을 보고 부러워하며 나는 언제쯤이나 그럴 수 있을까 싶었다. 그런데 그 기회는 의외로 빨리 왔다.

먼저 온 기회는 입사한 지 2년쯤 되었을 때 맡기 시작한 월간 『신동아』의 '뉴스와 화제' 칼럼이었다. 『사상계』가 교수, 학자와 문학인 등 전문 지식인과 문필가들의 글로 이루어진 사상 교양지였다면 『신동아』는 전업 문필가가 아닌 전문 직종인이나 기자들의 참여가 높은 시사지여서 나는 이 두 잡지의 성격 차이가 1950년대와 1960년대 간의 지식 사회적 변화를 반영하는 것이 아닐까 생각했는데 이 『신동아』의 권말에는 각 분야의 '뉴스와 화제'를 한두 페이지로 정리해서 보고하는 난이 있었다. 나는 문학과 학술을 '병'과 '익'의 이니셜로 나누어 두 가지를 동시에 쓰기도 했고 그 하나를 맡기도 했다. 문화부에서 담당하며 취재한 것을 다시 정리하는 것이기에 쓰기도 편했고 또 그만큼 잘 써지기도 했다.

기자적 관점에서 우리 문화계에 대해 매달 쓰는 칼럼은 아마도 더 있었을 것인데 여러 해 뒤겠지만 월간 『기독교사상』에도 정기적으로 썼던 것 같고 이런저런 잡지에도 르포나 취재 기사를 청탁받는 대로 사양하지 않고 마구 써댔다. 『세대』지의 이중한이 부탁해서 전에도 잠시 회고한 우리나라 대학 사회에 대한 대여섯 차례의 르포도 썼는데 이때는 내 이름의 변을 하나씩 따서 만든 '김홍(金烘)'이란 필명을 사용했다. 신문사에서 타사의 잡지에 글을 쓰려면 받아야 할 허락을 피하기 위해서였는데 특수대학원 르포가 나가고 난 다음 그 때문에 인터뷰한 서울대 신문대학원장 김규환 박사가 길에서 나를 보고 "김홍 씨!" 하고 불러 내 필명임을 미처 기억하지 못한 채 어리둥절해했던 기억이 난다.

1971년 4월에는 강원용 목사의 크리스천 아카데미가 우리 사회에서의 '양극화 현상 문제'에 대한 큰 세미나를 열었다. 정치적으로는 박정희 정권의 독재화가 가혹해지고 사회 전반으로는 급속한 경제개발 정책으로 숱한 갈등이 제기되며 이에 따라 각계의 쟁점도 심각해지고 있을 때였다. 이 세미나에서 내가 문화 쪽의 양극화 문제에 대한 발제를 의뢰받았다. 다른 발제자들이 40대 이상의 학자, 교수였던 것에 비해 아직 30대 전반의 일개 신문기자였던 내가 그분들과 함께 주제 발표를 한다는 것은 여간 영광스러운 자리가 아니었다. 그럼에도 나는 뻔뻔스레 그 원고를 썼고 발표를 했으며 여석기 선생으로부터 과분한 코멘트까지 받았다. 그 세미나는 신문마다 크게 보도되었고 동아일보도 후배 기자에 의해 기사화되었는데 자기 회사 기자의 세미나 발제문을 사진과 함께 크게 소개한 경우는 그 전이나 후에도 매우 드물었을 것이다.

아무튼 1960년대 후반부터 1970년대 전반의 여러 해 동안 나는 우리 문화계에서 좀 작은 마당발 노릇을 해오지 않았나 싶다. 나는 문학과 학술을 중심으로 하여 종교와 교육 부문까지 포함한 문화계 각 부문의 이런저런 주제들에 대해 청탁받으면 사양하지 않았고 어떤 문제라도 가림 없이 집적거렸다. 지금 같으면 통하지 않을 이런 방만한 글쓰기를 나 스스로에게 허용한 것은 우선 그것이 작은 월급을 채워줄 원고료 수입을 보충해주는 것이기도 했지만, 내게 더 중요했던 것은 그 글쓰기의 작업이 우리 문화계를 알아가고 내 지식 수준을 늘려가는 방법이 되었기 때문이다. 내게 생소하거나 내가 잘 모르는 주제를, 취재하고 자료를 보고 분석하며 혹은 글을 쓰면서 해석하는 동안 그 문제는 내 나름으로 정리되는 것이었다. 그것들이 나에게 지적 자산으로 쌓여간다는 것을 그때도 깨닫고 있었다. 그 경험 때문에 나는 후배들이나 인문학 쪽인 우리집 아이들에게, 젊었을 때는 알든 모르든 많은 글을 쓰도록 권하게 되었다. 그것은 지적 주제에 대한 사유의 폭을 넓히며 다양한 관점에 대한 조정 능력을 키워주고 또 그 자체가 주제에 따른 글쓰기의 연습이 되는 것이었다.

기자로서의 글쓰기가 아닌 글의 맨 처음은 황순원 선생의 가장 가까운 친구인 원응서 선생이 주재하던 『문학』에 발표한 수필이었다. 1967년이었지 싶은데 청탁받아 쓴 그 수필은 프랑스의 라디게와 러시아의 도스토예프스키 소설을 중심으로 어린아이가 어떤 모습으로 나타나는가를 훑으면서 우리 문학에서의 경우를 살펴본 짧은 수상체의 글인데 김현이 그것을 보고 재미있었다고 해준 촌평이 유일한 독자 반응이었다. 그러고서 쓴 것이 내가 다시 꺼내보고 싶어하지 않은 『사상계』 게재의 「세대 연대론」이었다.

내 이름으로 나온 첫 책은, 비록 저자가 아니고 '역자'였지만 조지 오웰의 『1984년』으로 지금 확인해보니 그 간행이 1968년 5월이었다. 이 책의 번역에 동의하여 간행해준 분이 문예출판사

전병석 사장인데 그즈음의 그는 창업한 지 얼마 되지 않은 신진 출판사로서 전집이 주류를 이루던 당시의 출판계 정황 속에서 단행본 간행에 열을 올리고 있었고 그때만 해도 쉽게 용기를 낼 수 없었던 전작 장편에 모험을 걸어 이건영, 유현종 등 몇 작가의 전작 소설을 내는 데 성공했었다. 나는 『타임』지가 '새로운 낭만주의'를 예고한다며 커버스토리로 소개한 에릭 시갈의 『러브 스토리』를 전사장에게 그 역간을 권했다. 그것이 히트를 쳤고 이어 김현이 번역한 생텍쥐페리의 『어린 왕자』를 출판해서 스테디셀러를 이루었고 그래서 문예출판사는 사세도 커졌을 뿐 아니라 번역소설 출판사로 이름을 떨치게 되었다.

나는 오웰의 『1984년』을 중학교 때 읽었다. 물론 번역본인데 내가 이 책을 새로 번역하면서 참조하기 위해 구한 그 책은 4290년(1957년)에 나온 정연사(精硏社) 판이며 그 역자는 신원을 확인할 수 없는 나만식(羅萬植)이었고 '역자 소기(小記)'는 '1950년 3월'로 박혀 있다. 내가 중학교 때 본 것은 그러니까 6·25 전에 나온 것이 아닌가 싶고 정연사 판은 그것을 복간한 것으로 추측된다. 『1984년』이 영국에서 1949년 초엔가 간행된 것을 감안하면 그 시절에 놀랄 만큼 빨리 번역되었던 것이다. 어떻든 소년 시절에 그 소설을 보면서 기이하고 무시무시하다는 소감을 가지고 있었는데 기자 생활을 시작하면서 읽게 된 미국의 비평가 어빙 하우의 정치와 문학의 문제를 다룬 글(나는 이 글을 번역해서 『신동아』에 실었었다)을 보면서 거기에 중요하게 언급된 오웰의 이 소설을 새삼 떠올리게 되었다. 그래서 문고판으로 사둔 이 책을 언젠가는 번역해보고 싶어했다는 뜻을 전병석 사장에게 말했고 그가 쾌히 수락해주어 나는 곧 그 번역에 들어갔다. 그 소설을 번역할 때의 심경은 1984년에 쓴 「『1984년』과 1984년」의 첫머리에 다음과 같이 피력되고 있다.

"나는 지금도 1967년의 겨울을 고통스럽게 기억한다. 갓난아이를 옆에 누이고 춥고 바람이 드센, 그래서 더 어둡고 썰렁하게 느껴지던 방안에서 나는 『1984년』을 번역하고 있었다. 그때의 정황은, 그 소설의 전율스러운 공포에 덮쳐져, 무섭고 쓸쓸하고 외롭고 그리하여 꼭 나 혼자만이 깨어 있는 듯한 절박감을 가지고 있었고, 나는 이 『1984년』의 바로 그 안에서, 윈스턴 스미스가 일기를 쓰기 시작할 때의 그 두려운 절망감을 살고 있는 것 같았다. 과연 『1984년』의 세계는 올 것인가. 그것은 예언인가 경고인가. 이 실제적인 질문은 뒤켠에 있을 뿐이었다. 내게는 『1984년』의 많은 일들이 현실의 징조로 그대로 대입될 수 있을 것 같았고, 그럼에도, 우리의 1984년은 다가오기는 하지만, 결코 그해는 기독교에서 말하는 종말처럼 임재하지는 않을 것 같은 거리감을 느꼈었다. 그것은, 일렬로 늘어선 점호시간에서처럼, 번호는 하나하나씩 불려나가고 오웰의 그 '악몽의 해'의 전조는 점점 더 실감을 피우기 시작하지만, 그러나 84라는 숫자는 영원히 결석하여 이 지상의 달력으로부터 빠져나갈 것 같은 비현실적인 감각이었다. 징후를 강력하게 느낄수록 오히려 그것의 실재화는 요원하게 바라보이는 역설."

나는 1960년대 후반의 그때부터 이미 권력의 억압이 1984년을 향해 나아가고 있음을 두렵게 예감하고 있었고, 그리고 그 시절을 회고하던 1984년은 신군부의 독재가 여전히 기승하고 있을 때였다.

이렇게 해서 나는 내 이름이 박힌 첫 책을 오웰의 미래소설로 등록했고 그의 또다른 문제작인 『동물농장』은 4년 후 역시 문예출판사를 통해 간행했다. 이러면서 나는 오웰의 책과 그에 관련된 책과 기사들을 모으며 오웰의 아마추어 전문가가 되었고 그 1984년에는 그의 작가-작품론으로서 『오웰과 '1984년'』을 편집, 번역 간행했다. 덧붙여, 이 『1984년』 덕분에 오디오 세트 하나를 장만한 에피소드를 이야기해야겠다. 1982년 이청준, 정현종과 함께 스웨덴의 한국문학 포럼에 참석했다가 들른 파리에서 유학 중인 오생근의 집에 머물렀는데 그는 우리에게 나나 무스쿠리의 노래를 전축으로 들려주었다. 특히 '노예들의 합창'이 너무 감명적이어서 귀국하면 오디오를 장만해 이 노래를 듣자고 이청준과 약속했다. 그게 빌미가 되어 이청준은 여자가수가 등장하는 『제3의 현장』이란 소설을 써서 그 인세로, 나는 이청준의 소개로 중원사에 약간 수정한 『1984년』 원고를 다시 팔아 그 수입으로 황동규가 주선한 오디오 세트를 장만할 수 있었던 것이다.

문학동인으로 참여하다

1968년의 어느 때쯤이었는지 모르겠다. 김현이 내게 와서 또래들의 젊은 문학인들로 문학동인지를 만들려고 하는데 나도 참여해달라고 청했다. 나는 사양했지만 그는 강권했다. 그때 내가 선뜻 동의하지 않은 데에는 두 가지 이유가 있었다. 나는 기자로서 겨우겨우 문학 분야를 담당하고 기사를 쓰고는 있었지만 그때도 여전히 나 자신의 문학적 재능은 인정할 수 없었다. 문학은 역시 나 같은 평범한 사람이 감당할 수 없는 높은 것이었다. 그러나 이보다 더 현실적인 저항이 있었다. 나는 기자로 자임했고 앞으로도 다름없이 기자일 수 있기를 원했다. 그런데 특정의 문학동인에 참여하게 되면 기자로서의 객관적인 자리와 견해를 갖기 힘들 것이고 설령 내가 공정하게 다룬다 하더라도 다른 사람들이 인정해주지 않을 것이었다. 나는 김현이 내 사양의 뜻을 알아들었으리라고 생각했다.

그런데 얼마 후 『주간한국』이 한 면을 들인 기사에서 한글 세대의 젊은 문학인들이 동인지를 만든다는 큼직한 기사를 실었고 그 참여자 명단에 내 이름이 끼어 있었다. 분명 김현이 내 뜻을 무시하고 넣은 것이다. 그는 내 항의를 듣자 그렇게 하지 않으면 내가 참여하지 않을 것이어서 무리를 했다고 솔직하게 대답하며 오히려 내게 글을 한 편 써야 한다고 다시 강권했다. 어떻든 김현의 작전은 성공했다. 나는 내가 동의하지 않았다 하더라도 일단 동인 명단으로 내 이름이 공개된 이상 최소한의 의무는 감당해야 한다고 생각한 것이다. 그래서 할 수 없는 대로 나는 그 준비 모임에도 한 번 참석했고, 최인훈의 초기 소설을 나름대로 분석한 글을 한 편 준비했다.

이렇게 해서 나온 동인지가 『68문학』이었다. 케케묵은 이 잡지를 용케 찾아내 감회 속에서 뒤져보니 이 잡지의 발행일은 1968년도가 아닌 1969년의 1월이었고 발행은 한명문화사, 편집인은 김승옥 등 7명의 동인 이름들이었다. 표지는 김승옥이 그렸을 것인데 김현이 썼을 '편집자의 말'은 후에 『문학과지성』의 유명한 창간사와 취지를 같이하는 매우 도전적인 글이었다. 그리고 원고료 없이 글을 쓴 동인의 이름들은 30여 년이 지난 오늘날의 우리 문단에 하나의 지형도를 그려주는 역시 야심적인 명단이었다. 소설의 박상륭, 박태순, 이청준, 홍성원, 시의 김화영, 박이도, 이성부, 이승훈, 정현종, 최하림, 황동규, 평론의 김주연, 김치수, 김현, 염무웅, 그리고 나 등 16명의 작품들은 그러니까 4 · 19세대의 의식과 감수성을 요연하게 보여주며 새로운 문학 세대의 출현을 예고해준 것이다.

그러나 이 동인지는 창간호가 폐간호가 되고 말았다. 내 기억으로는 2호를 내겠다고 글을 쓰라고 해서 서정인 작품론을 써서 주었는데 흐지부지되어버려 그 원고가 어찌 되었는지도 모르겠거니와 왜 속간되지 않았는지도, 그 운영에는 참여하지 않은 나는 잘 알 수가 없었다. 아마 자금 문제가 물론 가장 중요했을 것이고 그즈음 일기 시작한 순수/참여 논쟁으로 동인들의 패가 갈린 것에도 영향이 있었을 것이다. 그러나 그 『68문학』의 맥락은 여전히 살아 있어 1970년 마침내 『문학과지성』으로 새로이 든든한 형태로 형성된다. 나는 『문학과지성』의 창간 과정을, 먼저 작고한 김현과 황인철을 회고하는 자리(「김현과 '문지'」, 1990년 8월; 「회상: 황인철과의 40년」, 1993년 7월)에서 술회한 바 있지만 중복을 무릅쓰고 다시 기억을 더듬지 않으면 안 되겠다.

1970년 아마 7월 초였을 것이다. 마침 서울에서 열리고 있던 국제 펜대회에서 김지하 문제로 시끄럽고 나도 마음이 울울해 있던 참에 김현이 내게 찾아왔다. 동아일보사 뒤편의 연다방에 자리를 잡자마자 그가 진지한 표정을 지으며 한 말이 계간지를 내자는 제안이었다. 한 호만으로 끝난 『68문학』과 같은 동인지가 아니라 지속적인 잡지로 우리 자신의 작품 활동을 할 자리가 지금 우리에게 필요하다는 것, 그래야만 『창작과비평』에 근거를 두고 자신들의 입장을 펴는 참여파에 대항할 수 있다는 것, 그 편집동인은 두어 명으로 한정해서 결속력을 높여야 한다는 것, 그리고 김승옥이 사진 식자업을 시작하려 하는데 그 이익을 잡지 경비로 대주겠다고 약속했다는 것 등이 뒤이어 나온 상세한 설명이었다.

나는 계간지 간행에 즉각 동의했지만 그 동의의 이유는 그와 좀 달랐다. 1970년이라면 박정희가 3선 개헌을 강요한 뒤였고 정국은 유신 체제를 향해 치닫고 있었으며 그래서 중앙정보부의 권력이 막강해졌고 그 압박과 폭력 속에서 신문과 방송의 독립적인 언론 활동은 점차 위축되고 있었다. 기관원들이 신문사에 들락거리며 보도와 논평에 간섭을 가하고 여차하면 남산으로 연행해 갔으며 편집 데스크는 자의든 타의든 비판적인 기사 쓰기를 포기하고 있었다. 동아일보 주필이었던 천관우 씨가 '가스 중독론'으로 언론계의 이같은 무력화, 마비화에 경종을 울리고 있었지만 사태는 더욱 억압적으로 되어갔고 기자들은 저항에서 자조로 체념하는 중이었다. 오죽하면 휴지통에 버린 기사만 모아 신문을 내면 베스트셀러가 될 것이라고 이죽거렸을까. 내가 계간지 간행에 적극 찬동한 것은 이런 정황에서였다.

나는 다른 양식 있는 기자들처럼 권력의 간섭으로부터 자유로운 매체가 있었으면 하는, 그것도 사건이 아니라 사태에 대해, 폭로보다는 근원적인 문제성을 분석 비평할 수 있는 말 그대로의 고급지가 우리에게도 있었으면 하는 바람을 가지고 있었지만 그것은 차라리 꿈이라고 해야 마땅할, 현실성이 없는 소망이었다. 김현이 말하는 문학 계간지는 나의 그런 소망에 정확히 부합하는 것은 아니지만 그래도 자신이 자유롭게, 내외의 간섭이나 억압으로부터 상대적으로 자유로울 독립적인 잡지를 만들어 본다는 것은 당연히 시도해볼 만한 것이었다. 내가 그의 제안에 즉각 동의한 것은 이 때문이었다. 다만 김현에게 한 가지 이의를 제시했다. 김승옥의 지원 약속은 그가 아직 사업을 시작한 것도 아니고 이익을 거둔다고 자신할 수 있는 것도 아니기에 내가 달리 알아보겠다고 한 것이다.

그때 내가 염두에 둔 사람은 중·고등학교 동창이며 서울법대를 나온 황인철이었다. 시골 초등학교 교사의 아홉 남매의 맏이인 그는 아우들을 책임지고 있어 법관의 박봉으로는 도저히 감당할 수 없는 경제적 어려움 때문에 '눈물을 흘리며' 변호사로 전직하여 동아일보사 맞은편에 개업하고 있었다. 나는 우선 그를 찾아가 그에게 계간지 간행 계획을 설명하고 그 원고료를 감당해줄 수 있겠는가고 물었다. 그때만 해도 나는 그의 가정 형편을 잘 알지 못한데다 개업 후 그 자신의 수입이 늘어 즐거워했기에 그런 어려운 청을 넣었던 것이다. 나의 제의를 들은 그는, 사실은 법조 관계 잡지를 내고 싶었는데 그것이 당장은 어려운만큼, 그러면 문학지에 지원해주도록 하겠다고 쾌히 승낙했다.

며칠 후 나는 내가 끌어들인 황인철을 김현과 그가 불러온 김치수에게 소개했고 그 자리에서 잡지 간행을 위한 문제를 상의했다. 한 호에 들 원고료로 예상되는 15만 원은 황인철이 내고 기획과 편집은 우리 셋이 맡는다지만 문제는 잡지를 간행해줄 출판사였다. 적자가 분명할 계간지를 발행해줄 출판사를 찾아낸다는 것은 결코 용이한 일이 아니었다. 나는 일조각 한만년 사장을 만나 교섭해보기로 했다. 그러나 출판담당 기자라는 신분으로 사적인 청탁을 한다는 것이 꺼림칙하게 여겨져 좀체 뵙자는 전화를 걸 수 없었다. 미루고 미룬 끝에 드디어 우리 넷이 만나기로 한 날이 닥쳐오자, 나는 용기를 내 한 사장을 찾아가 뵙고 우리의 계획을 설명하고 일조각의 도움 여부를 물었다. 그런데 그는 나의 구차한 설명을 자르듯, 흔쾌하게 "그럽시다"라고 대답하고 최재유 주간과 구체적인 문제를 상의해달라고 했다.

나의 조바심에 찬 우려를 깨고 지체없이 해준 그의 쾌락이 두고두고 신기해서 나는 훗날 그 이유를 물어본 적이 있었다. 한만년 사장은 이렇게 대답했다: "명망 있는 출판사라면 당연히 고급 계간지를 갖는 것이 상례이다. 그래서 『창작과비평』을 간행했는데 그 잡지가 신구문화사로 옮겨간 후 따로 계간지를 낼 여유가 없었던 터여서 그 제의를 선뜻 받아들인 것이다."

어떻든 한사장의 수락에 나는 환호했다. 지금의 교보문고 자리에 있던 비봉다방에 모인 세 친구에게 나는 그 결과를 보고하고 즉각 잡지 간행을 위한 구체적인 일정을 상의했다. 잡지 제호는 『현대비평』으로 하고 가을호로 창간한다; 발행인은 물론 일조각 한만년 사장이지만 편집인은 만약의 필화 등을 대비하면서 고료 지원자 명의를 밝혀 황인철로 한다; 편집동인은 김현, 김치수, 나 등으로 하지만 유학 중인 김주연이 귀국하면 영입한다; 편집에는 재수록제를 도입하여 지난 3개월 동안의 문제작을 다시 게재하며 리뷰를 가한다 등등이 그것들이었다. 그리고 우리는 문공부에 잡지 등록을 신청하며 그 하회를 기다리는 동안 계획된 편집에 따라 원고를 청탁하고 재촉하면서 각자 우리가 맡은 원고를 써야 하는 등 바쁜 여름을 보내야 했다. 그런데 비판, 비평이란 단어를 싫어한 문공부가 제호 수정을 요구해와 김현이 문득 "그럼 '문학과지성'은 어때?"라고 제안했고 "그것도 좋겠다"는 우리의 동의를 받아 개제했다. 문공부가 제호를 정해 주었다는 것은 이런 전말을 통해서였다. 당시 그처럼 어렵던 정기간행물 신규 등록은 다행히 친구인 문공부 출입 기자가 애써 준 덕분에 9월 초에 나왔다.

마침내 『문학과지성』을 창간하다

마침내 우리가 그처럼 열정과 기대를 들였던 『문학과지성』의 첫 호가 간행되었다. 붉은 주홍색 태양을 가운데로 넘실넘실 햇발들이 퍼져나는, 김승옥이 도안한 표지의 창간호를 일조각에서 맞으며 우리는 감동했다. 김현의 표현대로 '뜨끈뜨끈한' 초간본을 들고 저녁을 먹은 후 종로1가의 한 사진관에 들어가 기념 촬영을 했다. 이곳저곳 여러 자리에 자주 보인 이 사진은 30 안팎의 아직은 설익은 표정에 젊은 의욕을 그대로 드러내고 있는데, 30여 년이 지난 이제, 그 사진에 찍힌 6명 중 김현과 황인철, 그리고 역시 나와 고등학교 동기생이며 검사였던 성민경 이 세 사람은 이미 고인이 되고 말았다.

1966년에 창간된 『창작과비평』에 이어 1970년대의 '계간지

시대'를 여는 데 한몫하게 되는 『문학과지성』은 이렇게 1970년 가을호로 첫선을 보였다. 발행은 일조각, 발행인은 한만년, 편집인은 황인철, 인쇄인은 대한교과서주식회사의 김광수, 신국판 212면 정가 220원. 그런데 재미있는 것은 후에 이중한이 지적해주어서야 깨달았지만, 정기간행물로 허가된 '마-185호'의 등록일자는 9월 11일이고 발행일자는 9월 5일로 되어 있었다는 점이다. 그러니까 등록증이 나오기 전에 발행되었다는 것인데 이런 흥미로운 실수는 우리가 이 잡지의 창간을 얼마나 서둘렀던가를 감회 어리게 회상시켜주는 것이다.

"이 시대의 병폐는 무엇인가? 무엇이 이 시대를 사는 한국인의 의식을 참담하게 만들고 있는가?"로 시작되는 '창간호를 내면서'는 김현이 썼는데 이 유명한 서문을 통해서 그는 우리 시대의 근원적 병원(病原)을 패배주의와 샤머니즘으로 지적하고 그것들을 극복하기 위해 "인간 정신의 확대의 여러 징후들을 정확하게 소개 제시"함으로써 폐쇄적인 우리 문화 풍토에 어떤 자극을 주어 보편적인 인식 가능성을 모색하겠다는 것과 "한국을 정확히 이해하기 위해서 한국의 제반 분야에 관한 탐구의 결과를 조심스럽게 주시"하겠다는, 그러나 '조심스럽게'란 말에서 비치듯 "한국 우위주의라는 패배주의의 가면을 쓰지 않겠다"는 것이었다. 이 취지가 그후 어느 만큼 성과적이었는가는 우리 스스로 판단할 것은 아니지만 그 방향으로 수행되도록 우리가 각별히 노력한 것은 사실이었다.

가령 우리가 자유와 지성이란 덕목에 유다른 관심을 가지면서 독일의 프랑크푸르트 학파의 비판이론을 앞서 수용하고 사르트르 이후의 프랑스 지성에 자주 지면을 할애한 것, 서양사와 한국사의 학자들 글을 계속 게재하면서 그즈음 적극적으로 활기를 띠기 시작한 한국학의 성과들을 거두어들이려 한 것, 산업사회를 해부하면서 그에 따른 문제점을 검토한 것 등등이 그렇다. 외국의 문학이론도 이때 활발하게 소개되었고 대중사회론으로부터 민족문학론에 이르기까지 지적 관심사는 부챗살처럼 넓게 퍼져 있었다. 되훑어보니, 그 필자들은 당시 우리 인문·사회과학계의 가장 유력하면서도 진지한 인문주의적 지식인들이 거의 망라되어 있었고 연배도 50대 대선배로부터 우리 또래에 이르기까지 다양했다. 그때만 해도 지금처럼 잡지에 따른 유파적 파벌이 강하지 않았기에 입장의 차이에도 불구하고 자유롭게 필자로 동원할 수 있었고 그래서 그 명단은 학계와 지식사회 전반에 걸칠 수 있었다.

그러나 『문학과지성』이 문학지이고 편집동인들이 모두 비평가였기에 문학 쪽이 가장 활기 있게 마련이었다. 최인훈, 이청준, 홍성원, 박태순, 최인호, 박상륭, 조해일, 조선작, 김원일, 조세희 등의 소설가, 그리고 황동규, 정현종, 최하림, 이성부 등의 시인 같은 기성의 문학인들 작품만이 아니라, 『창작과비평』과 마찬가지로 신인들의 투고작을 심사해서 곧바로 게재하기도 했는데 소설 쪽에서는 이인성 외에는 만족할 만한 신인이 별로 없었지만 시 쪽으로는 장영수, 김광규, 문충성, 김혜순, 이성복, 황지우, 박남철, 최승자 등 1980년대를 주도할 신인들을 대거 배출했다.

무엇보다도 문학평론 분야에 주력해온 문지의 성격을 가장 잘 드러내는 것이 이른바 '재수록' 제도였다. 김현의 기발한 편집자적 아이디어로 창간호부터 시작된 이 재수록은 지난 석 달 동안 발표된 작품들을 선정해서 재수록하면서 그에 대한 비평적 리뷰를 가하는 방식이었다. 그래서 첫 호이기에 지난 6개월의 작품을 대상으로 한 첫 재수록 작품들은 홍성원, 박순녀, 최인호, 최인훈의 소설들과 정현종, 윤상규, 이성부, 조태일, 김준태의 시들이었고 리뷰는 김현승 씨가 재수록 시를 중심으로 한 당시의 시단 전반에 대해, 김치수는 김문수와 홍성원에 대해 썼고 나는 박순녀 씨의 「어떤 파리」를 중심으로 「정치와 소설」의 관계를 맡았다. 이런 식으로 매호 재수록 작품들이 동인들의 토론으로 결정되고 그 작가에게 동의를 구하며 비평해줄 필자에게 청탁, 게재함으로써 이 제도는 호가 갈수록 인기를 모으게 되었다.

독자들은 비록 잡지가 많지 않은 시절이었지만 정명환 교수가 말한 것처럼 이것저것 다 보는 수고를 덜고 좋다는 평을 얻는 작품만 읽게 되니 우선 '경제적'이었다. 그리고 월간지에서 놓친 '좋은 글'을 관심을 가지고 읽어볼 기회를 그것은 주고 있었다. 유신 정권이 '한국적 민주주의'란 이름으로 독재 권력을 행사하는 데 대해 근원적 비판을 가한 길현모 교수의 글 「민족과 문화」도 재수록으로 더 많은 독자를 얻은 경우였다. 길교수는 내게 "자신의 글을 읽었다는 사람 대부분이 그 글을 당초 발표된 월간 종합지가 아니라 『문지』에서 읽었다고 하더라"고 말하면서 그 재수록의 효과에 대해 놀라는 표정을 지었다.

그러나 누구보다도 이 재수록을 반긴 것은 시인과 소설가 자신들이었다. 지금처럼 잡지와 비평문이 활발한 시절도 그렇지만 30년 전의 그때는 더욱, 자기 작품에 대해 집중적인 조명을 해주는 것을 좋아하지 않을 리가 없었다. 서정주, 박목월, 김춘수, 송욱, 박재삼, 김종삼과 황순원, 선우휘, 서기원, 이호철, 박완서 등 대가와 선배들도 이 재수록과 리뷰를 무척 반가워하고 후배들로부터의 '격려'를 기꺼워하기도 했지만 우리 연배나 후배 등 신진급들은 비로소 문단에 인정을 받고 자신의 작품에 자신감을 가지게 되는 계기로 생각하는 듯했다. 이 재수록 때문에 동인들이 비로소 인사를 나누고 평생의 문우로 사귀게 된 사람들이 조세희, 김주영, 김원일, 오규원 들이었다. 재수록 작품에 대한 분석과 평가는 동인이 쓰기도 하고 청탁을 해서 외부 기고를 받기도 했지만 어떤 경우든 자신의 작품을 재수록하게 된 작가는 문지로부터, 그것도 네 명의 비평가로부터 동시에 인정된다는 반가움을 즐길 수 있었을 것이다.

그중 오정희의 경우는 지금도 그에게 참 미안한 생각이 들곤 한다. 김현이 어떤 작가가 자기 작품을 재수록해주었으면 한다는 소망을 말하더라고 내게 전했다. 나는 그 사람 것을 재수록하느니 '차라리 오정희를' 하겠다고 시큰둥하게 대답했다. 사실은 오정희의 작품을 전혀 읽어보지도 않은 채 나는 그저 그렇고 그런 여류 중의 한 사람으로 떠올려 그 이름을 끌어들였을 뿐이었다. 그런데 얼마 후 잡지에 오정희 이름의 작품이 게재된 것을 보고, 내가 접해보지도 않은 작가 이름을 거명한 책임을 느끼고는 별 기대감 없이 읽기 시작했다. 아마 「적요」였을 것이다. 몇 줄을 보면서 나는 깜짝 놀랐다. 이렇게 치밀한 묘사와 집요한 문체, 깊은 정서로 나를 움켜잡는 작가는 별로 없었다. 그래서 다음에 만난 김현에게 오정희의 신원과 그녀의 기왕의 작품에 대한 소견을 물었다. 그리고 재수록을 하자고 제안했다. 그때에야 김현은 서라벌예대에 시간으로 나가면서 그녀의 작품을 일찍부터 주목해왔다면서 동의했다. 나와 오정희는 그래서 처음 만나 어색한 인사를 나누게 되었는데 내 회갑 때 나온 『김병익 깊이 읽기』에 쓴 오정희의 회고담은 바로 그때의 만남을 빌미로 한 것이다.

재수록 제도는 정작 문지 동인들에게 현장 비평 작업으로서 더없이 좋은 계기가 되었다. 우리는 작품을 재수록하면서 그 선정 이유를 서문과 리뷰를 통해 밝히면서 우리가 좋은 문학이라고 생각하는 것은 어떤 것이며 그것이 갖고 있는 문학적·현실적 의미는 무엇인가를 표명할 수 있었다. 그러니까 우리는 동인 모두, 또는 동인 각자의 문학론을 구체적인 작품과 작가를 통해 전개한 것이고 그것이 편집동인이라는 제한된 체제에도 불구하고 폭넓고 다양한 시인, 소설가들을 끌어안을 수 있었다. 이론과 논쟁에서는 『창작과비평』에 밀리면서도 그것에 대응할 실제 작품들 쪽으로는 『문학과지성』이 더 활발할 수 있었던 이유 중 하나는 이 재수록 제도에 있었을 것이다.

우리는 『문학과지성』의 기획과 재수록 작품 선정, 필자들과의 만남을 대부분 동아일보사 건너편의 비봉다방에서 했다. 차를 마셔가며 메모지에 적으면서 의견을 모으고 각자 청탁을 분담하고, 다음 만남에서는 그 결과를 체크하고 혹은 투고된 원고를 돌려 읽은 소감을 나누곤 했다. 그렇게 빈번하게 만나고 우정과 동료애를 더불어 키워오면서도 서로에 대해 은근한 배려를 늦추지 않았기에 어떤 제안이든 안색만 보고도 그 반응을 짐작하고 목소리의 결을 듣고도 상대의 내심을 눈치 챌 정도였다. 그러면 스스로 제안을 철회하기도 하고 "반대는 안 하겠다"는 소극적 동의로 합의를 보기도 했다. 그것이, 동인들간의 제각각의 개성을 유지하고 자신의 문학적 논리를 지켜나가면서도 이른바 '4K'의 합성(合聲)으로 증폭되는 결과를 가져온 것이었다.

30대 시절의 열정과 고민 담긴 두 권의 책

1971년에 유학에서 돌아온 김주연을 예정대로 영입하여 이른바 '문지 4K'를 이루면서 『문학과지성』의 인지도는 높아지고 그 영향력도 커진 것을 확인하는 한편으로 우리는 문지에 대한 여러 비판을 감수해야 했다. 처음 의심받은 것은 문지의 간행비가 어디에서 나왔는가라는 점이었는데 그것은 황인철 변호사라는 실체가 확연하기 때문에 곧 불식될 수 있었다. 비판의 중심은 문지가 엘리트주의 혹은 '서울대파'라는 점이었다. 우리는 이 지적이 사실임을 인정했다. 그러나 그 인정은 부정적인 것이 아니라 긍정적인 쪽이었다. 문학이란 어차피 좋은 작품을 추구하는 것이고 그것이 엘리트주의로 표현된다면 우리는 당연히 그 지적을 받아들여야 할 것이다.

편집동인이 모두 서울대 그것도 문리대 출신이어서 '서울대파'라는 것도 맞는 말이었다. 그러나 '서울대파'란 말의 함의가 서울대 출신 작가들 쪽으로 우리의 선호가 편향되었다는 주장이라면 우리는 동의할 수 없었다. 문지가 평가하는 소설가, 시인들 중에는 서울대 출신이 적지 않았지만 그것은 그들이 서울대 출신이어서가 아니라 좋은 작품을 쓰기 때문이라고 우리는 생각했고 더구나 문지파 작가의 압도적인 숫자가 비서울대 출신들이었다. 보다 근본적인 비판은 문지파가 이른바 '순수파'이며 그래서 문학의 현실 참여에 대해 무기력하고 민중론에 회의적인 입장이라는 점에서 도출된 것일 텐데 그 비판이라면 우리의 문학적 관점과 주장이 그런 것이기에 굳이 변명할 것은 아니었다.

문지에 대한 비판 혹은 비난의 근원은 요즘 말하는 '문화 권력'을 문지가 너무 크게 가지고 있다는 점에서 나온 것이 아닐까 싶다. 우리는 '적어도 반대가 없어야' 원고를 청탁하거나 재수록한다는 원칙을 지키며 필자 선정을 매우 까다롭게 했고 그 때문에 그 바깥의 문학인들로부터 반발과 경원을 많이 샀을 것이다. 지방 국립대학 교수이며 시인인 한 분이 어느 자리에서 "대한민국 문단에서 가장 무서운 사람"이라고 나를 짚기에 내가 무슨 말인가 멀뚱해 있자, 그는 내가 가장 큰 신문의 문학담당 기자이고 가장 영향력 있는 잡지의 편집자일 뿐 아니라 스스로 평론 활동을 하고 있기 때문이라는 것이었다. 나는 깜짝 놀랐지만 객관적인 위치로 보자면 부인할 수 있는 말은 아니었다. 그후 나는 그 시인을 다시는 만나지 않았거니와, 식사를 하자면 차를, 차를 마시자면 전화로 이야기하자며 시인, 소설가 들을 대하면서 나름대로 신중히 해온 내 처신에 더 조심하지 않을 수 없었다.

그러는 가운데 '문지 4K'의 공동 저서가 나왔다. 1972년 3월 민음사에서 간행한『현대 한국문학의 이론』이 그것이다. 이것 역시 김현의 발의와 교섭으로 이루어진 것이 아닌가 싶었는데 김현의 불문과 선배인 민음사의 박맹호 사장은 그때까지만 해도 건설 관계 서적에 약간의 문학책을 끼워넣는 출판 실적으로 사세가 미약한 형편에 독자도 없고 문단의 관심도 박약한 평론집, 그것도 4인 공저의 두터운 평론서를 간행해준다는 것은 모험적인 결단이었다. 커다란 눈동자를 굵직한 선으로 살린, 역시 김승옥의 표지 장정에 신국판 443면의 이 책은 지금 보아도 호화로운 하드커버와 묵직한 볼륨으로 신진 비평가들의 패기에 맞먹는 무게를 가지고 있었다.

"1960년대 초기의 열기와 감동, 우리들의 문학적 충동은 이 시대의 들끓는 분위기와 깊은 관계를 가지고 있다"로 시작되는 유창한 서문은 김주연이 썼는데 그는 이 글에서 네 비평가가 서로 다른 개성을 가지면서도 "비슷한 시기에 비슷한 정열과 고민을 안고 있는" 공통성을 강조함으로써 문지 동인들의 연대성을 표출시키고 있다. '한국문학 이론의 기본' '방법론의 실제' '작가와 가능성' 3부에 걸쳐 문학론과 방법론, 작가-작품론의 글 32편은 대부분 동인 서로가 읽고 동의한 내용이기도 하거니와 그 필자의 이름을 글의 말미에 적음으로써 비평적 개성보다 공통성을 더 강조하는 의도를 드러내고 있었다.

한 해 동안에 간행되는 평론집이라고는 몇 권밖에 안 되는 당시의 처지에서 이 책의 반응은 매우 크지 않을 수 없었고 타블로이드판의 『주간한국』은 두 면에 걸쳐 소개해주었으며 신문마다 중요하게 다루어주었다. 이 책을 통해서 '평단의 4김씨'란 이름은 더 굳어지고 우리의 결속력도 자연스럽게 두터워졌을 것이다. 책도 잘 나가 머지않아 중판을 찍었는데 박맹호 사장은 이 책이 민음사가 문학도서 간행에 주력하게 된 '기폭제'가 되었다고 술회한 바 있었다.

나는 『현대 한국문학의 이론』에 이어, 이 '공저' 못지않게 내 '단독의' 첫 책으로 자부하고 싶은 두 권을 잇달아 출판했다. 1973년 10월 일지사에서 간행한 『한국문단사』와 이듬해의 9월 민음사에서 내준 『지성과 반지성』은 나 혼자의 이름으로 나온 나의 '첫 저서들'이었다. 여기에 실린 글들에 대한 회상은 내게 각별한 것이어서 지금도 30년 전의 이 낡은 책들을 때때로 다시

집어보면서 30대 그 젊은 열기와 아픔들을 되씹곤 한다.

『한국문단사』는 1973년 4월부터 7월까지 동아일보 문화면에 '문단 반세기'라는 제목으로 석 달 동안 연재한 글이다. 당시 신문들은 권력의 가혹한 억압으로 비판적인 기사와 논설을 거의 쓸 수 없었고 그래서 지면은 점점 더 힘을 잃어가 독자들로부터 외면당하고 있는 중이었다. 어느 신문보다 그 한계를 절감하고 있던 동아일보는 이른바 '읽을거리'로 독자들의 시선을 확보하려고 했는데 이런 편집국장의 방침에 따라 문화부는 영화 반세기, 가요 반세기 식으로 연재물을 기획했다. 당시의 문화부장 이석렬(在美) 씨는 내게 문단 반세기를 쓸 것을 지시했고 나는 이런 가벼운 읽을거리 연재에 회의적인데다 문단사 정리라는 어려운 작업에 자신할 수 없어 사양해보았지만 그 작업을 회피할 수 있는 것은 아니었다.

그래서 쓰기 시작한 것이 최남선의 신시 운동으로부터 출발하는 「문단 반세기」였다. 문학사는 몇 권 있었지만 문단사 서술을 위한 참고 도서는 별로 없었기에 내 작업은 예상보다 상당히 어려운 것이었다. 그랬기에 나는 원로 작가들과 인터뷰하고 초창기의 묵은 신문들과 잡지 영인본들을 뒤지며 전기, 회고록, 연구서, 이면사 등 자료가 될 만한 갖가지 것들을 찾았다. 구성도 써가면서 정리되어갔는데, 1920년대의 초창기 문단에서 원고료

제 채택, 검열과 필화, 작가들의 필명 사용, 표절, 신여성과 기생, 문화병 등에 관한 글은 아마도 이 방면의 첫 소개이지 싶다. 그러면서 내가 전체적인 방향에서 신경 쓴 것은 문단사적인 정황과 사건 서술로 뛰어난 작가, 시인들의 문학적 성취가 가려지지 않도록 하는 것이었다. 그래서 염상섭, 한용운, 김소월로부터 채만식, 이상, 김유정에 이르기까지 내 판단으로 식민지 시대의 중요한 작가들은 독립된 항목으로 다루며 문학적 성과 속에서 그들의 개인사를 소개하는 것이었다.

이 연재는 의외로 독자들의 반응이 좋았고(어디선가 한 신진 평론가가 고교 시절 이 연재를 읽고 문학을 하게 되었다고 쓴 것을 본 적이 있다) 연재가 끝나고서 당시 편집국장인 김성한 씨가 '특별상'이던가를 주어 격려해주었고 일본의 교포신문 『통일일보』가 번역 연재하여 마침 일본에 파견 나가 있던 형이 스크랩해 내게 전했다. 무엇보다, 그 집필은 문학을 전공하지 않은 내게 한국문학사에 대한 기초 지식을 주었을 뿐만 아니라 식민지 시대의 그 문인들에 대한 깊은 이해와 감명을 얻었다는 점이 큰 소득이었다. 지금도 기억나지만, 한용운에 대해 쓰면서 나는 한없이 가난하고 춥고 외롭던 식민지 시대의 우리 문학인들이 얼마나 정열적으로 자기 시대와 싸우며 글을 쓰고 언어의 세계를 넓혀갔고 그래서 우리 근대문학을 창조할 수 있었던가를 돌이키며 감동과 전율의 눈물을 흘렸었고 친일문학에 대해 쓰던 한밤에는 긴 터널 속에 갇힌 듯 우리를 둘러싸고 있는 어둠이 언제야 가셔질지 절망하며 기도하는 마음으로 창밖을 바라보곤 했다.

저항이든 부역이든 나라 잃은 지식인의 아픔에 내가 그처럼 공감할 수 있었던 것은 그 1970년대의 정황이 비록 나라를 되찾기는 했지만 작가와 지식인들에 대한 탄압, 그에 대항하는 문학인들의 싸움이 반세기 전과 별다름 없다는 고통스러운 인식 때문이었다. 그때 우리는 독재 권력의 벌거벗은 힘 아래 괴롭게 신음하고 있었고 우리 아버지대의 그 설움이 지금의 우리 자신의 상황에 여전히 되풀이되고 있는 것에 한탄하고 있었던 것이다. 그래서 나의 문단사에 힘을 많이 기울인 부분이 작가의 저항과 가령 이광수의 친일 행위와 그 행위에 대한 연민이었다. 그 기사를 보고 미국에서 살고 있는 춘원의 딸 이정화(李廷華) 씨가 항의하는 편지를 보냈다. 나는 답신을 통해 나의 입장과 견해를 밝혔고 후에 귀국한 기회에 나를 만난 그분도 나의 설명을 잘 이해해주었지만 그때의 내 고뇌는 「작가와 상황: 친일파 작가에 대한 변명」이란 에세이로 술회된 바 있다.

「문단 반세기」는 당시 일지사 주간으로 근무하던 이기웅 씨의 눈에 띄어 내게 출판 제의를 해왔고 나는 즐겁게 동의했다. 그 출판 보고를 했더니 회사는 기자로서 신문에 쓴 것이기에 인세는 신문사가 받아야 한다고 해서 '자비 출판'이라고 거짓 보고로 출판 허가를 신청했다. 그해 10월에 마침내 내 첫 단독 저서가 간행되었고 그 인세로, 나는 벼르고 벼르던 응접 세트를 구입할 수 있었다.

『지성과 반지성』 그리고 기자협회장 시절

『한국문단사』를 연재하면서 언론과 표현의 자유가 족쇄 물린 현실에 대해 유달리 민감했던 것은 내가 그렇게 간섭당하는 현장인 신문사의 기자였기 때문이고 그것도 문화부에서 일하면서 약간의 거리를 두고 권력과 언론 사이의 억압적이고 살벌한 실제 장면들을 관찰할 수 있었기 때문이다. 그즈음 박정희 정권은 채찍과 당근 정책을 써, 약간이나마 비판적인 기사나 논평을 하는 언론인은 남산의 중앙정보부로 연행하여 겁을 주는 한편 정부 부처에 대변인제를 도입하여 기자들을 임용함으로써 신문사와 유착하도록 유인했다. 내가 「지성과 반지성」이란 글을 써서 지식사회의 분열과 어용화 현상을 비판한 것은 이런 정황에서였다.

1971년 봄의 어느 날 밤이었을 것이다. 나는 미국의 역사학자 호프스태터가 쓴 퓰리처상 수상도서 『미국인 생활에서의 반지성주의』를 읽다가 문득 우리 지식사회에 대해 가혹한 반성을 가하고 싶다는 충동이 불처럼 솟았다. 그래서 원고지를 잡고 대뜸 "우리의 이 시대는 고민이 없다. 우리의 이 사회는 고민을 용납하지도 않으며 고민에 투신하기보다 그로부터 가능한 한 멀리 회피하기를 요구한다. 우리의 이 풍토는 고민이 무엇인가에 대한 이야기를 하지 않으며 무엇을 고민하는가에 대해 고백하지 않으며 왜 고민해야 할 것인가에 관해 설명하지 않는다"로 시작되는 글을 써내려갔다. 그 밤 원고지 20여 장을 쓰고 이튿날, 과연 이런 글이 발표되어도 탈이 없을까 걱정되어, 모여 앉은 동인들에게 간밤에 쓰다 멈춘 그 원고를 돌려 읽혔다. 동인들은 불안해하면서도 글이 이런 흐름이라면 필화를 모면할 수 있지 않을까 하는 판단을 내려주었다.

이에 격려를 받은 나는 그 글을 계속 쓰면서 당시의 지식사회에서 관찰할 수 있었던 '반지성적' 사례를 꼽고 '지성의 퇴화' 현상을 비판했다. 그때 나는 '지성인(intellectual)'을 원천적인 질문과 비판을 할 수 있는 지적 능력으로, '지식인(intelligent)'을 기능적인 문제와 답을 모색하는 전문적 실용 능력으로 구분했다. 그러니까 그 에세이는 근원적인 회의와 저항을 하는 지성

의 전통이 권력에 의해 와해되어가고 권력과 경제개발에 도구로 사용되는 어용 지식인의 세력이 커져가는 현실에 대한 나의 비관과 비판을 직접적으로 표출하고 있었다. 그 글은 『문학과지성』 1971년 여름호에 발표되었고 친구들과 독자들로부터 적지 않은 공감을 얻었고 그 반응도 적극적이었는데 한 친구는 '우리 시대의 명문'이라고 과찬하기까지 했다. 그 글의 비판이 지식인을 향한 것이었기에 '기관'에서도 눈을 돌린 듯 내가 위협당하는 일은 다행히 없었다. 일본의 『통일일보』도 전문을 번역해서 3회에 걸쳐 연재했다. 몇 년 후 재일 동포작가 김학영(金鶴泳) 씨가 작품집 『のみ(鑿)(끌)』(1978년 文藝春秋社 간)을 내게 보내왔는데 몇 차례 아쿠타가와 상 후보에 오른 그였지만 나와는 면식이 없어서 왜 그가 자기 책을 보냈는지 어리둥절했다. 그래서 읽을 줄 모르는 그 일본 책을 뒤적거려본즉 첫 수록 단편소설 「あぶら蟬(기름매미)」에 그 「지성과 반지성」을 길게 소개하고 있었다. 물론 그 소설의 어떤 문맥에서 어떻게 나의 에세이를 평했는지 일어를 모르는 나는 지금껏 알지 못한다.

이 글을 계기로 해서 나는 지성, 지식인, 지적 풍토에 관련된 몇 편의 글을 더 쓰게 되었는데 그중 내가 가장 힘을 들인 것이 『지성』이란 월간 종합지에 청탁을 받은 해방 이후의 한국지성사 정리였다. 이청준이 주간으로 있던 이 잡지는 조선조 시대부터 시대에 따른 지식인 사회의 역사를 기획하여 서기원, 김현 등을 동원해서 몇 회 연재를 했는데 내가 그 마지막을 맡은 것이었다. 나는 낮에는 회사일을 끝내고 국회도서관이며 국립도서관에 가서 해방 공간기와 6 · 25 당시 및 전후 1950년대의 잡지와 책 등 갖가지 것들을 뒤지고 메모하고 빌리며 집에 돌아와서는 그것들을 자료로 원고를 썼다. 이렇게 하며 집필에만 1주 남짓 걸려 마칠 수 있었던 것이 200자 원고지로 100장은 넘을 「지성의 형성과 패배」였다.

이 글에서 나는 해방 후의 민족주의, 민주주의, 사회주의의 세 이데올로기가 어떻게 전개되고 그것들이 반공주의로 위축되었으며 한국전쟁 후 기독교와 실존주의가 어떤 형태로 우리의 내면에 수용되어 4 · 19로 발전했는가를 검토했다. 그때의 내가 신기하게 여겼던 것은 실존주의가 이미 1940년대 말 월간 『신천지』에서 수준이 낮은 대로나마 특집으로 다루어졌으며 실존이란 어휘는 1930년대에도 가령 박종홍 박사에 의해 사용되었다는 사실이었다. 나는 실존주의가 6 · 25 이후에야 한국에 들어온 것으로 생각했던 것이다. 아무튼 내게 혹독한 공부를 시켰던 「지성의 형성과 패배」는 『지성』 1972년 3월에 발표되었고 이 연재들은 문예출판사에 의해 『한국의 지성』(1972)이란 표제로 문고판으로 간행되었다.

나는 시절이 너무 무기력하고 상황이 폐쇄적이라고 느낄수록 지성에 관련된 내 에세이를 책으로 묶고 싶다는 소망을 갖게 되었고 그 뜻을 민음사 박맹호 사장에게 표했다. 감성적인 수필류만이 팔리던 시절, 딱딱하고 따분한 나의 에세이 같은 것이 장사가 될 리 없음에도 나는 술 마시는 자리에서 그에게 뻔뻔스런 부탁을 했고 박사장은 마침내 내 뜻을 받아주었다. 그래서 나오게 된 것이 나의 첫 에세이집 『지성과 반지성』이었다. 4×6판 370여 면의 이 책은 8포인트의 작은 활자로 세로 조판되었고 이중한의 품위 있는 장정으로 1974년 9월 20일자로 발행되었다. 3부로 구성된 이 책의 제1부는 「지성과 반지성」「지성의 형성과 패배」「한국 문화에서의 양극화 현상」 등 6편을, 제2부는 「한국의 지적 풍토」「교수, 연구, 연구비」 등 지식사회 전반을 훑는 글 8편, 제3부는 「한국 문화와 외래어」「한국 출판문화의 허구」 등 지식사회의 구체적인 분야들을 해부하는 글 5편을 묶었다. 이 책의 반응도 기대만큼이었지만 판매도 이런 유의 에세이집으로는 나쁘지 않았던 듯싶은데 1976년인가 아마 3쇄로 중판했을 때 문공부가 납본필증을 내주지 않아 의외의 '판금 도서'가 되어버렸고 그래서 결국 절판되고 말았다. 그때의 내 짐작으로는 「지성과 반지성」에 언급된 한 사례에 관련된 인사가 뒤늦게 이 책의 유통을 중단시킨 것이 아닌가 싶었다.

『지성과 반지성』이 출판된 지 한 달도 안 되어 나는 뜻밖에 한국기자협회장이란 중책에 선출되었다. 이 과정은 좀더 설명되어야 할 것이다. 1974년 2월 동아일보사에서는 편집국과 동아방송 보도국 기자를 일반직으로 전출시킨 것에 항의하여 후배 기자들이 분노의 모임을 가진 끝에 급기야 노동조합을 결성하고 전격적으로 서울시에 신고했다. 사측은 기자 노조의 중심 인물들을 해직 또는 정직시켰고 이에 반발하여 다른 기자들이 대책위원회를 구성했다. 사측이 역시 비슷한 강경 조처로 맞대응하자 기자들은 다시 2차 대책위원회를 만들기로 했다. 나는 기자와 같은 지식인들의 노조란 것이 생소했지만 회사 측의 대책이 너무 일방적이며 강경했기에 후배들에게 나는 모임에 참여하지 않겠다는 조건으로 내 이름을 그 대책위원회에 넣어도 좋겠다고 했다. 두번째 대책위에는 내가 가장 선배였었다. 신문사는 외부 여론이 너무 안 좋아진데다가 사태가 안팎으로 확산되는 것이 두려워졌는지 노조는 인정하지 않되 기자들의 처벌들을 백지화하는 조처를 취했다. 기자 노조와 회사 관계는 이렇게 해서 소강상태가 되었다.

1974년 초가을, 당시의 기자협회장이 정부 부처의 대변인으로 내정되었다는 소문이 번지면서 임원들과 회원들의 반발이 거세지자 그는 결국 대변인 자리도 포기하고 협회로부터도 물러났다. 주요 신문사 기자들은 기협이 이런 사태에 빠진 것은 메이저 신문사의 기자들이 협회에 냉담했기 때문에 빚어진 것으로 판단하고 이번에는 제대로 협회장을 선출하자고 합의를 본 모양이었다. 동아일보사의 후배 기자들은 내게 와서 이런 그간의 사정을 설명하고 내게 그 책임을 맡아줄 것을 부탁했다. 나는 기자협회 회원이긴 했지만 당시만 해도 그 성격과 구성을 잘 모를뿐더러 그 큰 조직을 내가 지휘할 능력이 없다는 점은 분명히 알고 있었다. 그러나 내게 준 부탁도 간절했을 뿐 아니라 공적인 명분을 사양하고 현실 참여를 거절한다는 것은 떳떳한 태도가 아니었다.

그래서 나는 기자협회장 출마에 동의했고 말하자면 큰 신문사 기자들의 '공천' 격이어서 단독 후보가 되었다. 그런데 신문사가 제동을 걸었다. 사원들의 대외 활동에는 회사 측의 허가를 받아야 한다는 사규를 내세워 기자의 기자협회장 취임을 대외 활동으로 규정하고 허가를 받아야 한다는 것이었다. 물론 허가하지 않을 것이 분명한 것은, 지난 2월의 기자 노조 결성에 경악한 신문사 발행인들이 기자협회의 개편을 노조운동의 전초로 인식하고 그것을 막아야 한다는 소문이 소문으로가 아니라 사실로서 판단되었기 때문이다. 나는 기자협회장 출마를 고집하며 송건호 당시 편집국장의 만류를 거절했고 결국 '무기정직' 이란 처분을 당했다. 그 '정직' 당한 처지에서 나는 기자협회 대의원 대회에서 제12대 회장으로 선출되었다. 그때가 10월 18일인가였고 며칠 후, 회장 선출되기 전에 나도 그 모의에 참가했던 언론자유운동이 드디어 터졌다. 동아일보사에서 시작된 '10 · 24 언론자유선언'이 그것이었다.

·

문학과지성사를 세우다

기자협회장의 임기는 원래 1년이지만 그러나 나의 재임은 한 번의 연임에도 불구하고 불과 6개월 남짓이었다. 전임자의 잔여 임기 4개월여에 다음 총회에서 재추대되고 난 후 채 두 달이 못 되어 스스로 물러난 때문이었다. 그러나 그 반년간은 내 개인적으로 가장 적극적인 현실 참여를 하며 대의를 위해 헌신한다는 보람을 얻고 있었던 시절이었다. 회장 취임과 더불어 시작되어 전국의 신문 방송으로 요원의 불길처럼 확산되는 언론자유운동으로부터 동아일보의 이른바 광고 사태를 거쳐 이듬해 3월 권력과의 유착 속에서 기자들을 축출하는 동아·조선 사태에 이르기까지 내가 해야 할 일들은 의외로 많았다. 개개 언론사 기자들의 운동을 유기적으로 연대시켜야 했고, 이 운동을 선언에서 실천으로 지속적인 발전을 도모해야 했으며, 연일 성명과 비판으로 권력과 대항하며 기자들을 격려해야 했고, 그러고는 사에서 쫓겨난 기자들의 생계를 돕는 한편 진행 중이던 『기자협회 10년사』의 간행 등 내부 일을 해야 했다. 내가 휴직 조처를 당해 신문사 근무를 하지 않게 된 것은 결과적으로 오히려 잘된 일이었다. 그리고 월남이 패망하던 1975년 4월 하순, 국제기자연맹에 한국 언론계 사태를 알리는 기자협회의 보고서가 우체국에서 발각되자 그것을 빌미로 중앙정보부는 회장단을 남산으로 연행하여 5박 6일간의 억류 끝에 사퇴를 조건으로 우리를 방면했다. 이 당시의 자상한 회상들은 그러나 다른 기회로 미루어야 할 것이다.

그래서 나는 4월 말에 한국기자협회장을 사직했고 물론 무기정직 상태여서 신문사에 나갈 수도 없었다. 나는 공직과 직장을 한꺼번에 잃은 것이었지만 그 5월은 참으로 밝고 개운한 시간들이었다. 햇빛은 따뜻하고 하늘은 파랬으며 나는 사회인이 된 지 10년 만에 처음으로, 마치 방학을 맞는 어린이처럼 자유로움과 휴식감을 만끽할 수 있었다. 그 휴식 기간 중에 『한국신학』인가의 청탁으로 「한국 기독교와 한국문학」을 썼고(이 글을 보고 기독교교수협의회장을 지낸 고려대 김용준 박사가 소설가 박순녀 씨를 통해 면식이 없는 나를 불러내 따뜻한 저녁 식사를 사준 것이 감사하게 기억된다), 민음사의 주문으로 롱펠로 시선집 『햇빛과 달빛』을 번역했다. 더러 시내에 나가 친구들도 만나고 혼자서 영화를 보기도 하고 김현과 김치수가 프랑스 유학 중이어서 김주연과만 『문학과지성』 편집일을 하기도 하면서 나는 평온하고도 밝은 봄을 즐겼다.

그러나 그 평온 뒤에는 우려와 소침이 숨어 있었다. 실업자로서의 생계 문제가 현실적인 고민거리가 아닐 수 없었다. 슬하에는 올망졸망한 네 아들딸이 있었고 아직은 부모님께 생활비를 의지하고 싶지는 않았는데 원고료 수입은 부정기적인데다 많지도 않아 도움이 될 수도 없었다. 게다가 투사도 못 되면서 한바탕 저항적인 제스처로 떠들썩하게 만들었다는 데서 오는 자괴감이 쌓여가는 만큼 세상에 대해 조금씩 주눅 들린 마음으로 기가 졸아들고 있었다. 자주 놀러가던 민음사에 들러서도 공연히 바쁜 것처럼 허세를 부리게 되면서 내가 무언가 잘못되어가고 있는 것이 아닌가 싶었다. 김주연과 잡지일을 상의하고 황인철, 홍성원, 황동규, 정현종 등의 친구들을 만나 세상 이야기를 듣는 것이 바깥일의 거의였다.

그리고 6월인가 김현이 예정보다 일찍 프랑스 유학에서 돌아왔다. 그리고 한여름의 아마 어느 고등학교 야구대회 구경을 하고 몇몇이 저녁을 먹는 참이었을 것이다. 김현이 마음먹고 기회를 기다려온 듯, 좌중을 향해 동인들이 출자를 해서 출판사를 내

자고 했다. 그러면서 그는 두 가지 그 필요성을 주장했다. 정치적인 이유 등으로 나와 같은 실업자가 또 나올 수 있는 상황이므로 출판사라도 만들어 거기에 기대야 이 어려운 시절을 감당할 수 있으리라는 것이 그 첫째 이유였다. 또 하나는, 『문학과지성』이 지금은 일조각에서 출판을 감당해주고는 있지만 언제고 우리 손으로 발행해야 진짜 우리의 잡지가 될 것이며 그러기 위해서는 우리의 출판사를 가져야 한다는 것이었다. 황인철을 포함한 동인 5명이 200만 원씩 내면 창업 비용이 될 것이고 주변의 많은 작가, 시인들의 작품을 받아내면 원고도 충분할 것이어서 별 어려움이 없을 것이라는 말을 덧붙였다.

김현의 이 제의 이전에도 내게 출판사를 권하는 사람들이 더러 있었다. 그러나 나는 일축했다. 어느 출판사에 놀러갔다가, 수금하러 온 제작처 직원과 그 출판사 사장이 말싸움을 벌이는 장면을 목격했는데 그 사장은 며칠 후에 오라는 것이었고 그 직원은 그 며칠 후가 몇 번째냐고 대들고 있었던 것이다. 그 장면은 출판사 경영의 어려움을 말해주는 것이었고 거래처간의 각박한 관계를 보여주는 것이었다. 10년간 월급쟁이로만 지내온 나로서는 출판사 권고를 받을 때마다 바로 그 어려움과 각박함을 드러내주는 장면만 떠올렸고 그래서 내가 그 일을 도저히 감당해낼 것 같지 않았다. 그랬기에 김현의 제의에도 내 반응은 마찬가지였다. 그러나 좌중의 친구들이 말을 보태며 내게 격려와 강요를 가해왔다. 나는 생각할 여유를 달라고 했고 그리고 며칠 후 황인철과 동인들을 만난 자리에서 결국 수락하고 말았다. 김현이 내세운 명분에 못 이겨 수락할 때의 내 심경은 후배들이 기자협회장으로 나서달라는 권고를 거절하지 못할 때의 심경과 참 비슷한 것이었다. 그리고 실제로 『문학과지성』은 1977년 여름에 일조각으로부터 인수받아왔고 1980년 '서울의 봄' 때 교수 서명에 참여한 김치수가 퇴직당하고서 다시 복직하기까지 3년여 동안 문학과지성사 고문으로 자리를 줄 수 있었던 것은 김현의 말대로 우리가 출판사를 가지고 있었기 때문에 가능한 것이었다.

어떻든 우리는 아직 유학에서 돌아오지 않은 김치수는 뒤로 미루고 나머지 네 명이 200만 원씩 출자할 준비를 했다. 김현은 유산받은 말죽거리의 땅을 팔아 마련했고 나는 할수없이 부모님께 청을 해서 얻어냈다. 이렇게 자금을 모으면서 우리는 사무실을 물색하기 시작했다. 마침 김주연과 외사촌이 되는 이기웅 씨가 일지사의 상무직에서 물러나 전부터 가지고 있던 개인출판사 열화당에 전념하기로 하고 사무실을 찾고 있는 중이었다. 우리는 그렇다면 우선 사무실 하나를 공동으로 얻어 사용하자는 데 합의했다. 그러고서 구한 것이 청진동 해장국 골목의 끄트머리에 있는 건물의 2층 한약방 한쪽 손바닥만한 공간이었다.

책걸상이며 소파 등은 중고품 가구점에서 싼 것으로 구하고 여자 급사 하나를 채용하여 입주한 것이 11월 중순이었다. 그리고 신청한 출판사 등록증의 발부일이 마침 12월 12일자였고 그래서 이날을 문학과지성사 창사 기념일로 삼았다. 등록증에서 사업주 명의는 만약의 경우를 생각해서 아내 이름으로 했고 나는 주간으로 적었는데 그래서 1978년 가을 그 명의를 내 이름으로 바꿀 때까지 문지 책의 간기(刊記)는 발행인이 '정지영'으로 되어야 했다.

7평의 좁디좁은 공간 안에 낡은 응접세트와 책을 쌓아둘 약간의 자리, 그리고 책상 세 개로 꽉 차는 사무실, 그것도 사장 둘에 사환 하나라는 우스꽝스럽기 짝이 없는 몰골 속에서 그러나 문학과지성사가 출범했고 열화당이 독립한 것이었다. 꼴은 그래도 동인들은 대견해하면서 의욕적이었고 친구들은 장래를 격려하며 축하를 보내주었다. 나도 그때쯤에는 체념을 벗어난 정도가 아니라 어느 정도 의욕이 불어나기도 하고 무엇보다 책임감에 차 있어서, 이제 무언가 우리 일, 아니 내 일을 해볼 만하게 되었다고 자신감을 북돋고 있는 중이었다. 개업 고사에는 고은 씨가 와서 축문을 읽어주었고 우리는 자리를 옮겨 사무실 바로 뒤에 있는 경주집에서 거나하게 술을 마시며 희망에 겨워했다.

출판사를 준비하면서 우리는 미리 교섭해둔 원고의 발간을 서두르면서 우리의 책들을 어떻게 만들까 숙의했다. 그래서 정한 방침이 소설은 손에 잡히기 쉽게 4×6판으로 하고 당시의 관행에 따라 세로 조판을 하되 이론서들은 국판으로 하면서 가로 조판으로 변별시키도록 했다. 그래서 동시에 작업이 진행되어 1976년 1월의 중순과 하순에 열흘 사이로 나온 '우리의 첫 책'이 홍성원의 작품집 『주말여행』과 조해일의 장편소설 『겨울여자』, 그리고 이어 김현 · 김주연 편의 『문학이란 무엇인가』였다. 홍성원은 우리와도 가장 가까운 친구였고 당시 가장 정력적으로 창작 활동을 하면서 평단의 평가도 높이 받고 있는 중이었지만 그의 창작집은 여태까지 간행된 것이 없었기에 문학과지성사 도서의 제1호로 기록되어도 좋을 것이었다. 조해일의 『겨울여자』는 중앙일보에 막 연재가 끝난 인기 소설이어서 초창기의 미력한 사세에 큰 도움이 될 것으로 기대할 만한 것이었다. 『주말여행』은 세대사 주간으로 있던 권영빈 씨가 표지를 맡아 만들어주었고 두 권짜리 『겨울여자』는 김승옥이 귀여운 표지화를 그려 장정을 해주었다. 우리는 그 두 권을 낸 기념으로 "겨울여자를 찾아 주말여행을 떠나자"는 데 합의하여 강릉으로 떼지어 놀러가 경포대 횟집에서 술을 마셨고 이기웅 씨의 본가인 선교장(船橋莊)에서 하룻밤 폐를 끼쳤다.

그리고 그달 말, 나는 총판을 위탁한 동대문의 진명서적에서 첫 수금으로 28만 원인가의 어음을 받아왔다. 그 종이쪽을 움켜 쥐고 돌아오던 날, 나는 뿌듯하고 흐뭇한 느낌의 다른 한편으로, 이제 처음 고백하지만, 마침내 내가 이렇게 장삿길로 들어서게 되는구나 하는 서운함과 처연함을 결코 지울 수가 없었다.

출판의 ABC를 배우다

출판사를 창업했지만 정작 나 스스로는, 자신의 저서를 가지고 있고 책과 관련된 일을 해왔음에도 실무에는 거의 백지 상태였다. 영업 방식과 서점 거래에는 전혀 무지했고 물론 제작이며 편집에도 깜깜했으며 활자 크기도 몰랐고 표기법도 아마추어 수준이었다. 이런 판에 출판의 모든 분야에 최상의 노하우를 가지고 있는 이기웅 씨와 한 사무실을 쓰며 기초부터 배우고 출판의 ABC를 익혀갈 수 있었던 것은 천만다행이었다. 그는 적어도 출판에 관한 한 내 선생이고 안내자며 에이전트였다. 나는 하나하나 묻고 일일이 확인하며 표기법과 교정의 편집 기초부터 인쇄와 제본의 제작 과정, 그리고 수금과 지불의 관행에 이르기까지, 기능적인 것으로부터 경영에 이르는 출판 기업의 모두를 그에게서 배웠고 그가 소개해준 인쇄소, 지업사, 제본사들과, 그가 흥정해주는 단가로 거래를 텄다. 판매도 동대문의 진명서적에 총판을 맡기기로 한 것도 그의 권고에 따른 것이었다. 창사 25주년을 맞아 간행된 열화당 사사(社史)에 쓴 회고에서도 고백한 대로, "그의 안내가 없었더라도 문학과지성사는 성장할 수는 있었겠지만 그렇게 되기까지 분명 시간과 정력과 경비가 훨씬 많이 들었을 것이고 시행착오와 실패도 엄청 잦았을 것이다."

엄격하면서도 관용적이고 진지하면서도 진취적인 그의 인품과 능력은 내가 흉내내보아도 결코 미치지 못하는 바였지만 무엇보다 그에게 감사할 일은 그의 깔끔한 거래 방식을 내가 배울 수 있었던 점이었다. 그는 월말 즈음이면 제작 거래사에 먼저 전화를 걸어 이번에는 얼마의 지불이 가능할 것이라고 통고해주고, 정한 날 수금 사원과 차를 마시며 미리 준비한 봉투를 건네 확인시켰다. 그때마다 미안하다, 고맙다는 인사를 서로 건네는 그 태도는 상업적인 거래임에도 보기 힘든 신뢰와 존경이 교류했다. 나도 그 방식과 태도를 그대로 따르면서 거래처 사람들을 대했고 그래서 지불-수금의 관계는 험악할 수밖에 없으리라는 선입관을 씻어낼 수 있었다. 거래처와의 이런 신용 거래와 신사적인 관계는 특히 회사가 어려워 지불이 여의치 않을 때 상대로부터 재량껏 수금 유예를 받게 된다는 사실을 후에 깨달았다. 일들이 익어가면서 재미가 붙고, 저자들을 만나며 그들의 책을 내는 데 보람을 얻게 되어가면서 나는 주먹구구식이었지만 출판사 운영에도 조금씩 자신이 붙어가고 있었다. 『겨울여자』가 베스트셀러였고 황순원 선생의 창작집 『탈/기타』며 이어 나온 『문학이란 무엇인가』, 이청준의 『당신들의 천국』에 이르기까지 내는 책마다 평단과 독자들의 반응이 활발하였고 경영도 호조였다. 서점이나 독자들, 저자나 신문사들은 신생 출판사임에도 잡지 '문학과지성' 이름 덕분에 관록 있는 기성 출판사로 대우해 주고 있었고 많은 작가, 시인들이 찾아와 우리를 도울 길을 찾았으며 김승옥, 오규원, 권영빈은 우리 책의 표지와 신문 광고 원고를 나누어 만들어주었다. 문지사 책의 트레이드마크처럼 된, 책등의 붉은 띠는 권영빈 씨의 아이디어였다. 좁은 사무실에서 숱한 방문객들과 바둑을 두고 혹은 떠들고 교정보고 그러다 저녁이면 한잔 술을 걸치던 그 가난한 시절의 순진한 열정은 차라리 아름다운 것이었다.

열화당과 함께 쓰던 7평짜리 출판사 공간도 두어 달 후 20여 평으로 늘렸고 직원을 늘려, 편집만은 따로 채용했지만 영업과 경리 직원은 여전히 두 출판사 공용으로 일을 했다. 나는 영업은 후에 문학과지성사 상무까지 지낸 최장석 씨에게 맡겼지만 편집만은 직원이 있음에도 원고와 교정지 보는 일은 계속했다. 원고 또는 초교나 재교의 어느 하나를 꼭 보는 버릇은 이때부터 1990년대 초까지 계속되었는데 여류 시인 허수경 씨는 "사장이 직접 교정본 시집"이라고 친구들에게 자랑했다지만, 사실 나 스스로도 '2급 교정사'라고 자임하고 문장까지 고치는 나의 교정 솜씨는 소설집의 경우 이틀이면 한 권을 마치도록 상당히 능률적이기도 했으며 작가와 저자들도 나의 지적이나 수정을 대체로 수긍했다. 나는 교정일을 이기웅 씨에 이어 일조각에 근무하다 전업작가로 나선 윤흥길 씨에게서 익혔지만 보다 높은 수준의 교정 방식과 그 정신을 가르쳐준 분은 『탈/기타』를 낼 때의 황순원 선생이었다. 황선생은 단어 하나에도 신경을 썼고 행간 띄우는 수법이며 리듬을 위해 띄어쓰기를 덜 엄격하게 하는 태도 등으로 교정이 단순히 정확한 표기에만 한정되어서는 안 된다는 사실을 무언으로 내게 교육시켜준 것이다.

교정일에 내가 그처럼 열심이었던 것은 당초에는 직원이 모자라서였지만, 나는 그 일 자체를 재미있어했고, 출판 관계로 돌아다니며 사람들을 만나는 것보다 훨씬 편했던 탓도 있는데다 이렇게 교정지를 통해 나의 모자라는 독서량을 채우는 효과도 얻을 수 있었다. 그런데 이때의 독서란 묘하게도 글자와 단어와 문장은 세세히 보지만(아니, 보기에) 책의 대의는 잡히지 않고 세부만 기억될 뿐이어서 독서랄 것이 못 되는 것이다. 더구나 교정에 익숙해지면서 신문이나 책을 보면 글을 읽는 것이 아니라 나도 모르는 새 교정을 보고 있는 것이어서 남의 책도 잘 읽히지 않아 애를 먹게 되었다. 그래도 나는 교정지를 손에서 놓지 않았다. 한 후배 출판인이 이런 나를 보고 사장이라면 교정을 보기보다 그 시간에 저자며 서점인들을 만나 상담하는 등 출판사 경영에 더 신경 써야 하지 않겠느냐고 진심어린 눈빛으로 충고해주었다. 나도 그에게만이 아니라 나 자신에게도 그 의견에 동의했다. 그럼에도 내가 교정일에 고집을 지킨 것은, 사장이 되더니 사장티만 내고 경영만 알지 책은 모르게 되었다는, 주변으로부터 있을 수 있는 비판을 진하게 두려워한 때문이다. 그러고 보면 나는 피할 수 없는, 가난한 책상물림의 서생이었음이 분명했다.

이렇게 내가 출판일을 익혀가고 간행되는 도서의 종수가 늘어나면서 우리는 나름대로 우리 출판사의 출판 방향을 설정해나가기 시작했다. 이후의 문학과지성사 출판 기준 비슷하게 굳어진 그것들은 처음부터 만들어놓은 것이 아니라 일을 해가며 부딪히는 사안들을 협의하여 결정하는 과정에서 원칙처럼 굳어진 것들이었다. 나는 그 원칙들을 창사 15주년이 되는 1990년에 처음 만든 『문학과지성사 도서목록』에 정리했는데 옮기면 이렇다:

1) 수필집 · 아동도서 · 참고서 · 교과서는 내지 않는다.

2) 자비 출판은 사양한다.

3) 외국 것은 문학과 인문과학의 이론서 혹은 고전적인 시집의 완역으로만 한정하고 소설은 출판하지 않는다.

4) 한국인의 저작은 10퍼센트의 인세로 한다.

5) 번역도 가능하다면 인세제를 채택한다.

6) 편서도 인세제로 한다.

등 몇 가지이다. 당시 우리의 판단은 수필집은 수준 이하였으며 외국 작품에서 이론서나 시집의 간행은 너무 취약한 상태여서 당연히 우리가 맡아야 할 것이지만 소설만은 출판사들간에 중복 간행하는 등 과당 경쟁이어서 우리까지 끼어들 것은 없겠다 싶었던 것이다. 교과서와 참고서는 단행본 출판의 정도가 아니라고 생각한 것이었고 자비 출판은 우리 자신의 독자적인 출판 결정을 유지하기 위해 반드시 필요한 결단이었다. 그런데 다시 따지고 보면 우리는 당시 출판사들이 장사가 될 만하고 돈이 들어올 만한 것들은 모두 사양한 셈이었고 그것은 말하자면 상업주의의 거부이기도 한 것이었다. 더구나 인세를 10퍼센트로 결정해서 모든 저서들에 적용했던 것은 단행본 출판 사정이 전반적으로 어렵고 인세에 대한 기준과 관념이 혼란스러웠던 시절로서는 대담한 결정이었고 더 나아가 편서까지 인세를 지불토록 한 것은 파격적일 수 있었다.

우리가 태어난 지 얼마 안 된 출판사로서 이처럼 오기를 부릴 수 있었던 것은 우선 초기의 우리 출판물이 호평 속에 판매량도 호조였고 재정 상태도 호황인 덕분이었을 것이다. 그러나 그에 못지않게, 동인들이 나까지 포함해서 좋은 문학의 의미를 강조하는 비평가로서 우리가 존중할 수 없는 도서들은 아무리 장사가 된다 하더라도 자제해야 한다는 판단, 그리고 우리 모두가 저자였기에 다른 문인·학자들도 저자로서의 위상을 존중해주어야 한다는 입장을 공유하고 있었던 때문이었다. 그러면서 우리 출판사가 동인들의 합자란 점을 깊이 의식하고 있었다. "우리 출판사는 돈을 벌면 안 된다. 그것은 출판사 설립의 의도에 반할 뿐 아니라 동인들 사이를 더럽힌다"고 공공연히 말하곤 했는데 그것은 서로가 공감하는 진심이었다. 우리는 새 책을 내는 재투자 비용만 확보되는 한에서의 현상 유지를 최상의 상태로 생각했던 것이다. 운영과 방침에 대한 이 모든 합의 과정은 작품의 출판 여부 결정에 대해서처럼 동인들간에 자연스러우면서도 반대 없는 상의 속에 이루어지는 것이었다.

어떤 분의 글에서 이어령 씨가 이렇게 비유했다고 인용한 대목을 보았다. 한국문학사(김동리 선생이 발행인이고 이문구 씨가 주간이었다)는 '입헌공화국'이고 창작과비평사는 '대통령책임제'이며 문학과지성사는 '내각책임제'라는 것이었다. 당시 종로의 수송동 언저리에 몰려 있어 문인들이 시내 나오면 으레 순방하던 이 세 출판사의 체제에 대한 재미있는 비유였는데 이어령식의 그 절묘한 재치에 탄복하면서, 적어도 문학과지성사가 내각책임제라는 점에는, 나 역시 명실상부한 것으로 장담할 수 있었다.

지혜로 통과한 출판의 암흑기

문학과지성사가 창업한 1970년대 중반 이후라면 유신 정권이 한껏 광포해져서 어떤 형태의 비판적인 발언도 허용될 수 없었고 저항적인 지식인이나 저자들은 온전할 수 없었으며 필화와 금서 조처가 다반사였고 필자들과 발행인들은 타율·자율의 검열을 당하지 않을 수 없는 시절이었다. 상황이 그처럼 어둡고 춥고 두려운 것이었기에 언론계와 대학에서 강제 퇴직·퇴학당해 마지못해 출판계로 끼어든 비판적인 신참 출판사들도 그만큼 어려움을 겪으며 권력의 탄압에 대항하려는 의지도 강렬해지고 있었다. 이 시기로부터 1980년대 후반 언론과 출판, 그러니까 사상과 표현의 자유가 상대적으로 확보되기까지의 10여 년간은 우리 출판의 역사만이 아니라 지식인의 역사, 아니 문화의 역사에서도 권력에 저항하며 지적인 현상 타개를 본보기로 보여준, 극히 중요한 시기였다고 생각하면서 이 시절을 돌이켜볼 때마다 나는 깊은 감동을 느끼곤 한다.

이 어려운 시절에 문학과지성사의 출판물이 판금당한 적도, 필화를 입은 적도 없다는 사실을 나는 자랑으로 생각하는 것도 아니고 부끄러움을 느끼는 것도 아니다. 글을 쓰거나 책을 내는 데 있어 우리의 입장은 기본적으로 권력에 대한 즉물적인 대항이 아니라 현상을 뛰어넘어 자유와 계몽의 정신을 밀고 나아가는 것이었고, 그것은 역사나 인문학의 교훈에서 찾으며 세련된 문학적 표현에서 확보하는 것이었다. 우리는 현실에 대한 비판들이 근원적인 성찰과 인식의 확대를 통해서 이루어지기를, 사유와 감동을 통해서 공감되기를 바라고 있었고 행간과 지배(紙背)에서 독자들과 교류되기를 모색하고 있었다. 그렇다 하더라도 실제로 책을 만드는 과정에서 기관의 검열을 의식하지 않을 수 없었고 저자와 발행자의 안전을 도모하지 않을 수 없었다. 그 출판 작업의 실제는 보이지 않는 감시자와의 소리 없는 씨름 같은 것이었다.

그런 예가 1978년 3월에 간행한 정문길 교수의 『소외론 연구』였는데 이 연구서의 발행은 이중의 모험이었다. 우선 당시만 해도 생소한 '소외'를 주제로 한 이 저서는 서울대 대학원 정치학과의 박사학위 논문으로 준비된 것인데 출판 작업을 시작할 때는 아직 논문 통과가 되기 전이었다. 우리 정치학계의 주류가 아닌 주제의 이 논문을 미처 심사도 이루어지기 전에 조판하여 작업하고 있다는 것은, 그것이 통과 보류된다면 큰 손실을 입게 될 성급한 결정이었다. 그러나 우리는 정 교수의 논문을 별쇄본으로 만드는 기회에 단행본으로 연계하고 싶었고 그래서 저자와의 상의로 제작을 그대로 진행하기로 했다. 그러나 더 큰 문제는 '소외론'의 연구가 청년 마르크스의 수고본에서 출발하는 것이고 이후의 그 논의도 프랑크푸르트 학파의 비판이론을 검토하는 데서 진행된다는 점이었다. 『타임』지의 김일성 사진도 먹칠되어 반포되며 마르크스의 마자도 발음할 수 없는 판에 그의 초기 사상에 기초한 자본주의 사회의 근본적인 비판이 과연 가능할 것 같지는 않았다.

그래도 우리는 모험하기로 했다. 박사학위 논문으로는 물론 통과되었지만 이 저서에서 가장 중요한 대목인 마르크스 부분을 어떻게 훼손하지 않고 출판할 수 있을까가 문제였다. 나나 저자는 본문에서 문제될 부분을 삭제하거나 생략할 생각은 물론 없었다. 그래서 내가 제안한 것은 심사에 제출된 논문의 제2장 「청년 마르크스의 소외론」 제목을 「1830년대의 소외론 논의」로 고치자는 것이었다. 본문은 그대로 둔 채 제목만 바꾼다는 것은 눈 가리고 아웅하기 식이지만 원문을 보존한 채 양보할 수 있는 최선의 방안이었다. 그러나 이 꾀는 성공했다. 당시 출판허가서의 효력을 가지고 있던 '납본 필증'이 나왔고 그래서 서점에 배포될 수 있었으며 이듬해 한만년 사장이 선친의 이름을 기려 제정한 '월봉(月峰)저작상'을 수상했고 이후 10여 년 동안 매년 1천 부 이상 나가는 스테디셀러가 되었다.

『소외론 연구』에 이어 간행된 것이 조세희 씨의 문제작 『난장이가 쏘아올린 작은 공』이었다. 1970년대 중반만 해도 우리는 조세희란 이름을 알지 못했는데 조해일 씨가 어느 날 『문학사상』에 실린 아무개의 작품을 읽어봐달라고 부탁했다. 아마 「칼날」이었을 것인데 처음 본 작가의 이 작품에는 아직 분명한 느낌이 만들어지지 않았다. 그런데 두어 달 후 발표된 「뫼비우스의 띠」를 읽었고 나는 "이거다!" 하는 신선한 충격을 느꼈다. 우리는 『문학과지성』(1976년 여름호)에 재수록했고 다음호에 다시 「우주여행」을 잇달아 재수록했다. 그리고 그에게 신작을 청탁했다. 그래서 실은 것이 중편 「난장이가 쏘아올린 작은 공」이었다. 이 작품에 대한 평가는 적극적이었고 조세희란 이름은 혜성처럼 문단을 강타했다. 잡지들마다 그에게 원고를 청탁했고 그는 문제적인 작품들을 속속 발표했다. 나는 그의 중편 「난장이가 쏘아올린 작은 공」을 읽고 그의 작품에 자신감을 얻어 그에게 중·단편들을 연작으로 연계시키는 것이 좋겠다는 의견을 주면서 양이 차면 단행본으로 내자고 제의했다. 지금도 기억되지만, 그는 작은 메모지에 적은 자신의 작품 구상과 목차를 들여다보며 앞으로의 계획을 설명했다.

연작집 『난장이가 쏘아올린 작은 공』이 간행된 것은 열화당과 공동으로 사용하던 청진동의 사무실에서 문학과지성사가 분리하여 중앙청 옆 통의동으로 이사한 직후였다. 여기 수록된 작품들 모두가 잡지에 먼저 발표되었던 것이고 그것이 검열관의 의혹을 산 적이 없었기 때문에 책을 내는 데는 별 두려움이 없었고 다만 이 창작집이 얼마나 나갈 것인가가 우리의 한담에 섞인 관심이었다. 김현은 "5천 부?" 했지만 나는 올해 중에 "1만 부 이상!"이라고 응수했다. 초판 3천 부가 나가는 데는 한 달 정도 걸렸고 2쇄는 2천 부, 그 출고 속도가 빨라지고 있는 것을 확인하고는 3쇄에서는 5천 부, 그리고 이어 1만 부씩 찍었다. 대단한 속도였고 서평으로, 기사로, 서점들의 재촉으로, 독자들의 문의로 그 반응은 나의 예상을 훨씬 뛰어넘는 것이었다. 아마 그해 말까지 5만 부 이상 판매되었을 것인데 조세희의 전언에 따르면 한 목사는 몇십 부를 사서 신자들과 친구들에게 선물하는 일까지 있었다.

오규원이 백영수 화백의 그림을 얻어 동화책처럼 아름답게 장정한 『난장이가 쏘아올린 작은 공』에 대해 나는 두어 차례의 글을 썼거니와 당시의 노동 현장을 감동 깊게 묘사한 이 작품은 당시 문단의 토론 주제였던 참여론/순수론 혹은 리얼리즘/모더니즘의 논쟁을 종합하는 아니 뛰어넘는 문학사적 성과를 길어내면서 참혹한 현실을 아름다운 감수성으로 싸안아 사회성과 미학성을 동시에 일구어낸 걸작-문제작으로 생각했을 뿐만 아니라 베스트셀러와 베스트 북의 운명적인 결렬을 극복하여 좋은 작품-많이 나가는 책의 가장 행복한 경우를 만들어낸 것으로 주목했다. 뒤늦게 검열관들도 이 작품의 문제성을 깨달았던 듯해서 기관원이 우리 출판사에 와서 조사도 하고 청와대의 한 수석도 어찌 이런 책이 나올 수 있었느냐고 못마땅해했다는 이야기를 친구인 출입 기자를 통해 듣기도 했는데 이럴 즈음에는 어떤 조처를 취하기가 이미 너무 늦어버렸었다. 『난장이가 쏘아올린 작은 공』은 그해 동서문학사에서 주관한 동인문학상을 수상했고 연극과 영화로 만들어지고 있는 판이어서 판금 조처를 취한다면 오히려 더 큰 파장을 일으킬 것이 분명했기 때문이다. 그러나 그후에도 파출소 경관들이 일선 서점에서 이 책을 압수해 갔다는 보고는 끊이지 않고 들어왔다.

1979년 10·26사태로 계엄령이 선포되고 신문, 잡지와 함께 모든 단행본도 검열받아야 했던 시절에도 우리의 책들은 요행

무사히 간행될 수 있었다. 시청 안에 있었던 검열관실에서 우리 책으로 먼저 걸린 것이 최인훈의 『광장』이었다. 1976년 기획된 '최인훈 전집'의 첫 권으로 나온 이 소설은 이미 스테디셀러로 굳어진 상태였는데 그것의 중쇄판이 납본되었다가 주인공 이명준이 북으로 넘어가 남한의 자본주의 사회를 비판하는 대목이 문제된 것이다. 나는 영관급 장교와 토론을 벌였고 거기에 촉탁으로 파견나간 친구의 도움으로 판금 조처에서 해방될 수 있었다. 이즈음 우리에게 가장 큰 문제는 김학준 교수의 『러시아 혁명사』가 납본 필증을 받아낼 수 있는가 하는 것이었다. 여권 인사가 창간한 월간 『세대』에 2년간 연재된 이 글은 19세기 이후의 러시아 지식인사를 아우르면서 1917년의 대혁명 과정을 대하소설처럼 흥미롭게 펼치고 있는 '작품'으로 학문적인 무게를 가지면서도 누구나 수월하게 읽을 수 있도록 서술된 일종의 논픽션이었다.

이야기로서도 재미있거니와 20세기사의 가장 중요한 사건에 대한 소상한 소개는 거의 가려져 있던 상황에서 그것은 극히 오늘의 한국 지식인 사회에서도 깊은 관심을 얻을 대목이었다. 이 연재를 눈여겨본 나는 김학준 씨에게 출판을 제의했고 그도 흔쾌히 수락하여 전면적인 수정을 가하여 원고를 넘겨주었다. 그 방대한 저서가 하필 1979년 12월 말에 간행되었다. 검열기관에

이 책을 접수하면서, 아무리 반공주의적 관점에서 집필되었다 하더라도 금기시되던 소련의, 그것도 공산주의와 혁명에 대한 정공법적인 서술이었기에 나는 납본 필증 영수를 거의 기대하지 못했다. 그런데 김학준 박사가 '국립' 서울대 교수였다는 점, 여권의 잡지에 연재되었다는 점에, 저자의 넓은 안면과 교제의 덕으로 검열을 통과했다. 그것은 의외였지만 참으로 다행스러운 일이었고 『소외론 연구』 『난장이가 쏘아올린 작은 공』에 이어 한국의 진보주의적 사조를 도입하고 현상 타개를 향한 관심을 촉구하는 데 문학과지성사가 선편을 잡을 계기를 이루게 된 것이었다.

『문학과지성』 폐간당하다

그 험한 시절의 검열과 판금의 그물에 요행히 걸리지 않았다 해서 한 시대의 거대한 억압을 끝까지 피해갈 수 있었던 것은 아니었다. 계간 『문학과지성』이 어느 날 아무런 예고도 없이 날벼락을 맞은 것이 그랬다.

신군부의 예측할 수 없는 행태에 불안감을 느끼면서도 창간 10주년을 맞아 한창 특집호를 준비 중이던 1980년 7월 말일의 오전 10시 즈음이었다. 누군가 내게 전화를 해서 『문학과지성』이 『창작과비평』과 함께 등록 취소되었다는 뉴스가 나오고 있다고 알려주었다. 도대체 아닌 밤중의 홍두깨지 도대체 무슨 소리야, 하면서 나는 라디오를 틀었다. 그런데 과연, 백몇십 종의 정기간행물에 대해 실적 미달, 발행 목적 위배 등으로 등록을 취소

한다는 뉴스가 나오는데 거기에는 우리 잡지와 『창작과비평』, 그리고 『뿌리 깊은 나무』가 들어 있었다. 석간신문의 1면 톱도 이 조처를 보도했는데 『문학과지성』이 처음 신문 1면, 그것도 머리로 오른 뉴스가 '폐간'이라는 기사였다. 그 다음날인가 정부 공문으로 된 통고서에는 간단히 "발행 목적 위배"라고만 적혀 있었다.

많은 문인, 학자, 교수 들이 마치 '문상객' 같은 표정으로 우리 출판사 사무실을 방문하여 황당한 혹은 근심어린 얼굴로 사태를 묻고 걱정하며 위로해주었다. 사람들은 비판의 강도가 높은 『창작과비평』이야 미운 털이 박혔으니 그럴 만하다지만 온건한 『문학과지성』이 폐간당한 것은 이해할 수 없다고 했다. 나 역시 그들처럼 우리가 왜, 어떤 과정으로 이런 조처를 당해야 했는지 알 수가 없었다. 조처를 당한 후 사유와 전망을 알기 위해 만난 문공부 이수정 보도국장도 자신은 잘 모르고 청와대에서 내린 결정이라고만 밝혔다. 이듬해의 언젠가 이중한이 내게 정부가 발행한 무슨 백서를 보여주었는데, 거기에 "일부 불온한 지식인 집단들의 활동 근거가 되는 잡지들"을 폐간했다는 구절을 발견하고서야 기왕 우리가 짐작해온 대로라는 것을 확인했다. '문지파' 지식인들은 '창비'보다는 부드럽지만 비판적 사유를 표출하고 있다는 점에서는 마찬가지로 그들에게 못마땅했을 것이라고 우리는 해석해온 것이다. 우리는 조판을 끝내고 교정 중이었던 원고들을 교정쇄로 30부를 만들어 동인들과 주변 친구들에게 폐간 기념으로 나누어주었다. 이렇게 해서 계간 『문학과 지성』은 정확히 10년간 40호로 종간되었다.

뒤숭숭한 시국 속에서 분노와 허탈을 되씹고 있는 가운데 이제 출판사를 정비한다는 소문이 번졌다. 당시 출판협회 부회장이었던 임인규씨로부터, 문제의 출판사들을 또 어떤 이유를 붙여 정리하려는 움직임이 실제로 있었고 그것을 막기 위해 무척 힘든 로비를 해야 했다는 이야기를 후에 들었다. 그러는 가운데 청와대로 자리를 옮긴 이수정 씨가 나를 만나자고 해서 보았더니, 자기들이 모든 것을 뒤보아줄 터이니 중도적인 잡지를 간행해줄 수 있겠느냐고 타진하는 것이었다. 그 제의는 어떤 점으로나 일고의 의미를 가진 것이 아니었다. 나는 창비와 문지의 등록 취소를 취소하는 것 외에는 어떤 다른 것을 생각할 수 없다고 대답했다.

그해 말 문지 동인 넷과 황인철, 그리고 후배 중에서 영입한 오생근, 김종철 들과 함께 인천으로 일종의 MT를 갔다. 회의는 무거웠다. 시국이 앞으로 어떻게 전개될지 암담할 수밖에 없는 전망 속에서, 사상과 학문, 창작과 표현의 자유는 한없이 구속될 것이고 출판과 언론은 당연히 더욱 억압되어갈 것인데, 그렇다면 우리 출판사의 방향은 어떻게 설정하며 구체적으로 무엇을 실천해야 할 것인가. 지금도 생생히 기억되는 그 여관방의 어두운 조명처럼, 간담하는 우리의 분위기가 그처럼 어둡고 침통했다. 논의가 끝난 후 우리는 새벽까지 술을 마시며 노래를 불러댔는데 좀처럼 술과 노래에 끼지 않는 나까지 한자리에 끼어든 것을 보면 그때의 내 암울이 어느 정도였는지 짐작할 수 있었다.

어떻든 그 자리에서 우리는 몇 가지 중요한 장래 문제에 합의했다. 권력에 대한 비판이 더욱 가혹해지겠지만 그 비판의 밑자리에 깔려 있는 인식과 계몽의 각성과 확대에는 감시의 눈이 덜 미칠 것이며, 이 작업은 역시 검열이 둔한 역사서와 외국 저서를 통하는 것이 가장 근원적인 성과를 거둘 것이라는 점에 우리는 공감했고 이 방향의 기획과 저·역서 간행에 치중하기로 했다. 계간지 문제에 대해서도 우리는, 『문학과지성』이 외부의 힘으로 강제 폐간되었지만 10년 동안의 간행으로 그것의 시대적 의미는 다한 것으로 수락하고, 앞으로의 언젠가 지금과 같은 통제가 풀려 자유로워진다면, 그리고 그때에도 계간지 발행의 필요성이 생긴다면, 그 계간지는 복간이 아닌 '창간'이 되어야 할 것이고 그 편집 주체도 새로운 세대가 되어야 할 것이라는 데 합의했다. 그리고 출판을 계열화하며 이제까지 들어온 원고를 간행하는 수동적 자세에서 번역할 책을 우리가 선정해서 역자에게 의

뢰하고 주제를 잡아 저자에게 원고를 정리하도록 하는 능동적 태도로 바꾸기로 했다.

문학과지성사는 이미 1977년에 윤후명 등의 신진 시인들 시집으로 묶은 '젊은 시인선'을 이듬해 황동규, 마종기, 정현종, 오규원 등의 시집 간행과 더불어 '문지 시인선'으로 개편, 확대한 바 있고 역시 1977년에 이광수를 시작으로 하는 '작가론 총서'를 간행했으며 최인훈 전집(1976~1979)에 이어 황순원 전집을 준비 중이었는데 이 간담회 합의를 계기로 보다 본격적이고 적극적인 출판 체제를 갖추어야 했다. 1981년 여름 서광선 교수가 번역한 피터 버거의 『이단의 시대』와 내가 번역한 휴즈의 『현대 프랑스 지성사』부터 시작되는 '현대의 지성' 시리즈가 그 첫번째 결과였다. 그리고 1982년 가을 레이먼드 윌리엄스의 『이념과 문학』, 빅토르 어얼리치의 『러시아 형식주의』로 이어지는 '현대의 문학이론'을 따로 만들어 오늘의 새로운 문학이론들을 번역 소개하도록 했다. 1984년 가을에는 '문제와 시각' 총서를 만들어 당시의 주제어인 '계급' '민중' '민족' '혁명' 등의 기초 개념에 대한 이론적 접근의 길을 마련했다. 신용하의 사회사연구회와 제휴하여 채산성에 별 기대가 되지 않는 '사회사연구총서'를 시작한 것은 몇 년 뒤인 1986년이었다.

1980년대 초의 한국 출판계에는 '무크'지가 큰 유행이었다.

비판적이고 진보적인 이념과 운동이 권력의 억압에도 불구하고 무척 활발했고 그것들은 글과 작품으로 쏟아져나올 판인데도 정부는 일체의 정기간행물 등록을 받아주지 않았다. 그래서 고안된 것이 외국에서도 이미 나왔고 우리의 경우 『실천문학』에서 처음 시작된 잡지형 단행본인 무크(mook)였다. 신문과 잡지가 폐쇄된 사회에서 유일한 길이 이 무크였고 1년에 한 번만 내면 되기에 잡지의 정기성도 책임질 필요가 없는, 김정환이 말한 '게릴라 출판' 운동이었다. 계간지를 잃은 우리도 당대의 문학적·문화적·지적 흐름을 따라가기 위한 무크지가 필요하다는 생각을 했다. 다만 그 편집동인은 1980년 겨울에 작정한 대로 우리가 아닌 후배들로 구성하기로 했다. 그래서 나오게 된 것이 1982년의 『우리 시대의 문학』이었다.

"어느 때보다도 교묘하고 음험한 반문화적 위협과 맞서 이를 극복하고" "보다 능동적으로 행복의 자리를 마련해나가야 한다는 이중의 어려움"을 감당하겠다며 첫 호를 '새로운 만남을 위하여'로 설정한 이 무크지의 편집동인은 소설의 이인성, 시의 이성복, 평론의 정과리였고 이 모두는 서울대 불문과 김현의 제자들이었다. 이 동인은 좀더 영입하고 혹은 사퇴하기도 하며 숫자가 확대되었는데 6년간 매년, 그래서 6권이 나온 후 마침내 계간 『문학과사회』가 창간될 때는 홍정선, 진형준, 권오룡, 성민엽, 정과리 등 비평가들로만, 그러나 전공은 다양한 멤버들로 구성되었다.

정권이 바뀌고 정기간행물 등록이 열리면서 '우리 시대 동인'들은 우리도 계간지를 내자고 요청해왔고 당시의 활발해진 문학 활동을 펼치기 위해서는 공인된 자리가 필요해진 것도 사실이었다. 우리는 1980년 겨울의 합의를 전제로, 후배들에게 계간지 편집권을 주기로 했고 따라서 그 잡지는 '창간'되어야 하는 것이었으며 그런 때문에 제호도 새 이름으로 해야 했다. 여러 이름들이 떠올랐으나 그 동인들은 흡족해하지 않았고 그래서 나는 이 시절의 지적 분위기를 고려해서 '문학과사회'가 어떻겠느냐고 권했다. 동인들은 내 제안을 받아들였고 1988년 2월에 마침내 그 첫 호가 나왔다. 친구들이나 독자들은 『창작과비평』이 '속간'으로 발행되는데 『문학과지성』은 왜 복간이 아니냐고 의아해하기도 하며 전날의 잡지에 대한 향수가 묻은 질문들을 했고 나는 8년 전의 약속을 소개하고 그 의도를 설명해주어야 했다. 그래서 문학과지성사의 제2기 잡지가 새로이 태어나고 문지의 제2세대 동인들이 생겨난 것이다.

『문지』가 폐간된 이듬해 사무실을 마포구 아현동으로 옮겼다가 신수동의 출판단지를 거쳐서 『문학과사회』가 창간된 이듬해 4월에 현재의 자리인 서교동 양옥으로 옮기는 동안 늘어난 출판물 때문에 서고도 늘려야 했지만 문지 동인, '문사' 동인 등 참여자들의 모임도 늘어났다. 1980년 겨울 이후 우리는 매년 1월에 '신년 간담회'란 이름으로 문지-문사 동인들이 지방에서 회합을 가지고 전년도의 실적과 신년도의 계획을 논의하였는데 그것은 지금까지 계속되고 있다. 그리고 매주, 수요일(현재는 목요일)이면 문지 동인들이 모여 바둑 두고 회식하며, 금요일에는 문사 동인들이 모여 편집 계획을 짜고 역시 바둑과 술을 즐기는데 이 두 모임에는 동인 말고도 세대에 따른 친구들, 문우들이 으레 자리를 같이하게 되었고 이 전통은 지금껏 이어지고 있는 것이다.

이념의 물결을 타고

사장답지 않게 교정이라는 실무적인 일에 매달리던 때를 회상하면서 나는 내가 글쟁이이기를 버리고 사장티를 낸다는 말을 듣기 무척 두려워했다는 이야기를 썼었다. 사실 나는 '책장사'를 하고 저자들을 만나면서 정작 내가 더이상 문필가가 아니며 저자로서의 직책을 팽개쳤다는 핀잔을 받지 않으려고 노력했다. 다행히 내가 쓸 원고들도 있었고 잡지며 신문에서 끈질기게 글 청탁도 받았기에 나는 글쓰기에 게으를 수도 없었다.

나의 단독으로 나온 첫 비평집 『한국문학의 의식』은 문학과지성사를 창사한 지 한 달 남짓한 1976년 1월에 동화출판공사를 통해 간행되었다. 당시 주간이었던 이근배 시인이 내게 책을 내자고 제의해와 4K 공저인 『현대 한국문학의 이론』 이후 3년여 동안 발표한 글들을 '동화예술신서'의 하나로 모아 엮었다. 비평가라면서 내 개인 평론집을 근 10년 만에 가질 수 있게 된 감회는, 자비 출판이 아닌, 인세를 받는 출판으로 비평집을 내기가 하늘의 별따기였던 당시의 사정을 감안하여 더욱이 유다른 것이었다. 나도 이제는 나 자신의 비평 저서를 가지게 된 것이다. 신문사를 그만두어야 했고 기자협회장으로서의 당당한 위세도 빠져나가 후줄근해진 내게 이근배 씨가 준 격려는 참으로 큰 것이었고, 그럼에도 그에게 그 빚을 끝내 갚지 못한 나의 부덕은 지금껏 유감으로 남아 있다.

이후 나는 거의 3년마다 한 권꼴로, 그것도 문학과지성사를 통해 문학평론집들을 내게 된다. 『상황과 상상력』(1979), 『지성과 문학』(1982), 『들린 시대의 문학』(1985), 『전망을 위한 성찰』(1987), 그리고 1990년대로 들어서 『열림과 일굼』(1991), 『숨은 진실과 문학』(1994), 『새로운 글쓰기와 문학의 진정성』(1997)의 목록들은 내가 거의 어김없이 한 해에 7, 8편의 글을 써왔다는 것을 보여준다. 이 비평집들의 출판과 대체로 때를 같이, 그러나 간행사는 달리하며 에세이집들을 더불어 상자한 것도 확인된다. 『문화와 반문화』(문장사, 1979), 『부드러움의 힘』(청하, 1988), 『우공(愚公)의 호수를 보며』(세계사, 1991), 『페루에는 페루 사람들이 산다』(문학과지성사, 1997)와 『생각의 안과 밖』(문이당, 1997), 『무서운, 멋진 신세계』(문학과지성사, 1999)가 그것들이다. 이렇게 된 것은, 그러니까 비평집 한 권을 엮을 분량이 되었다 싶어 원고를 정리하다 보면 본격적인 평론은 아닌, 수필이나 칼럼의 글들이 그만큼 쌓이는 것이고 버리자니 아까운 그것들을 나름대로 묶어두고 싶었던 것이다.

이러면서 내가 한 일은 좀더 있다. 나는 영어의 듣고 말하기에는 귀머거리, 벙어리이지만 번역을 해본 경험은 있으므로 책이 좋다 싶으면 공부 삼아 청탁으로나 자진해서 번역일을 했다. 권영빈 씨와 공역한 E. H. 카의 『도스토예프스키』(홍성사, 1979)는 내가 가장 경도한 러시아의 대작가 세계를 더 잘 알고 싶어서였고, 휴즈의 『현대 프랑스 지성사』(문학과지성사, 1981)는 내 기호에 딱 맞는 책이어서 자원했던 것이며 허버트 리드의 미학서인 『도상(圖像)과 사상』(열화당, 1982)은 이기웅 사장의 청탁으로 손을 댄 것인데 내게는 힘든 일이었던 것을 이기웅 씨 자신이 많이 손질해서 나올 수 있었던 것이다. 나의 번역 작업으로는 마지막인 유진 런의 『마르크시즘과 모더니즘』(문학과지성사, 1986)은 당시의 힘찬 물결로 다가온 진보주의적 사조를 이해하며 그 문학론을 알고 싶어서 서평을 보자 미국의 마종기에 부탁해서 입수하는 대로 곧장 번역에 들어간 것이었다. 이 밖에 은애출판사에서 기획한 '우리 시대의 작가 연구 총서'에 김현과 분담해서 최인훈과 정현종을 맡아 편집했고 문학과지성사의 창사 10주년과 20주년을 기념하며 기획된 편서 『해방 40년: 민족 지성의 회고와 전망』(1985)을 김주연과, 『오늘의 한국 지성, 그 흐름을 읽는다: 1975～1995』(1995)를 정문길, 정과리와 함께 편집했다.

저술이며 역서, 편서까지 내 이름으로 나온 책이 지금까지 모두 37권, 임우기의 청에 의해 솔출판사의 '입장총서'로 나온 나의 선집 『두 열림을 향하여』(1991)의 나의 '연보'에서 밝힌 것처럼 "일은 많았는데 보이는 것이 없었"고 그 책의 머리말에서 쓴 것처럼 나의 글쓰기 작업들은 "호랑이가 아닌 고양이를 그리며 그 많은 시간을 보내고야 말았다는 아쉬움이 가시지 않는다." 그러나 1970년대 중반 이후 특히 1980년대 초부터, 정치와 현실에 대한 긴장이 느슨해지는 1990년대 초에 이르기까지 나의 내면적 배회는 상당히 활발했고 내 사유와 정신은 꽤 넓게 돌아다니며 변해갔다. 문학평론이든 문화비평이든 혹은 시론이든 근 20년간 써온 내 글들은 억압에서 갈등으로, 거기서 다시 해체로 움직여가는 현실과 문화와 문학에 대한 내 나름의 해석과 평가와 모색의 결과들이었다.

1970년대 말까지만 해도 나의 지적 뿌리는 자유와 민주를 억압하는 권력에 대한 4·19세대다운 고전적인 리버럴리즘에 심어져 있었다. 나는 폭력적인 사회와 폐쇄적인 문화에 분노했고 그래서 다양성과 개방성을 강조했다. 그러나 1980년의 광주항쟁 이후, 그리고 노동자들의 노동 현실에 대한 환기를 받으면서, 나는 평등주의에 대한 고려를 높이기 시작했고 마르크시즘이 자본주의 사회에 대해 비판하고 있는 사물화(reification) 현상에 전적으로 공감했다. 여기에는 조세희의 『난장이가 쏘아올린 작은 공』과 프랑크푸르트의 비판이론이 상당히 작용했을 것이며 민중론으로부터 노동계급 운동에 이르는 일련의 진보주의적 사유에서 직접적인 자극을 받았을 것이다. 나의 선집 『지식인됨의 괴로움』(문학과지성사, 1996)에 재수록된, 1985년에 씌어진 표제의 글은 전통적인 인문주의자가 급진적인 좌파 사상들에 대해 어떻게 대응할 것인가의 내 현실적인 고민을 고해한 것이었다. 나는 자본주의에 대해서만이 아니라 미국에 대해서도 비판적으로 되어갔고, 부르주아의 원죄적 속성과 교환가치 세계의 원초적인 타락상에 동의했으며, 계급론과 평등주의에도 마음을 열어놓을 수 있었다.

그럼에도 나는, 다시 말하지만, 1960년대의 4·19 세대였고 역시 교양 세대의 인문주의자였다. 나는 운동으로 나서는 것을 기피했을 뿐만 아니라 '혁명'이나 '투쟁'으로 인간 사회의 근원적인 부도덕성이 극복될 수 있을 것으로 믿지 않았다. 실천 운동에 뛰어들어 활동하다가 수난을 입고 희생당한 지식인·학생·노동자들을 존경하고 그들에 대한 부끄러움을 결코 지울 수 없었지만 그러나 나는 그런 전략·전술만이 있는 것은 아닐뿐더러 나처럼 회의주의적으로 문약한, 그러나 현실과 시대에 대해 반성하고 글로써 자신과 자신의 인식 체계를 지키려는 노력도 필요하다는 생각을 가지고 있었다. 문학에서도, 나는 민중문학론에 호의적이었지만 그것을 도식적으로 구성해서 가령 '민중에 의한 문학' 만으로 규정하는 것에는 동의할 수 없었고 더구나 개인의 실존과 그 내면의 욕망을 무시하는 것에는 안타까워할 뿐이었다. 그런 의미에서 나는 끝내 보수주의자였고 또 그렇게 자처했다. 1980년대 중반 급진주의가 더할 수 없이 경화되고 밀리탕적 전략을 취하는 단계에 이르자 진보주의를 따라가던 나의 인식은 거기서 멈추고 말았다. 나는 좌파의 이념에 문을 열고 있었지만 어느 한계 너머로는 나아갈 수 없었고 그렇다고 자본주의의 병리에 대한 회의도 지울 수는 없었다. 나는 내가 살고 있는 세상에 대해서는 비판적이었고 내게 제시된 이상의 세계에 대해서는 회의적이었다.

그리고 군부 정권이 무너지고 우리 현실은 상대적이나마 자유와 민주주의를 획득해가고 있었으며 동구권이 해체되고, 그리고 무엇보다 컴퓨터의 새로운 이기들이 우리의 생활과 문화를 급격하게 변화시키기 시작했다. 이제 나의 관심은 정치·경제적 이데올로기에서 새로운 문명으로의 전환 문제로 옮겨가기 시작했다. 김원일이 주관하는 계간 『동서문학』에 비평의 글을 연재하게 된 기회에 나는 컴퓨터로 글을 쓰는 방식이 문학에 어떤 영향을 주는가라는 작은 문제에서 출발했지만, 생각할수록 그 문명의 변화는 심각한 문제성으로 커져갔고 그 변화는 이른바 패러다임의 전환에 대한 인식으로 확대되어갔다. 이런 변화가 무엇을 의미하며 여기서 문학은 어떤 성격을 가질 것인가의 새로운 고민들이 이렇게 해서 제기되었고 그 고민들의 표현이 『새로운 글쓰기와 문학의 진정성』으로 표현되었다.

이후 근래의 나의 글들은 20세기에서 21세기로 넘어가는 '세기의 전환'이란 주제로 몰렸고 새로운 시대는 자본과 과학이 유착하여 지배하리라는 '자본-과학 복합체론'이란 말을 만들어 보았다. 그러면서 컴퓨터에서 발단되는 멀티미디어의 정보화 사회, 인터넷이 만들어주는 세계화 시대, 그리고 생명공학의 전개와 거기에서 이루어질 새로운 인간-세계 체제가 나의 의식을 끈질기게 갉고 있었다. 나는 이 새 세기의 새 문명 체계에 긍정적이기도 하고 비판적이기도 하지만, 우리의 호오(好惡)의 판단과는 관계없이 흐름 그 거대한 문명사적 전환에 저항할 수 없으리라는 생각은 분명했다. 그것은 전통적인 문학이며 종이책, 문자 문화에 대한 우울한 전망을 일구는 것이었고 인문주의와 자유주의의 이념이 퇴색되는 것을 의미하는 것이었다. 나는 또다시 새로운 문제적 상황 속으로 밀려들어온 것이고, 그럼에도 나의 청·장년 시절에 당연한 의무로서 고민하며 글로써 사유하던 힘과 의지는, 이제 희석되고 있고 쓸모없이 노후해지는 중인 것이었다……

출판계 일을 거들다

1980년대, 그러니까 나의 40대는 글을 읽고 쓰고 책을 만드는 등의 내 개인적인 일로만 멈출 수는 없었다. 밖으로, 그래서 출판계나 문단 쪽의 일들로 나서지 않을 수가 없게 된 것이다. 물론 내가 정력이 남아돌아서가 아니었다. 이런저런 요청을 사양하기가 힘들었고 또 그때의 사정들이 내가 조금이라도 도움이 될 수 있다면 방관해서도 안 되겠다는 생각이 들기도 한 탓이었다.

1976년인가 서울예술전문대에 창설된 문예창작과에 과장으로 취임한 시인 정현종이 내게 한국문학 특강이란 제목으로 나의 출강을 요청했고 그래서 15년 이상 계속되는 이 강사 시절에 나는 그때 진행되는 우리 문학의 양상들을 검토하며 정리하는 한편 문예사조 강의를 위해서는 새 공부를 하기도 해야 했다. 지금 문학과지성사 대표이사로 일하고 있는 시인 채호기 씨는 이 문창과의 첫 제자라면 제자랄 수 있는 인연을 맺게 되었고, 후에 시인·소설가로 문단에 데뷔하는 숱한 서울예전 졸업생들을 이때 알게 되었다. 나는 눌변이고 말하기를 그리 좋아하지 않지만 이 강사 시절의 강의에는 열심이었고 내 나름대로 여러 소득을 얻었지만, 50대 중반에 이르면서 새로운 진전 없이 비슷한 내용으로 지껄인다는 자격지심과 강의에 대한 피로로, 과장인 오규원에게 간곡하게 부탁하여 강사 시절을 '졸업' 할 수 있었다.

출판계 일에 대해서는 소극적이었다. 1980년대 초 이기웅 씨가 천거해서 출판협회 이사라는 직함을 가지면서도 출판협회의 구성과 개개 출판인들에 대한 정보가 거의 없었고 또 관심도 별로 키우지 않았다. 민영빈 씨와 임인규 씨가 회장으로 있던 시절 상무로 위촉되었지만 별다른 열성이 일지 않아 중도에 사퇴하고 말았다. 임인규 씨는 내게 부회장을 제의한 적도 있지만 나는 간곡히 사양했다. 회사나 내 개인적인 일을 희생하고 싶지도, 할 수도 없었지만 거대한 출판협회의 일을 나로서는 감당할 자신도, 의지도 없었기 때문이다. 대신 단행본 출판인들의 모임인 '수요회' 에는 비교적 열심이었다.

민음사 박맹호 사장을 필두로, 지식산업사 김경희, 열화당 이기웅, 한길사 김언호, 전예원 김진홍, 그리고 창작과비평사, 현암사, 까치사 등 단행본 출판인들 10명 안팎이 어우러진 '수요회'는 어떤 형태로든 당시의 출판계 사정을 보여주는 모임이었다. 그것은 우선 전집이나 참고서의 출판인들이 주도권을 장악하고 있는 출협에 대해 단행본 출판사들이 가진 미흡함을 채우기 위해 자연발생적으로 이루어진 모임이었고 그 모임은 단순한 친목을 넘어 1970년대 후반부터 불기 시작한 의식 있는 출판인들의 공동의 관심사를 일구어나가기 위해 무언가의 일을 해야 할 것이었다. 그 무언가의 일에서 가장 시급한 것이 단행본 출판의 홍보였고 격려였다. 그래서 수요회 멤버들은 제휴해서 신문의 '조인트' 광고를 내기도 하고 문공부와 접촉하며 출판인들의 애로를 제기하고 신문의 서평란을 확대하는 방안을 모색하기도 했다.

이런 노력 끝에 이루어진 것이 '오늘의 책' 선정이었다. 신문들은 출판 광고에서도 까다로웠지만 지면에서는 더욱 인색해서 서평은 물론 신간 소개란을 얻기도 참 힘들었다. 그런데 1980년대 초의 우리 출판계는 무게가 크고 계몽적이며 우리 문화와 지식사회의 역동적인 활기를 보여주는 좋은 책들이 활발하게 간행되고 있었다. 그런데 신문은 무기력했다. 그 무기력과 몰상식이 어느 만큼이었느냐 하면, 서평란을 만들어달라는 출판계의 권고에 신문발행인협회는, 그렇다면 그 난을 만들 경비를 출판계가 지원해달라고 할 정도였다. 그래서 수요회는 우리 나름으로 좋은 책을 선정해 저·역자를 기리며 독자들에게 홍보하기로 한 것이다. 후에 정리된 『오늘의 책: 1983~1987년』의 책자를 펼쳐보니 '오늘의 책 운영위원회'를 통해 선정된 도서가 519종이었다. 이중한을 간사로 한 선정위원은 변형윤, 강만길, 유종호, 조요한, 김용준, 김진균, 진덕규 등 우리 학계의 진보적인 중진 학자들이었고 1983년 여름에 첫 선정된 책은 한영우 교수의 『조선 전기 사회경제 연구』 등 28종이었다. 계절별로 18차로 이루어진 이 선정 도서에는 상금은 물론 없고 듬직한 손에 책이 쥐어져 있는, 조각가 심정수 씨의 훌륭한 청동 조각품을 모뉴망으로 전달했다. 나는 운영위원으로 이 선정 작업을 뒷바라지하는 일에는 주도적인 열성을 부렸고, 더 나아가, 동아일보 선배 기자로서 당시 문공부 장관으로 재직 중인 이진희 씨와 수요회를 연결하여 회식을 하는 자리에서 서평 전문 잡지의 등록을 얻어내는 데 성공했다. 『오늘의 책』을 제호로 한 이 계간지는 논의 끝에 한길사에서 간행을 맡기로 했고 한길사는 계간지 부재의 그 시대에 의식 있는 잡지로 발전시켰다. 그러나 수요회는 1980년대 말경, 시대상의 변화에 얹혀 그 잡지와 더불어 해체되었다.

이즈음 나는 출판계의 '대부'인 정진숙 회장의 부름을 받고 한국출판연구소 이사장의 직책을 권고받았다. 이 연구소는 학계의 갖가지 연구 성과들을 출판하면서도 정작 출판문화 자체에 연구 개발이 없다는 한심한 현실을 안타까워한 임인규 출협 회장이 만든 것으로 그가 국회로 진출하면서 정 회장이 나를 그 후임자로 결정한 것이었다. 나는 내키지 않았지만 거절할 수 있는 것도 아니거니와 '연구'라는 데 이끌려 그 직책을 맡았다. 그때가 1988년 9월이었고 약 30개월의 재임 기간 중 빈약한 재정을 키우기 위해 방송광고공사에 지원금을 신청해 1억 원을 배정받는 데 성공해서 그걸 기금으로 반년간지 『출판연구』를 창간할 수 있었다.

내 임기가 그렇게 짧았던 것은 역시 정진숙 회장의 판짜기 작업 때문이었다. 『오늘의 책』이 사회과학의 학술지적인 성격을 강하게 가진 것이어서 대중적인 출판 전문지가 필요하다는 데 착안해서 출판금고의 사업으로 격주간의 『출판저널』을 간행하게 되었는데 그 주간으로서 격조가 높으면서도 다양한 출판 뉴스를 요령 있게 처리하여 잡지의 품위를 한껏 높여온 이기웅 씨가 출협 부회장에 출판문화단지 이사장, 출판협동조합 이사장의 격무를 견디지 못해 물러나면서 내가 그 주간으로 추천된 것이었다. 이미 그 틀은 만들어져 있고 기자들도 능력 있고 적극적이어서 내가 할 일이란 편집회의를 주재하는 정도밖에 없었다.

그래서 28개월이란 역시 길지 않은 재임 기간 중 나는 이 일을 편하면서 재미있게 했다. 내가 출판계에서 일한 것 중 가장 즐거운 기억으로 남는 것이 이 『출판저널』 주간 일이었고 당시의 멤버들은 지금도 가끔 만나 마치 동창회를 하듯 지난 일을 회상하곤 한다.

출판계 일을 하면서 내게 가장 인상적이었던 것은 1989년 가을 국제도서전 참가를 위해 모스크바를 방문한 일이었다. 우리에게 공포 없이는 생각할 수 없었던 가장 적대적인 소련 여행은 나로서는 꼭 해보고 싶은 것이었고 그래서 약간의 경제적인 무리를 무릅쓰고 20여 출판인들 일행에 끼었던 것이다. 물론 2년 전 보스턴의 동양학 도서전시회 때 처음으로 미국 본토를 여행한 적이 있었고 그보다 앞선 1981년에는 스톡홀름과 헬싱키에서의 한국문학 포럼 참석차 비로소 유럽 여러 나라들을 구경했고 이듬해에는 문예진흥원의 정책으로 문인들의 해외 방문단에 끼어 인도와 요르단, 그리고 지난해에 이은 두번째의 프랑스·이탈리아로 나들이를 했지만 미국이나 서구는 친숙한 문화였고 그래서 예상할 수 있는 것이었지만 소련이야말로 관심과 기대가 큰 것이 아닐 수 없었다. 당시의 러시아는 고르바초프가 대개혁을 추진하던 참이어서 미국과 함께 20세기의 이 세계를 아우르던 소련의 비옥한 문화와 빈약한 현실의 대조적인 장면들이 강한 충격으로 내게 다가왔다.

나의 해외여행은 1990년대에 들어와 더 빈번해져, 한·독문학 교류 행사와 한·일문화 교류 행사로 독일과 일본을 여러 차례 가게 되었지만 역시 내게 흥미와 감동으로 다가오는 것은 소련에 이은 중국과 아프리카, 그리고 두 차례 방문한 페루 같은 경제적 후진 지역이었다. 나는 가난한 후진 사회로부터 한때 세계 최고의 문명을 자랑한 이들 나라에서 우리와 전혀 다른 문명과 삶을 보았고 그것은 나와 우리의 세계와 그 문화를 대조하며 인간의 근원적인 형태에 대한 성찰을 재촉했다. 나는 스스로 찾아다니는 여행자는 아니면서 낯선 풍물들에 대한 호기심은 컸고 구경한 것들을 메모하거나 하지 않는 대신 버스와 비행기 속에서 그것들을 속으로 음미하기를 즐기는 편이었다. 그리고 그러기에는 누구나 알고 또 보고 익숙한 선진 문화권보다는 원시적이거나 이질적인 문화권이 더 좋은 재료들이었다.

이런 여행들에서 돌아오면 나는 나의 느낌과 생각들을 정리해두고 싶었다. 그래서 쓰게 된 것이 1997년에 책으로 묶은 『페루에는 페루 사람들이 산다』의 여행기들이다. 우리와 다른 문물들에 대한 사유를 자유롭게 펼치며 고백한 이 에세이들은 내가 드물게도 청탁받지 않고 쓴 글들이고 그래서 잡지에 게재를 부탁하는, 나답지 않은 방식으로 발표되었지만, 지금도 나는 이 글들을 꽤 좋아하는 편이다. 그러니까 내가 관찰하고 음미한 페루며 케냐, 소련과 중국의 자연과 문화, 인간과 삶의 방식은 내게 또 하나의 거대한 책처럼 읽히는 것이었으며 그 책은 생동하며 살아 있고 유구한 인류의 역사를 흔적으로 내장하고 있었고 그것들을 바라보는 내게 슬픔과 감동을 동시에 안겨주는 것이었다. 문자로 만들어진 책 대신 실체로서 존재하는 세계와 인간들을 직접 대면하고 대화할 수 있는 즐거움을 나는 지천명의 50대에 이르러서야 깨닫게 된 것이다.

책의 현장으로부터 물러나다

1990년대로 넘어오면서 나는 '천명(天命)을 아는' 지혜에 결코 이르지는 못했지만 그래도 나이는 그 단계에 올라서고야 말았고 조숙하지 못했던 대신 조로의 기미만은 일찍 느껴야 했다. 그리고 그것은 안팎으로 왔다. 먼저 온 것이 1990년 김현의 작고였고 그에 이은 1993년 황인철의 타계였다. 김주연, 김치수와 함께 내 오른쪽, 왼쪽에서 나를 부축하고 혹은 앞뒤에서 끌고 밀어준 두 사람은 모두 암과 투병했고 그러고는 49세와 54세의 아까운 나이로 나와 유명을 달리한 것이다. 나는 16권의 '김현 전집'과 두 권의 황인철 추모 문집을 만들었고 목포의 향토문화관에 김현의 문학비를, 황인철이 파주에 건립한 계명복지관 마당에 그의 초상 조각을 세웠지만 그렇다고 그들이 가고 난 후의 빈

자리가 채워질 리는 없었다. 이 충격과 함께, 나의 사유와 감정은 노후해지고 긴장은 느슨해졌으며 육체적인 쇠퇴를 깨닫게 되면서 이제 '나의 때'가 물러가고 있음을 조금씩 확인하기 시작했다.

나는 이제 준비해야겠다고 생각하고 조금씩 주변을 정리해나가기 시작했다. 우선 나는 『출판저널』 주간직으로부터 사퇴했고 서울예술대학의 강사에서도 물러났다. 결코 놓지 않을 것 같던 교정지에도 이제부터는 전적으로 편집부에 맡기겠다고 선언하고서 손을 대지 않았다. 대신 조금씩 한가해지기로 마음먹었고 1993년 8월에 피선된 방송문화진흥회의 이사와 1994년 3월의 광복50주년기념사업위원회 위원이란, 이름은 그럴듯하지만 할 일은 별로 없는 한시적인 직분을 수락해서 나들이를 하는 것 외에는 마음과 몸을 편하게 두도록 했다. 그러면서 나는 문학과지성사를 명실공히 주식회사 체제로 바꾸는 일에 착수했다.

주식회사로 개편하는 문제는 전부터 궁리해오던 것으로 단순히 회사의 틀을 제대로 갖추자는 데만 그 목적이 있었던 것은 아니었다. 내가 동인들에게 평소부터 말해오며 동의를 받아온 것은 이 문학과지성사는 어느 시기에 이르면 개인에서 개인에게가 아니라 세대에서 세대로 승계시켜야 한다는 것이었다. 이 출판사의 출발이 동인들의 합자에서 비롯된 것이었고 그를 통해 돈을 벌기보다는 '문학과지성'이라는 아름다운 '문학 공동체'를 만드는 것을 꿈으로 삼았고, 그래서 상속이나 이전이 아니라 승계라는 형식으로 그것의 수명을 영구화해야 할 것이기에, 이를 위한 방법은 주식회사가 가장 적절하게 보였던 것이다. 그러니까 다음 세대를 주주로 영입해서 그들을 '문학과지성사'의 주체로 끌어올려야 할 것이었다.

나는 주식회사의 운영 방식을 잘 아는 직원을 스카우트하며 정관을 만들고 동인들과 상의하며 주주 명단을 구성하는 데 특히 신경을 썼다. 문학과지성사가 그 동안 쌓아온 전통과 품위를 유지하기 위해서는 주주라는 이유로 책을 내달라고 원고를 가져오는 사람은 피해야 했다. 우리는 모름지기 문지의 주주라면 문지의 성격과 체통에 동의하면서 그 작품은 언제든 믿고 출판할 수 있을 정도의 수준을 지키며 인품도 야심이나 사사로움으로 분위기를 깨뜨리지 않을 신뢰받는 저자이기를 바랐다. 그렇게 심사숙고하며 합의한 주주가 '문지' 동인과 '문사' 동인들, 그리고 김현과 황인철의 미망인들을 포함해 문지 저자들을 중심으로 한 모두 40명이었다. 우리는 주식이 이동해야 할 경우 이사회의 동의를 받도록 하여 우리의 의지가 이완되지 않도록 했다. 마침내 1994년 1월 3일자로 법원 등기를 마침으로써 문학과지성사는 주식회사로 새로운 출범을 하게 되었다. 발기 총회에서 문지-문사 동인들을 중심으로 이사 및 감사진을 구성했고 나는 3년 임기의 첫 대표이사가 되었다.

나는 이 일련의 과정을 일종의 '야심적인 작품'으로 자부했다. 우리의 기업 일반이 그렇듯 특히 출판계 역시 창업주가 자신의 회사를 자식들에게 상속하는 것이 당연한 관례였다. 우리는 이 관례를 깨뜨리고 친인척의 연분이 없는 문학적 후배들에게 계승시켰던 것이고 그럼으로써 하나의 동인 집단에서 다음 세대의 동인 집단으로의 전례없는 승계 관계를 성립시켰던 것이다. 그리고 이런 전통이 존중된다면 제2대 동인들은 그의 후배들에게 같은 방식으로 '문학과지성'의 이름을 넘겨줄 것이다. 실제로 '문학과사회' 동인은 우찬제, 이광호, 박혜경, 그리고 이들보다 더 후배인 김동식, 김재인, 최성실, 성기완, 김태동, 윤병무, 김태환, 주일우 들을 영입하여 제3세대를 구성했고 잡지 『이다』를 간행토록 함으로써 나의 첫 비평문 제목대로, 그리고 오랜 나의 꿈이었던 '세대 연대론'을 현실화하고 있는 중이다.

나는 주식회사로의 체제만을 바꾼 것이 아니라 회사의 기획에도 문사 동인들의 참여를 끌어들여 그들의 위상을 능동적인 것으로 당겨 올렸다. 여기에는 그 동인들의 요청도 있었지만 나와 문지 동인들의 한계도 있었고 또 어차피 그들이 이어받아 일을 해나갈 것이어서 지금부터 그 준비를 해야 할 것이었다. 이인성과 문사 동인들은 문고판인 '문지 스펙트럼'을 기획하여 그들의 전적인 책임으로 편집도록 하는 한편 그들의 제의에 따라 제작하기 시작한 '문지 산문선'과 회갑을 맞기 시작한 우리 또래의 기념 문집으로 '깊이 읽기' 총서를 그들의 손으로 만들도록 했다. 이런 변화에 앞서 문지 동인들의 회의로 기획과 원고 채택을 해오던 동인 체제를 '편집회의' 체제로 확대 개편하여 문사 동인들이 주도하는 방향으로 슬며시 이끌었다.

그리고 1998년 1월의 눈이 무척 많이 내리던 날, 이례적으로 문지 세대들만 모인 신년 간담회가 강화도의 한 모텔에서 열렸다. 여기서 문지의 재정난과 운영 방식에 대한 걱정과 문제점들에 대한 논의가 적극적으로 개진되었다. 나는 이 회의를 마치고 돌아오며 많은 생각을 해야 했다. 무엇보다 재정난 타개였다. 주식회사로 개편한 이후 이상스레 회사 사정이 나빠져 적자가 누적되어왔고 서고 마련을 위해 가입한 서울북클럽에 약속된 투자를 해야 했는데 IMF 체제로 일기 시작한 도매상들의 연쇄 부도 사태로 큰 손실을 입어야 했다. 한꺼번에 삼중으로 만난 어려움을 나는 타개해야 했다. 고민 끝에 문사 동인들과 합의하여 증자하기로 했다. 그들은 대주주인 문지 동인 지분에 육박하는 액수를 증자했고 일반 동인들에게도 증자의 기회를 열어놓았으며 주주 구성도 약간 확대했다. 문사 동인들의 지분 확대는 문지의 다음 운영 주체로서 필요한 일이었다. 또 천만다행스럽게도 서울북클럽을 통해 '협동화 자금'으로 상당액을 융자받을 수 있게 되었다.

이럼으로써 한시름을 놓아가게 되면서 나는 대표이사직으로부터 후퇴할 시기를 2년 후 봄으로 작정했다. 그 결심은 어느 잠 못 이루는 새벽에 문득 이루어졌는데, 여기에는 무엇보다 나 자신의 심정적인 이유 때문이었다. 내 두번째 임기가 끝나는 2000년이라면 내가 문학과지성사를 창사한 지 25년이 되는 해이고 나는 60대의 중반으로 들어설 것이었다. 더구나 그해는 20세기와 21세기를 분기하는 연도였고 그것은 전세기의 문화에서 새로운 세기의 문명으로의 전환을 구체적으로 '디지털'하는 해였다. 아날로그 세대임을 자부하며 그 문화에 대한 집착을 버리지 않아왔던 나로서는 이 '2000'이란 디지털과 나의 길을 함께하는 것이 마땅할 것이었다. 그 결단을 내리는 순간, 나는 갑자기 밝아지고 자유로워지고 앞날에 대한 새로운 기대가 솟구치는 것이었다.

나는 적절한 기회에 친구들과 후배들에게 나의 결심을 흘리면서 나의 퇴진을 구체적으로 준비했다. 우선 나의 세대가 만든 문지의 편집 원칙을 깨뜨려야 다음 세대가 자유롭게 문지의 진로와 기획을 자율적으로 선택하게 될 것이었다. 그래서 어린이 도서를 간행하는 데 동의했고 번역소설을 내는 데 앞장섰다. 그래서 문지가 창사 이래 지켜온 높은 문턱을 헐고 다양한 종합 출판을 추진할 문을 열어놓았다. 그리고 창사 초기부터 오늘의 문지로 성장하는 데 크게 기여해온, 그러나 영업자 출신이어서 그 한계를 갖지 않을 수 없었던 최장석 상무를 퇴진시키고 내 뒤를 이을 것으로 내정한 주간 채호기를 상무로 승진시키며 영업을 익혀 회사 운영에 책임질 준비를 시켰다. 때마침 나의 마지막 2년 동안 문지사의 출판 경기가 호조였다. 이문열, 신경숙의 소설들이 베스트셀러가 되었고 황지우와 기형도 전집이 예상 외로 잘 나갔다. 나는 무엇보다 재정적인 어려움을 후임 사장에게 넘기지 않을 수 있어 다행이었다.

2000년 3월의 주주총회에서 나는 예정대로 대표이사직에서 '상임고문'으로 물러났고 채호기가 사장으로 선임되었다. 재임기간 25년 3개월 15일 동안 1165종의 책을 간행한 나의 문학과 지성 시절은 이렇게 마감되었다. 신문들은 나의 퇴진을 과분한 대우를 해가며 멋지게 기사화시켜주었는데, 그러나 내게 가장 기뻤던 일은 이제부터 책임으로부터 벗어나 내 멋대로의 자유와 여유를 즐길 수 있도록 내가 해방되었다는 점이었다. 나는 이제 한가한 '독자', 게으른 '필자'일 수 있게 된 것이며 '책만들기'의 크고 작은 짐들로부터 놓여나게 된 것이다. 이 즐거움 속에서 나는 '책으로부터의 자유'를 꿈꾸었는지도 모르겠다. 그런데 정말, 다른 자유처럼, 책으로부터의 자유가 가능한 것일까. '책으로 쓰는 자서전'을 다 쓰고 나서도 내가 바란 자유를 확보하는 데는 실패하고 있음을 깨닫지 않을 수 없다.

자술 연보

호적상으로는, 나는 1938년 11월 5일, 경북 상주군 함창면 오동리에서 태어났다. 그러나 나의 정말 생일은 8월 21일이고 집에서는 그것의 음력 날짜로 쇤다. 태어난 곳도, 가족 중 나 혼자만은 문경군 점촌면이었다. 나는 농사를 짓는 할아버지의 장남인 아버지의 3남 2녀 중 막내였는데, 내가 세 살 되던 해 부모님들은 우리 가족을 솔가하여 대전으로 이사했기 때문에 내 본적지 고향에 대한 기억이 없어 성장지를 고향으로 삼게 되었다.

해방되던 해 봄에 대전의 대흥초등학교에 입학하여 대전중학교, 대전고등학교 등 나란히 붙어 있는 학교들을 다녔고 1957년 서울대 문리대 정치학과에 입학했다. 대체로 평범한 모범생이었고 형들의 책을 많이 보았으며 고등학생 때는 교회를 아주 열심히 다녔다. 그 기독교를 대학 2학년 때 버렸으며 실존주의적 감성에 젖었고 그래서 전공보다는 문학책을 더 보았고, 이미 기성 시인이 되어 있는 영문과의 황동규와 사귀어 자주 어울렸다. 대학 4학년 때 4·19가 일어났는데, 나는 시위에 뛰어드는 친구들의 모습만을 멍청히 지켜보았다. 졸업하면서 대학원 정치학과에 입학했지만 5·16의 서울 거리를 보고는 공부를 때려치우기로 했다. 등록은 네 번 했지만 내가 중퇴인지 수료인지는 지금도 확인해보지 않았다.

1년여를 대전에서 하릴없는 룸펜으로 시간을 죽이다가 1962년 7월 논산훈련소에 입소, 제5군단 사령부에서 반고문관처럼 졸병 생활을 했다. 그러나 전방에서의 내 군대 생활은 자연의 신선함, 그 속에서의 평정을 향한 내면적 전통을 경험할 수 있게 해주었다.

제대를 앞두고 요행 동아일보 수습기자 시험에 합격하여 1965년 2월부터 기자가 되었다. 문화부에 근무하면서 주로 문학·학술·출판 등을 담당했고 그 덕으로 홍성원·김현·김치수·김주연 등과 친구이면서 문학적 동료로 사귀었다. 1974년 10월 제12대 한국기자협회장으로 선출되었고, 그 직후 전개된 언론 자유 선언 운동의 확산에 애쓰게 되었다. 이듬해 3월 13대 회장으로 재선되었고 동아·조선의 언론 파동 진통 속에서 국제기자연맹에 보낸 보고서가 빌미가 되어 4월 하순에 남산에 연행 조사받았으며 1주 만에 풀려나면서 회장직을 사퇴했다. 기자협회장 출마 때 회사로부터 받은 무기 정직이 풀리지 않았고 결국 1975년 10월 정식으로 해직되었다.

1967년 10월 잡지로부터 받은 첫 청탁으로 『사상계』에 「문단의 세대 연대론」을 발표한 이후 이런저런 글쓰기와 번역이 시작되었고 1968년 김현의 권고로 동인지 『68문학』에 참가하였다. 1970년 여름 김현의 발의와 변호사 황인철의 지원으로 계간지 『문학과지성』을 간행키로 하고 그 편집동인으로 김치수(후에 김주연 합류)와 함께 참여하여 이해 9월에 창간호를 냈다. 내가 동아일보사로부터 해직당한 후 몇 달의 실업 생활 끝에 문지 동인들의 합의와 합자로 1975년 12월에 문학과지성사를 창사했고 대표로서 그 관리를 맡았다. 문학과지성사는 청진동에서 통의동·아현동·신수동으로 옮겨다니다가 1989년에 서교동 현재의 자리에 정착했으며 김현과 황인철이 잇달아 작고한 후 1994년 문학과지성사를 주식회사로 개편했고 그 대표이사 자리를 연임했다. 그리고 예정했던 대로 2000년 3월 채호기를 대표이사로

앉히고 나는 상임고문으로 물러났다.

1976년 서울예술전문대학 문예창작과에 강사로 출강 1993년까지 계속했다. 출판계 일도 거들어 1988년부터 1991년 1월까지 한국출판연구소 이사장, 1991년 1월부터 2년 5개월간 『출판저널』 편집인 일을 했다. 또 1993년 8월부터 1997년 말까지 방송문화진흥회 이사직에 있었다. 1994년 3월에 구성된 광복50주년기념사업위원회 위원으로 그 일이 끝나는 1995년 말까지 참여했다. 그리고 박경리 씨의 토지문화재단 이사(1996), 정보윤리위원회 위원(1997), 대한민국정부수립50주년기념사업위원회 위원(1997) 등 명함에 적기 뭣한 직함도 거쳤다. 2001년 봄부터 인하대 국문과 초빙교수로 재직하며 1주 2강좌를 맡고 있다.

나의 첫 비평집은 1972년에 김주연 · 김치수 · 김현 등 문지 동인들과 공동 저서로 간행된 『현대 한국 문학의 이론』(민음사)이었고 첫 개인 비평집은 1976년에 간행된 『한국 문학의 의식』(동화출판공사)이다. 이후의 평론집들은 모두 문학과지성사에서 발간하였는데, 『상황과 상상력』(1979), 『지성과 문학』(1982), 『들린 시대의 문학』(1985), 『전망을 위한 성찰』(1987), 『열림과 일굼』(1991), 『숨은 진실과 문학』(1994), 그리고 『새로운 글쓰기와 문학의 진정성』(1997), 『21세기를 받아들이기 위하여』(2001)가 그것들이다. 또 선집 『두 열림을 향하여』(1991, 솔출판사)가 '입장 총서 3'으로, 9편의 글이 최문규 교수에 의해 독일어로 번역되어 『Grenzerfahrungen: Die koreanische Literatur der Gegenwart』(1999, Pendragon: Bielefeld)란 제목으로 간행되었다.

동아일보에 연재한 『한국 문단사』(1973, 일지사)를 간행한 뒤를 이어 산문집으로 『지성과 반지성』(1974, 민음사), 『문화와 반문화』(1979, 문장사), 『부드러움의 힘』(1988, 청하), 『우공(愚公)의 호수를 보며』(1991, 세계사), 『지식인됨의 괴로움』(1996, 문학과지성사), 『페루에는 페루 사람들이 산다』(1997, 문학과지성사), 『생각의 안과 밖』(1997, 문이당), 『잊혀지는 것과 되살아나는 것』(2001, 열림원)을 냈다.

회화는 못하는 책상 앞의 영어로 오웰의 『1984년』(1968, 문예출판사)과 『동물농장』(1972, 문예출판사), 디포의 『로빈슨 크루소』(1973, 자유교양추진회), 타고르의 『당신께 바치는 노래』(1974, 민음사)와 롱펠로의 『햇빛과 달빛』(1975, 민음사), 오스트레일리아에서 활동하고 있는 작가 김동호의 『암호』(1975, 정한출판사)를 번역했고 카(E. H. Carr)의 『도스토예프스키』(1979, 홍성사)를 공역했다. 또 휴즈의 『현대 프랑스 지성사』

(1981, 문학과지성사), 리드의 『도상(圖像)과 사상』(1982, 열화당), 유진 런의 『마르크시즘과 모더니즘』(1986, 문학과지성사) 등 체계 없이 번역들을 해냈으며 『보헤미아 민화집』(1986, 셈터)도 거기에 끼여 있다.

그리고 김주연·김현과의 공편 『문학이란 무엇인가』(1976, 문학과지성사), '우리 시대의 작가 연구 총서'로 『최인훈』 『정현종』 편을 담당했고(1979, 은애출판사), 『해방 40년: 민족 지성의 회고와 전망』(1985, 문학과지성사), 『오늘의 한국 지성, 그 흐름을 읽는다: 1975~1995』(1995, 문학과지성사)의 편집에 참여하였고 『오웰과 『1984』』를 편역하였다.

쓴 책이든 옮긴 책이든 엮은 책이든, 가짓수는 꽤 되는데 보이는 것은 별로 없다.

1983년 현대문학상 평론 부문상을, 1989년에는 대한민국 문화 부문상, 1991년에는 평론집 『열림과 일굼』으로 대한민국 문학상 평론 부문상과 펜 문학상을 수상했다. 나이가 더 들어가는 덕분에, 한 일에 비해 주어지는 상이 더 많아져서, 『숨은 진실과 문학』으로 1994년의 팔봉비평문학상과 1995년의 간행물윤리위원회 윤리상 저작 부문상을, 1997년에는 『새로운 글쓰기와 문학의 진정성』으로 대산문학상 평론 부문상을 받았다. 광복50주년

기념사업위원회 위원으로 참여한 일 때문에 1996년에는 대한민국 국민훈장 모란장, 2003년에는 보관문화훈장을 서훈받았다.

동아일보 문화부에 재직하던 1971년, 하와이 대학에서 개최된 한국학 세미나에 취재차 하와이와 일본 등 처음 해외 여행을 했고 1982년 스톡홀름과 헬싱키에서 열린 한국 문학 포럼 발표차 이청준·정현종과 함께 참석한 것을 기회로 프랑스, 이탈리아, 스페인, 독일을 주마간산으로 돌아다니며 서구 문화의 현장을 비로소 구경했고, 이듬해 문예진흥원의 프로그램에 따라 프랑스, 이탈리아, 요르단, 인도 등 다양한 층위의 문화를 동시에 비교해볼 수 있었다. 그리 탐하지는 않았지만 여행이란 일상을 벗어나는 즐거운 일이어서 90년대 들어 이런저런 일로 생기게 된 외유에 자주 나선 편이다. 미국, 중국, 소련과 헝가리-체코, 일본, 아프리카, 캐나다, 페루-칠레-멕시코 등을 다녀왔는데, 특히 후진국에 대한 인상들이 깊어 그 여행 소감을 써서 모은 것이 『페루에는 페루 사람들이 산다』(1997)이다.

술은 안 마시고 못 마시며 대신 커피를 하루 평균 다섯 잔, 담배를 30여 개비를 마시고 태운다. 운동은 전혀 안 하고 노래방이며 춤방을 가본 적이 한두 번. 그러니 노래도 춤도 모른다. 대신 바둑을 즐겨 기회만 닿으면 두지만 아무리 두어도 늘지 않아 만년 3급. 문학과지성사를 맡은 이후 발간되는 거의 모든 책의 교정을 보았으나 눈이 피로해져 몇 해 전부터는 그 일을 그만두었고 비디오를 많이 보았지만 이제는 뜸해진다. 내 악필 때문에 1988년부터 워드프로세서로 원고를 치기 시작했는데 그것 외의, 무궁무진한 컴퓨터 기능에 대해서는 여전히 문맹이다. 자동차 운전을 배우지 않아 쉬는 날에는 집 안에 박혀 있거나 동네 커피숍을 어슬렁거린다. 큰 목소리를 싫어하고 공공의 자리를 불편해하며 혼자서 치르는 시간에 익숙하다.

초등학교 5학년 때 처음 얼굴을 보아 찍어두었고 고등학교 때 학교를 오가는 길에 마주친 얼굴을 훔쳐보았으며, 대학생 때 과는 다르지만 같은 캠퍼스를 다니게 되어 두어 차례 프로포즈를 했으나 거절당했고, 그래서 포기하고 잊어버렸다가, 군대 시절에 우연히 보고 다시 편지질을 하다가 단념했던, 드디어 기자 생활 초기에 다시 만나게 되었던 정지영과 연애를 하여, 1966년 11월의 마지막 토요일에 결혼했다. 나는 아이를 많이 갖기 바랐는데, 위로 세 딸을 이어 낳고 막내로 아들을 얻더니 아내는 더이상의 생산을 거절했다. 첫째 예령이는 서울대와 대학원 불문과의 석사과정을 마치고 같은 과 선배 이정훈 군과 결혼하고는 프랑스에 유학, 파리 제10대학에 적을 두고 공부를 계속하다가 애기 때문에(그래서 나도 59세에 드디어 할아버지가 되지 않을 수 없었다!) 귀국해서 모교에 시간강사를 나간 바 있는데, 지금은 파견 나간 남편을 따라 5년 예정으로 프랑스로 가 파리에서 지내면서 공부를 계속할 준비를 하고 있다. 둘째 예림이는 연세대 국문과를 졸업, 같은 대학에서 석·박사과정을 마치고 2003년 2월, 1930년대 한국근대문학 연구로 박사학위를 받았으며 더러 평론도 쓰고 시간강사 노릇도 하는 중에 서울대 대학원 박사과정에서 한국과학사를 공부하는 박권수 군과 결혼했다. 셋째 예란이는 서울대 신문학과를 졸업하고 대학원에 들어갔다가 런던대 골드스미스 칼리지에 유학, 문화 연구로 2002년 12월에 박사학위를 받고 귀국, 현재 한림대 사회대 언론정보학부 전임강사로 강의하고 있다. 막내이자 외아들인 우경이는 힘들게 서울대 공대 기계공학과에 들어가 1999년 봄에 졸업하고 KBS 기자인 차운자와 결혼한 후 2000년에 함께 유학, 스탠포드 대학의 박사과정에서 기계공학을 공부하고 있고 차운자는 산타 클라라 대학의 MBA 과정을 밟고 있다.

조부모님들이 90세 안팎으로 장수하셨는데 나의 부모님들도 1987년에 회혼식을 치르며 90이 넘도록 장수하셨다. 아버지는

93세로 조용히 운명하셨고 올해 96세의 어머니는 노환으로 육체적인 고통은 모르시는 채 요양 생활을 하고 계신다.

대전에서 성장할 때는 당시의 도심지였던 중동에서 살았고 서울의 대학에 진학한 후에는 동숭동과 돈암동에서 학교를 다녔다. 취직하고 결혼해서는 은평구의 갈현동과 구산동의 단독주택에서 살았는데 문학과지성사를 물러난 후인 2001년 2월 나의 은퇴를 실제화하기 위해 고양시 일산의 신도시로 이사했다. 나는 26년 동안 아이들과 함께 추억을 쌓아온 집을 버린 대신 호수공원의 한 자락이 보이는 주상복합건물 13층에서 '270도의 전망'을 즐기고 있는 중이다.

* 이 연보는 1998년에 간행된 『김병익 깊이 읽기』(문학과지성사)에 수록된 「자술 연보」를 보완한 것이다.

이 책을 내면서

갑년을 맞을 즈음부터 이런저런 기회에 나 자신의 생애를 돌아보는 글을 써달라는 청을 받기 시작했다. 내 나이듦을 깨달아가면서 받게 된 그 부탁들은 이제 내 존재의 유효 기간이 다 되어간다는 쓸쓸한 자괴감과 스스로를 어떤 형태로나마 정리해두어야겠다는 담담한 안도감을 더불어 불러오는 것이었다. 그래서 몇 편의 회고적인 산문들을 썼고 그것들이 한 권 분량쯤 될 듯해서, 지난 버릇대로, 그 원고들을 묶어 출판사에 맡겼다. 나의 고민은 정작 그 다음부터 시작되었다. 유난스럽지도 기구하지도 않은 생애, 이룬 것도, 그래서 자랑할 것도 없는 나의 사사로운 과거 이야기를 대단한 듯이 책으로 낸다는 것이 우습고 부끄러운 일이라는 생각이 거듭거듭 들기 시작한 것이다. 그래서 조판한 원고를 되찾아왔고 서랍 속에 묻어둔 채 그대로 그냥 2년을 보냈다.

그런데 지난 여름의 어느 날 소설가 신경숙 씨를 만난 자리에서 어쩌다 이 원고 이야기가 나왔고 나와 거리를 두고 있는 출판사에서 나온다면 나의 계면쩍음을 좀 덜어낼 수 있지 않을까 싶다는 느낌을 털어놓았다. 이 전말을 들은 시인이자 비평가인 남진우 씨가 나의 이 자전적 산문집 출판을 주선해주겠다고 나섰고 나도 더이상 뭉그적거리는 일이 스스로에게도 답답한 일이어서 문학과지성사의 양해를 얻어 문학동네에 원고를 넘겼다. 나는 부끄러움과 계면쩍음을 털어버리기 위해 그런 자조적인 느낌 속으로 스스로를 밀어넣은 셈이고 하잘것없는 나의 삶의 이력을 드러냄으로써 나의 숨은 존재를 빼돌릴 참이었다. 바라건대, 나는 이 책이 내가 모르는 독자는 물론 나를 아는 친구들로부터도 멀찍이 내던져져, 드러내면서도 숨기고 싶어하는 나의 모호한 이 이중적 감정이 지탱될 수 있기를 희망한다.

「생각 뒤에 숨은 생각」은 1998년 성민엽이 편한 『김병익 깊이 읽기』의 '자전적 에세이'로 쓴 것이고 「말 뒤에 숨은 말」은 같은 해 『작가』가 기획한 '저무는 20세기를 바라보며'의 4회 동안의 필자로 참여해 이루어진 것으로 연재를 함께한 몇 분들과의 공저 『아름다운 성찰』(1999, 한울)에 묶여 간행되었다. 「책 뒤에 숨은 책」은 격주간 『출판저널』의 청탁으로 2000년 여름부터 1년 동안 '책으로 쓰는 자서전'이란 이름으로 연재되었던 것으로 이번에 그 제목을 바꾸었다. 그리고 이 글들을 묶어 '글 뒤에 숨은 글'이라는 제목을 정했는데 이 이름들은 평생의 친구인 시인 황동규의 "산 뒤에 숨은 산"이란 구절을 끌어들인 것으로 이런 식의 내 패러디에 그의 양해를 얻어야 할 것이다.

비슷한 시기에 쓴, 그것도 바로 나 자신의 이야기를 소재로 한 글이기에, 세 편의 글 중에 피할 수 없이 중복되는 서술이 의외로 많다는 것을 교정지를 통해 확인하게 되었다. 내 글에 대한 부끄러움이 다시 겹치는 일이긴 하지만, 그것을 덜어내고 새로 뜯어고치는 일이 너무 크고 문맥 자체도 많이 바꾸어야 한다는 수고 때문에 그대로 두기로 했다.

내 글들을 다시 보면서, 그리고 근래 잦아진 나의 회고벽을 따라가면서, 나야말로 참으로 많은 사람들의 덕분으로 한 생애를 따뜻하게 보낼 수 있었다는 생각을 거듭 하게 되었다. 나 자신은 정말 한 일도 없이 무능하고 무위한 세월을 보냈는데, 친구들, 이웃들, 후배들이 그런 나를 밀어주고 당겨주고 도와주고 부추겨주었기 때문에 나의 무난한 삶이 가능했다는 사실을 나는 결코 버릴 수 없다. 이 책이 나오기까지 애써준 여러분들도 이런 나의 고마움을 당연히 받아주어야 할 것이다.

이 책을 내고 나면, 나는 정말 자유로워질 수 있을까. 많이 남지 않았을 나의 나머지 삶을 한가롭고도 가벼운 기분으로 즐길 수 있을까. 나의 부모들만큼은 아니겠지만 우리 세대 나름으로, 시대를 무겁고 힘들게 살아올 수밖에 없었기에, 이제 내가 바라는 그 자유스러움, 한가로움, 가벼움을 누릴 권리가 있지 않을까 싶은, 사치만은 아닐 듯한 소망을 갖는다. 요즘의 나는 집 앞 길 건너의 호수 공원 벤치에 앉아 지는 해를 바라보며 지난 시절의 아픔과 다행스러움을 함께 곱씹으며 그 가난한 소망을 되새기곤 한다. 그럴 때마다 뜬금없이, 그러나 내 안의 가장 깊은 곳에서 작은 속삭임이 울려, 솟는다: "세상이여, 반갑다, 사람들이여 고맙다."

2003년 11월 일산에서

김 병 익

문학동네 산문집
글 뒤에 숨은 글

1판 1쇄 | 2004년 1월 12일
1판 5쇄 | 2009년 3월 20일

지 은 이 | 김병익
펴 낸 이 | 강병선
책임편집 | 차창룡 조연주
펴 낸 곳 | (주)문학동네
출판등록 | 1993년 10월 22일 제406-2003-000045호

주 소 | 413-756 경기도 파주시 교하읍 문발리 파주출판도시 513-8
전자우편 | editor@munhak.com
전화번호 | 031) 955-8888
팩 스 | 031) 955-8855

ISBN 89-8281-783-2 03810

* 이 도서의 국립중앙도서관 출판시도서목록(CIP)은 e-CIP 홈페이지
(http://www.nl.go.kr/cip.php)에서 이용하실 수 있습니다.(CIP제어번호: CIP2003001797)

www.munhak.com